El chico malo

El chico malo

ABBI GLINES

Traducción de Marta Becerril Albornà

S

DESTINO

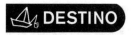

DESTINO INFANTIL Y JUVENIL, 2013
infoinfantilyjuvenil@planeta.es
www.planetadelibrosinfantilyjuvenil.com
www.planetadelibros.com
Editado por Editorial Planeta, S. A.

Título original: *The Vincent Boys*
© del texto: Abbi Glines, 2012
© de la traducción: Marta Becerril Albornà, 2013
© Editorial Planeta S. A., 2013
Avda. Diagonal, 662-664, 08034 Barcelona
Primera edición: mayo de 2013
ISBN: 978-84-08-11331-7
Depósito legal: B. 8.047-2013
Impreso por Huertas Industrias Gráficas, S. A.
Impreso en España – Printed in Spain

El papel utilizado para la impresión de este libro es cien por cien libre de cloro y está calificado como **papel ecológico**.

Para mi hijo, Austin. La única persona que comprende mi amor por el fútbol americano, porque es posible que lo ame incluso un poco más que yo.
ROLL TIDE, hijo.

Siete años antes...

Beau

—¿Has notado algo distinto en Ash? —preguntó mi primo Sawyer mientras trepaba al árbol para sentarse a mi lado, en nuestra rama favorita con vistas al lago. Me encogí de hombros sin saber cómo responder a su pregunta. Claro que había reparado en algunas cosas respecto a Ash, últimamente. En cómo le brillaban los ojos cuando reía y lo bonitas que se le veían las piernas en pantalón corto. Pero no se lo confesaría ni loco a Sawyer. Se lo contaría a Ash y los dos se partirían de risa.

—No —repliqué sin mirarle a la cara por miedo a que notara que estaba mintiendo.

—El otro día oí a mamá hablando con papá, le dijo que dentro de poco tú y yo empezaríamos a mirarla de manera distinta. Dijo que Ash se estaba convirtiendo en toda una belleza y que las cosas iban a cambiar entre los tres. No quiero que nada cambie —explicó Sawyer con tono preocupado.

No me atrevía a mirarle. Así que mantuve la vista fija en el lago.

—Yo de ti no me preocuparía. Ash sigue siendo Ash. Siempre ha sido guapa, supongo, pero eso no importa. Es capaz de trepar a un árbol más rápido que cualquiera de los dos y llena los globos de agua como una profesional. Los tres somos amigos desde párvulos, eso no va a cambiar.

Me atreví a echarle una mirada de reojo a Sawyer. Mi explicación sonaba convincente, incluso para mí.

Sawyer sonrió y asintió con la cabeza.

—Tienes razón. A quién le importa si su pelo es como el de una princesa de las hadas. Sigue siendo Ash. Y hablando de globos de agua, a ver si paráis ya de salir de noche a escondidas para lanzarlos a los coches de delante de mi casa. Mis padres os pillarán un día de éstos y yo no podré hacer nada para sacaros del lío.

Sonreí de oreja a oreja al recordar a Ash tapándose la boca para que no se le escapase la risa la noche anterior, cuando nos habíamos escabullido hasta aquí para llenar los globos. Estaba claro que a la chica le gustaba romper las reglas. Casi tanto como a mí.

—He oído mi nombre. Más os vale que no os estéis riendo del estúpido sujetador que me obliga a llevar mi madre. Os romperé la nariz a los dos si no paráis.

La voz de Ash me sorprendió. Estaba de pie bajo el árbol, con un cubo lleno de grillos en una mano y una caña de pescar en la otra.

—¿Vamos a pescar o pensáis quedaros mirándome como si tuviera monos en la cara?

Capítulo uno

Ashton

¿Por qué no pude llegar a casa sin tener que verlos? No estaba de humor para hacer de buena samaritana con Beau y la cutre de su novia. Aunque no iba conmigo, sabía que Sawyer habría esperado que me detuviese. Con un gruñido frustrado, frené y aparqué junto a Beau, que había puesto un poco de distancia entre él y su novia, que estaba en plena vomitona. Por lo que parecía, devolver la papilla no era un reclamo de apareamiento para Beau.

—¿Dónde has aparcado la camioneta, Beau? —pregunté en el tono más irritado del que era capaz.

Me devolvió esa ridícula sonrisa *sexy* que conseguía que todas las mujeres de la ciudad se derritiesen a sus pies. Me habría gustado creer que después de tantos años era inmune a su encanto, pero no lo era. Imposible ser inmune al chico malo de la ciudad.

—No me digas que la perfecta Ashton Gray se dignará a ofrecerme su ayuda —contestó él, arrastrando las palabras e inclinándose para observarme a través de la ventanilla abierta.

—Sawyer está fuera de la ciudad, así que tendré que ocuparme yo. Él no te dejaría conducir a casa borracho y yo tampoco lo haré.

Soltó una risita ahogada, y un escalofrío de placer me recorrió el espinazo. Dios mío. Incluso su risa era *sexy*.

—Muchas gracias, preciosa, pero me las puedo arreglar solo. En cuanto Nic deje de vomitar la meteré en la camioneta. Aún soy capaz de conducir los cinco kilómetros hasta su casa. Tú puedes irte. Por cierto, ¿no tendrías que estar estudiando?

Discutir con él era una pérdida de tiempo. Empezaría a soltar comentarios sarcásticos hasta que yo estuviese tan enfadada que no pudiese ni hablar. Apreté el acelerador y entré en el aparcamiento. Lo llevaba claro si pensaba que iba a marcharme y a dejarle conducir borracho. Ese chico era capaz de enfurecerme con sólo guiñar un ojo, y mira que me esforzaba por ser amable con todo el mundo. Recorrí con la vista los coches aparcados en busca de su viejo Chevy negro. Cuando lo encontré, caminé hasta donde estaba Beau y alargué la mano.

—O me das las llaves de la camioneta o las busco yo misma. ¿Qué prefieres, Beau? ¿Quieres que te registre los bolsillos?

Una sonrisa torcida le iluminó el rostro.

—De hecho, creo que sería un placer que me registrases los bolsillos, Ash. ¿Qué tal si me quedo con la opción número dos?

El calor empezó a subirme por el cuello y me dejó manchas rojizas en las mejillas. No necesitaba un espejo para saber que me estaba ruborizando como una boba. Beau nunca me lanzaba comentarios provocativos ni coqueteaba conmigo. Al parecer, yo era la única chica mínimamente atractiva del instituto a la que no hacía ningún caso.

—Ni se te ocurra tocarlo, zorra estúpida. Tiene las llaves en el contacto —rugió Nicole, la novia intermitente de Beau, levantando la cabeza y echándose a la espalda el pelo castaño.

Sus ojos inyectados en sangre me observaban llenos de odio, desafiándome a ponerle la mano encima a lo que era de su propiedad. No le respondí, ni tampoco miré a Beau. Simplemente me di la vuelta y me dirigí a su camioneta intentando recordarme a mí misma que lo estaba haciendo por Sawyer.

—¡Venga, subid al coche de una vez! —grité antes de meterme en el asiento del conductor.

Me costó mucho no pensar en que era la primera vez que estaba en la camioneta de Beau. Después de un sinfín de noches tumbada en el tejado junto a él, hablando del día en que nos sacaríamos el carnet de conducir y de los lugares a los que iríamos, sólo ahora, a los diecisiete años, me encontraba sentada en su coche. Beau levantó a Nicole y la dejó en el asiento trasero.

—Túmbate a menos que tengas ganas de vomitar otra vez, y si lo haces asegúrate de potar de lado —le espetó él, abriendo la puerta del conductor.

»Baja, princesa. Está a punto de perder el conocimiento, no le importará que conduzca.

Me aferré con más fuerza al volante.

—No pienso dejar que conduzcas. Ni siquiera vocalizas, así que no puedes conducir.

Abrió la boca para discutírmelo pero cambió de idea. Se limitó a mascullar algo que sonaba como una palabrota antes de cerrar de un portazo y dar la vuelta por delante del coche para subir por el lado del copiloto. No dijo nada, y yo me abstuve de mirarlo de reojo. Sin Sawyer cerca, Beau me ponía nerviosa.

—Esta noche estoy harto de discutir con mujeres. Es la única razón por la que te dejo conducir —refunfuñó, esta vez sin arrastrar las palabras.

No me sorprendió que controlase su forma de hablar. Beau había empezado a emborracharse antes de que la mayoría de chicos de nuestra edad hubiesen probado su primera cerveza. Cuando se tenía una cara como la de Beau, las chicas mayores te prestaban atención. Había conseguido invitaciones a fiestas mucho antes que el resto de nosotros. Me las arreglé para encogerme de hombros.

—No tendrías que discutir conmigo si no bebieses tanto.

Soltó una risotada cínica.

—Eres la chica perfecta, ¿verdad, Ash? Hace un tiempo eras mucho más divertida. Antes de que empezaras a morrearte con Sawyer, lo pasábamos bien juntos.

Me miró fijamente, a la espera de mi reacción. Sintiendo sus ojos clavados en mí, me costaba concentrarme en conducir.

—Tú eras mi cómplice, Ash. Sawyer era el chico bueno. Pero nosotros dos éramos los alborotadores. ¿Qué ocurrió?

¿Cómo podía responder a eso? Nadie conocía a la niña que robaba chicles de la tienda o que secuestraba y ataba al repartidor de periódicos para quitarle los diarios y bañarlos en pintura azul antes de dejarlos en el porche de las casas. Nadie conocía a la chica que salía a escondidas de su casa a las dos de la madrugada para llenar de papel higiénico los jardines de los vecinos o para tirar globos de agua a los coches desde detrás de unos arbustos. Aunque se lo contara, nadie creería que había hecho todas esas cosas... nadie, excepto Beau.

—Crecí —repliqué por fin.

—Cambiaste completamente, Ash.

—Éramos unos críos, Beau. Sí, tú y yo nos metíamos en líos y Sawyer nos sacaba de ellos, pero sólo éramos unos críos. Ahora soy diferente.

Durante un momento, no respondió. Se removió en su asiento y comprendí que su vista ya no estaba fijada en mí. Era la primera vez que manteníamos esta conversación. Aunque fuese incómoda, hacía tiempo que la necesitábamos. Sawyer siempre había sido un obstáculo para que Beau y yo hiciésemos las paces. Una paz que se había quebrado tiempo atrás sin saber por qué. Un día era Beau, mi mejor amigo. Al día siguiente, sólo era el primo de mi novio.

—Echo de menos a esa chica, ¿sabes? Era electrizante. Sabía cómo divertirse. Esta aburrida chica perfecta que la sustituyó resulta cargante.

Sus palabras dolían. Quizá porque venían de él o quizá porque comprendía lo que estaba diciendo. No es que no pensara en esa chica. Le odiaba por recordarme cuánto la echaba de menos. Me esforzaba mucho por mantenerla encerrada. El que alguien deseara que la liberase hacía que me costase más mantenerla bajo control.

—Prefiero ser una chica buena a ser una puta borracha que se vomita encima —espeté antes de poder detenerme.

Me sorprendió una risita ahogada y miré de reojo a Beau mientras se arrellanaba en su asiento y apoyaba la cabeza en el cuero gastado en vez de en el duro cristal de la ventana.

—Supongo que no eres perfecta del todo. Sawyer nunca insultaría a alguien de esa manera. ¿Sabe que utilizas la palabra «puta»?

Esta vez agarré el volante con tanta fuerza que los nudillos se me pusieron blancos. Beau intentaba hacerme enfadar, y estaba haciendo un trabajo fantástico. No sabía cómo responder a su pregunta. La verdad era que Sawyer se habría quedado de piedra si me hubiese oído llamar puta a alguien. Especialmente a la novia de su primo.

—Cálmate, Ash, no me voy a chivar. Te he guardado el secreto durante años. Me alegra saber que mi Ash sigue ahí dentro, escondida en alguna parte detrás de esa fachada perfecta.

Me contuve para no mirarle. La conversación iba en una dirección que no me gustaba.

—Nadie es perfecto. Y yo no finjo serlo.

Era mentira, y los dos lo sabíamos. Sawyer era perfecto y yo me esforzaba por estar a su altura. Toda la ciudad sabía que estaba muy por detrás de su brillante reputación. Beau dejó escapar una carcajada gélida.

—Sí, Ash, claro que lo finges.

Aparqué en la entrada de la casa de Nicole. Beau no se movió.

—Está inconsciente. Tendrás que ayudarla —susurré, temiendo que notara mi desazón en el tono de mi voz.

—¿Quieres que ayude a una «puta» que se vomita encima? —preguntó, divertido.

Suspiré y me decidí a mirarlo. Me recordaba a un ángel caído, bajo la luz de la luna que hacía resplandecer su pelo rubio, aclarado por el sol. Tenía los párpados más caídos de lo habitual y sus espesas pestañas prácticamente ocultaban el color avellana de sus ojos.

—Es tu novia. Ayúdala.

Me las arreglé para sonar irritada. Cuando me permitía estudiar a Beau tan de cerca se me hacía difícil enojarme con él. Seguía viendo al chico al que de niña había puesto en un pedestal. Nuestro pasado siempre estaría ahí, impidiendo que volviésemos a estar unidos.

—Gracias por recordármelo —dijo, alargando la mano para abrir la puerta sin romper el contacto visual conmigo. Bajé la mirada y me dispuse a observar atentamente mis propios brazos, que tenía cruzados sobre el regazo. Nicole se revolvió con torpeza en el asiento trasero y la camioneta dio una leve sacudida que nos recordó que seguía allí. Después de unos instantes más de silencio, por fin bajó.

Beau cargó con el cuerpo lacio de Nicole hasta la puerta y llamó. La puerta se abrió y desaparecieron dentro. Me pregunté quién habría abierto la puerta. ¿Habría sido la madre de Nicole? ¿Le preocupaba que su hija estuviese como una cuba? ¿Dejaría que Beau la llevase a su habitación? ¿Iba Beau a quedarse con ella? ¿A meterse en la cama con ella y a quedarse dormido? Beau reapareció en la entrada antes de que mi imaginación pudiese desatarse aún más.

Una vez dentro del coche, arranqué la camioneta en dirección al parque de caravanas donde vivía.

—Así que dime, Ash, ¿tu insistencia por llevar a casa al tío borracho y a la puta de su novia se debe a que eres la eterna chica buena que ayuda a todo el mundo? Porque sé que no te gusto demasiado, así que siento curiosidad por saber qué te impulsa a querer que llegue a casa sano y salvo.

—Beau, eres mi amigo. Claro que me gustas. Somos amigos desde los cinco años. Es verdad que ya no salimos juntos, ni nos dedicamos a aterrorizar a los vecinos, pero me sigues importando.

—¿Desde cuándo?

—Desde cuándo, ¿qué?

—¿Desde cuándo te importo?

—Ésa es una pregunta tonta, Beau. Sabes que siempre me has importado —respondí. Aunque sabía que no se conformaría con una respuesta tan vaga. La verdad era que ya no hablaba mucho con él. Normalmente, Nicole estaba colgada de alguna parte de su cuerpo. Y cuando Beau me dirigía la palabra era para soltar algún comentario sarcástico.

Se le escapó la risa.

—Nos hemos sentado juntos en clase de historia durante todo el año y casi ni me has mirado. Durante la comida tampoco me miras y eso que nos sentamos a la misma mesa. Cada fin de semana nos vemos en las mismas fiestas y si se te ocurre lanzar tu mirada de superioridad en mi dirección, siempre es con expresión de asco. Así que me sorprende que me sigas considerando tu amigo.

El gran roble señalaba la entrada al parque de caravanas donde Beau había residido toda su vida. La exuberante belleza del paisaje sureño al entrar en el camino de grava era engañosa. En cuanto rebasabas los altos árboles, el decorado cambiaba de forma drástica. Caravanas viejas, coches apoyados sobre ladrillos y juguetes rotos repartidos por los patios. A falta de cristal, más de una ventana estaba cubierta con madera o plástico. Pero no me quedé embobada mirando a mi alrededor. Tampoco me sorprendió ver a un hombre sentado en los peldaños de su porche, en ropa interior y con un cigarrillo colgado de los labios. Conocía bien el parque de caravanas. Formaba parte de mi infancia. Me detuve delante de la caravana de Beau. Me habría resultado más fácil creer que era el alcohol el que hablaba, pero sabía que no era así. No habíamos estado a solas desde hacía más de cuatro años. Desde que me convertí en la novia de Sawyer, nuestra relación cambió.

Respiré hondo y me volví para mirarlo.

—Nunca hablo con nadie en clase, excepto con el maestro. Tú nunca me diriges la palabra durante la comida, así que no tengo motivo para mirarte. Llamarte la atención sólo sirve para que te burles de mí. Y en las fiestas, no te miro con asco. Miro a Nicole con desagrado. Podrías encontrar a alguien mucho mejor que ella.

Puse el freno antes de que se me escapase algo más.

Ladeó la cabeza como si me estuviese examinando.

—Nicole no te gusta demasiado, ¿verdad? No tienes que preocuparte porque esté colgada de Sawyer. Mi primo valora lo que tiene y no lo echará por la borda. Nicole no puede competir contigo.

¿A Nicole le gustaba Sawyer? Normalmente, acosaba a Beau. Nunca había notado su interés por Sawyer. Sabía que habían sido pareja durante un par de semanas cuando tenían trece años, pero había sido hacía tiempo. Eso no contaba. Además, estaba con Beau. ¿Por qué iba a interesarle cualquier otro?

—No sabía que le gustase Sawyer —respondí, no del todo segura de creerlo. Sawyer no era para nada su tipo.

—Pareces sorprendida —contestó Beau.

—Bueno, claro que lo estoy. Te tiene a ti. ¿Por qué va a querer a Sawyer?

Sus labios dibujaron una sonrisa satisfecha, haciendo que se le iluminasen los ojos de color avellana. Me di cuenta de que acaba de soltar algo que Beau podía malinterpretar, justo como estaba haciendo en ese mismo momento.

Alargó la mano hasta la manilla de la puerta, pero se detuvo y echó un vistazo rápido atrás.

—No sabía que mis bromas te molestaban, Ash. No lo haré más.

No era la respuesta que esperaba. Sin saber qué contestar, me quedé allí sentada sosteniéndole la mirada.

—Te traeré tu coche antes de que tus padres vean mi camioneta en tu casa por la mañana.

Salió de la camioneta y lo observé mientras caminaba hasta la puerta de su caravana con el contoneo más *sexy* de la historia de la humanidad. Beau y yo necesitábamos tener esa charla. A pesar de que, por su culpa, mi imaginación cabalgaría desbocada durante una temporada. Mi secreta atracción por el chico malo del pueblo tenía que seguir siendo secreta.

A la mañana siguiente, encontré mi coche aparcado en la entrada, como había prometido, con una nota metida bajo el limpiaparabrisas. La cogí, y al leerla no pude evitar sonreír.

Decía: «Gracias por lo de anoche. Te echaba de menos». Había firmado simplemente con una B.

Capítulo dos

Ashton:

Hola, cariño. Siento haber tardado tanto en responder a tu e-mail. Aquí la conexión a Internet es muy débil y el 3G no existe, así que el móvil no sirve de nada. Tengo unas ganas locas de volver a verte. Pienso en ti continuamente y me pregunto qué estarás haciendo. Pasamos la mayor parte del día haciendo senderismo. La senda que tomamos ayer llevaba hasta una cascada. Después de ocho kilómetros cuesta arriba bajo un sol abrasador, el agua helada nos sentó genial. Habría deseado que estuvieses allí.

Está claro que mi futuro no está en el mundo de la pesca. Doy pena. Cade me está dando una paliza. Ayer me dijo que debería conformarme con el fútbol americano, jajaja. Estoy disfrutando del tiempo que paso con él. Gracias por comprender cuánta falta me hacía. En estos momentos, me necesita. Su hermano mayor se marchará dentro de un año y a mí me tendrá a una simple llamada de distancia, pero no estaré allí para ver sus entrenamientos o para ayudarle con su primer amor. Estoy aprovechando para compartir toda mi sabiduría con él.

Te quiero tanto, Ashton Sutley Gray. Soy el hombre más afortunado del mundo.

Sawyer

Sawyer:
Supuse que tu tardanza en responder tenía que ver con problemas con Internet. En lo alto de la montaña, la conexión no puede ser buena. Al menos no en la cabaña aislada donde estáis. Yo también te echo de menos. Me alegro de que estés aprovechando para pasar tiempo con Cade, sé lo mucho que significa para él.
Yo ayudo un poco a mi padre en la iglesia. No tengo mucho que hacer contigo fuera. No he salido de fiesta los fines de semana, normalmente por las noches alquilo una peli. Leann y Noah se han convertido en pareja oficial. Cuando no trabaja, Leann está con él. Así que eso me deja sin nadie con quien salir. Estoy demasiado acostumbrada a pasar todo el tiempo contigo. Dales un abrazo a Cade y a Catherine de mi parte.
Cuento los días hasta que vuelva a verte.
Te quiero mucho,

Ashton

Después de hacer clic en enviar, permanecí abstraída mirando la pantalla del ordenador. Me preocupaba un poco no haber mencionado a Beau. Me había propuesto escribir que había llevado a Beau y a Nicole a casa, pero casi nunca hablábamos de Beau. Sawyer sólo lo mencionaba a veces, cuando estaba preocupado por él. Durante toda su vida, Sawyer había cuidado de Beau. Beau era el hijo del hermano Vincent que había llevado una vida alocada hasta que su moto chocó contra un camión. Beau tenía siete años cuando ocurrió. Recuerdo sus ojos enrojecidos de llorar durante meses. Por la noches, se escabullía de su caravana y venía a mi casa. Yo me escapaba por la ventana y los dos nos sentábamos en el tejado durante horas pensando en qué podíamos hacer para que se sintiera mejor. Lo habitual era que esas ideas se convirtiesen en travesuras de las que Sawyer tenía que rescatarnos.

Sawyer era el hijo del Vincent bueno. El padre de Sawyer era el mayor de los dos hermanos Vincent. Había estudiado Derecho y ganado una fortuna defendiendo a ciudadanos de a pie contra las compañías de seguros. Toda la ciudad amaba a Harris Vincent y a su bella esposa Samantha, que jugaba a tenis, era habitual de la iglesia y participaba en varias asociaciones caritativas, por no mencionar a su hijo mayor, que era la personificación del sueño americano.

No era una ciudad grande y, como en cualquier pueblo sureño, todo el mundo estaba enterado de la vida de los demás. Su pasado era de dominio público. El pasado de sus padres tampoco era ningún secreto. No se tenían secretos en Grove, Alabama. Era imposible, excepto quizá en la fiestas que tenían lugar en el prado. Estoy segura de que entre las sombras del campo de nogales que rodeaba el gran prado donde los hermanos Mason celebraban sus famosas fiestas se escondían muchos secretos. Era el único lugar donde las señoras mayores no podían observarte desde el columpio del porche de sus casas y en el que los ojos que te rodeaban estaban demasiado absortos en sus propias locuras como para fijarse en las tuyas.

Alargué el brazo para coger la foto enmarcada que

Sawyer me había regalado. Aparecíamos los dos juntos, en una fiesta en el prado del mes anterior. Su sonrisa bondadosa y sus alegres ojos verdes me hicieron sentir culpable. Tampoco había hecho nada malo. Sólo había obviado el hecho de que había ayudado a Beau a llegar a salvo a casa. Pero debería habérselo contado. Dejé la foto otra vez en el escritorio y fui hasta el armario a buscar algo que ponerme. Necesitaba salir de casa. Si no encontraba algo que hacer, el verano transcurriría a paso de tortuga. Mi abuela acababa de volver a casa después de visitar a su hermana en Savannah. Podía ir a trabajar de voluntaria en la residencia de ancianos y luego visitar a la abuela. Así, cuando mañana escribiese a Sawyer, podría explicarle que había ido a visitar a su bisabuela a la residencia. Eso le gustaría.

En cuanto terminé con mi buena obra del día y hube visitado a la bisabuela Vincent, me dirigí a casa de la abuela. Estaba ansiosa por verla. Siempre la añoraba mucho cuando se marchaba. Sin Sawyer y sin la abuela me había sentido muy sola. Al menos, la abuela ya había regresado.

En cuanto bajé del coche, la puerta de la entrada se abrió y apareció con una sonrisa y un vaso de té helado. Sus cabellos rubio platino apenas le llegaban a los hombros, y tuve que morderme el labio para que no se me escapase una risita. Antes de que se fuera, habíamos comentado que debería cortarse el pelo. Lo llevaba demasiado largo. Así se lo dije, pero ella desestimó la idea como si yo no supiese de lo que estaba hablando. Supongo que había cambiado de opinión. El pequeño destello en su mirada me indicó que mi abuela sabía perfectamente en qué estaba pensando.

—Vaya, vaya, mira quién ha decidido visitar a su abuela. Empezaba a preguntarme si necesitabas una invitación por escrito —bromeó.

Reí y subí los escalones para abrazarla.

—No llegaste a casa hasta ayer —le recordé.

Me olisqueó la camiseta y se inclinó hacia atrás para echarme un buen vistazo.

—Huele a que alguien ha pasado por el asilo de ancianos para visitar a la bisabuela de su novio antes que a su abuela.

—Déjalo ya, abuela. Te estaba dejando dormir hasta tarde. Sé que viajar te agota.

Me tomó de la mano y me guió hasta el columpio del porche para que me sentara con ella. Bajo la luz del sol, los diamantes que llevaba en los dedos refulgían. Me puso en las manos el frío vaso que sostenía.

—Toma, bebe un poco. Te lo he servido en cuanto te he visto aparcar en la entrada.

Aquí podía relajarme. Estaba con la abuela y ella no esperaba que fuese siempre perfecta.

—Bueno, ¿has hablado con ese novio tuyo desde que se marchó o estás pasando un buen rato con otro mozo mientras no está?

Escupí el té que tenía en la boca y negué con la cabeza mientras tosía. ¿Cómo era posible que siempre supiese lo que pasaba antes que nadie?

—¿Y quién es? Ha hecho que te tires el té por encima, así que tendrás que darme un nombre y algunos detalles.

Sacudí la cabeza y me volví para mirarla a los ojos.

—No hay nadie. Me he atragantado con el té por lo descabellado de tu pregunta. ¿Por qué iba a engañar a Sawyer? Es perfecto, abuela.

Hizo un gesto de incredulidad y me dio unas palmaditas en la pierna.

—No existe ningún hombre perfecto. Ninguno. Ni siquiera tu padre. Aunque a él le guste pensar que lo es.

Mi abuela siempre se burlaba de mi padre, de que hubiera acabado siendo pastor, porque según ella de pequeño había sido un trasto. Cuando me contaba historias de cuando mi padre era pequeño se le iluminaban los ojos. A veces juraría que añoraba a la persona que había sido.

—Sawyer es lo más parecido a la perfección.

—No sabría qué decirte. He pasado por delante de casa de los Lowry esta mañana y su primo Beau les estaba cortando el césped —replicó, haciendo una pausa para sacudir la cabeza con incredulidad y sonriendo de oreja a oreja—. No hay ningún hombre en esta ciudad que pueda compararse con Beau sin camisa, niña.

—¡Abuela!

Le di una palmada en la mano, horrorizada ante la idea de que mi abuela se hubiese dedicado a admirar el torso desnudo de Beau. La abuela simplemente se echó a reír.

—¿Qué? Soy vieja, Ashton, pero no ciega.

No me costó nada imaginarme el aspecto que tendría Beau sudoroso y sin camisa. Casi me dio un ataque la semana anterior cuando pasé por casa de los Green y le vi cortando el césped descamisado. Me dije a mí misma que estaba examinando el tatuaje de sus costillas, pero no era verdad. Esos abdominales tan bien definidos eran difíciles de pasar por alto. Era básicamente imposible. Y el tatuaje tenía un no sé qué que los hacía aún más *sexys*.

—Y no soy la única anciana que se ha fijado. Pero sí soy la única lo bastante honesta como para admitirlo. Las demás le contratan para que les corte el césped sólo para poder contemplarlo desde la ventana mientras se les cae la baba.

Por eso quería tanto a la abuela: siempre me hacía reír. Aceptaba las cosas tal como eran. No fingía, ni se daba aires. Simplemente era la abuela.

—No sé qué aspecto tendrá Beau sin camiseta —dije yo, lo que era mentira—. Pero lo que sí sé es que no trae más que problemas.

La abuela chasqueó la lengua y dio un buen empujón al columpio con los pies.

—De vez en cuando los problemas pueden ser divertidos. Ir siempre por el buen camino puede hacer que la vida se haga tediosa y aburrida. Aún eres joven, Ashton. No te estoy diciendo que salgas por ahí y te arruines la vida. Sólo digo que a veces un poco de excitación es buena para el alma.

Me vino a la mente una imagen de Beau, encorvado a mi lado en la camioneta y mirándome a través de sus espesas pestañas, y se me aceleró el pulso. Decididamente, Beau era más que un poco de excitación. Era letal.

—Basta de chicos. Ya tengo uno y no estoy interesada en buscar otro. ¿Qué tal tu viaje?

La abuela sonrió y cruzó las piernas. Una sandalia de tacón pendía de uno de sus pies; llevaba las uñas pintadas de fucsia. Costaba creer que fuese la madre de un hombre tan conservador como mi padre.

—Fuimos de visita. Bebimos unos cuantos cócteles. Vimos algunas obras de teatro. Ese tipo de cosas.

Sonaba al típico viaje a casa de la tía Tabatha.

—¿Mi padre ha venido a verte, esta mañana?

Dejó escapar un suspiro teatral.

—Sí, y como es habitual, ha rezado por mi pobre alma. Este chico no tiene ningún sentido de la aventura.

Sonreí para mí misma. Estar con la abuela siempre era divertido.

—Y más te vale que no le repitas lo que acabo de decirte. Ya viene bastante a menudo a darme lecciones.

Me dio un empujoncito en la pierna.

—Nunca lo hago, abuela.

La abuela volvió a empujar el columpio con el pie.

—Bueno, si no piensas buscarte un chico malo y *sexy* con tatuajes con quien disfrutar del verano, tú y yo tendremos que hacer alguna cosa. No te pasarás todos los días haciendo buenas obras, ¿qué gracia tiene eso?

—Vayamos de compras. Siempre podríamos ir de compras —contesté.

—Ésta es mi niña. Iremos de compras, pero hoy no. Tengo que deshacer las maletas y limpiar la casa. Quedaremos a finales de semana. Tú y yo solas. Con un poco de suerte, nos encontraremos unos buenos mozos mientras estamos fuera.

Sacudí la cabeza y reí ante su comentario burlón. La verdad era que mi abuela no era ninguna fan de Sawyer. Debía de ser la única persona de la ciudad que no le tenía en un pedestal.

Después de hacer planes para ir de compras con la abuela, regresé a casa. Me las había arreglado para pasar una buena parte de la jornada fuera de mi habitación. Podía pasar el resto del día con un buen libro.

Por suerte, mis padres no estaban en casa cuando llegué.

Cuando mi padre estaba en casa, siempre se le ocurrían tareas para encargarme. No tenía ganas de pasarme lo que quedaba del día trabajando. Sólo deseaba ponerme a leer una tórrida novela romántica y esconderme en su mundo ficticio durante un ratito.

En cuanto entré en mi habitación para quitarme la ropa, que olía a desinfectante y a ancianos, el teléfono me avisó de que tenía un mensaje. Me saqué el móvil del bolsillo y me quedé un momento mirando la pantalla, mientras me embargaban una serie de emociones contradictorias.

Beau:

Nos vemos en el hoyo.

El hoyo era un pequeño lago que se encontraba en el punto más distante del terreno de Sawyer. ¿Beau quería verme allí a solas? ¿Por qué? Se me aceleró el pulso al pensar en lo que Beau podría estar planeando. Eché un vistazo a la novela romántica que había pensado leer y decidí que una tarde en el bosque con Beau Vincent sería mucho más interesante. La culpa se escondía en algún lugar de mi interior, intentando encontrar un resquicio entre las endiabladas ganas que sentía de hacer algo malo. Antes de que pudiese entrar en razón y cambiar de idea, respondí:

Estaré allí en un cuarto de hora.

El corazón me latía contra el pecho de pura energía nerviosa, o quizá por el temor a que nos pillaran. Tampoco estaba haciendo nada malo. A ver, Beau era un amigo. Más o menos. También se sentía solo. Y no íbamos al hoyo a pegarnos el lote. Seguramente quería terminar la conversación de la noche anterior. Ahora estaba sobrio. Lo más probable era que quisiera aclarar que no había pretendido que malinterpretase sus palabras. No era que fuésemos a nadar juntos ni nada de eso.

Beau:

Ponte bañador.

Vale. Quizá sí que íbamos a nadar. No respondí. No estaba segura de qué decir. Lo correcto habría sido decir que no. Pero yo siempre hacía lo correcto. Siempre. Por una vez, deseaba hacer lo que me apetecía: dejar salir un rato a la chica mala.

Fui hasta el armario y busqué la bolsita escondida en la estantería de arriba. El biquini rojo, que había comprado para cuando estuviera con Sawyer (pero que al final nunca me ponía por miedo a su mirada desaprobadora), estaba hecho un ovillo dentro de la bolsa de la tienda. Había cogido la bolsa muchas veces, pero nunca había llegado a sacarlo. Lo había comprado por impulso, intuyendo que acabaría muerto de asco en el armario. Casi podía ver la sonrisa de aprobación de la abuela mientras sacaba el revelador biquini que ella había insistido en que comprase.

—¿Te parece lo bastante problemático, abuela? —musité antes de que se me escapase una risita excitada.

Beau

Nunca me había molestado en reflexionar sobre lo negra que era mi alma, como parecían creer el resto de los habitantes de esta ciudad, pero en cuanto Ashton salió de su pequeño Jetta blanco con el aspecto de un ángel caído del cielo, supe que mi alma estaba condenada al infierno.

Le había enviado el mensaje para recordarme lo inalcanzable que era. Creía que ver un simple «no» como respuesta sería el toque de atención que necesitaba para dejar de obsesionarme con ella. Pero aceptó y mi estúpido y negro corazón se hinchó de alegría. Me di cuenta de que se tambaleaba un poco cuando sus preciosos ojos verdes se encontraron con los míos. Más que nada en el mundo, habría deseado acercarme a ella y asegurarle que iba a ser bueno. Sólo quería hablar con ella, ver cómo se le iluminaban los ojos cuando reía o cómo se mordisqueaba el labio inferior cuando estaba nerviosa. Pero no podía actuar según mis deseos. Ashton no era mía. No lo había sido desde hacía mucho tiempo. No debería haber venido y yo no debería haberla invitado. Así que en lugar de tranquilizarla, permanecí apoyado en el árbol, la perfecta imagen del demonio, con la esperanza de que diese media vuelta y se marchase corriendo.

Se aproximó, con el carnoso labio inferior apresado entre sus perfectos dientes blancos. Había fantaseado con esos labios demasiadas veces. Apenas se había cubierto las largas piernas morenas con unos pantalones cortos que hicieron que casi deseara agradecerle a Dios que la hubiera creado.

—Hola —dijo Ashton, ruborizada de nervios.

Maldita fuera, era toda una belleza. Nunca le había envidiado nada a Sawyer. Le quería como a un hermano. Era el único miembro de mi familia al que quería de verdad. Cuando sobresalía en algo, yo le vitoreaba en silencio. Se mantuvo a mi lado durante una infancia difícil, rogando a sus padres que me dejasen quedarme a dormir cuando la idea de regresar a una caravana oscura y vacía me aterrorizaba. Siempre había tenido aquello de lo que yo carecía. Los padres perfectos, la casa perfecta, la vida perfecta, pero nada de eso importaba porque yo tenía a Ashton. Cierto, los tres habíamos sido amigos, pero Ashton era mía. Había sido mi cómplice, la única persona a la que contaba mis sueños y mis temores, mi alma gemela. Y entonces, como tenía que ser en la vida perfecta de Sawyer, él consiguió a mi chica. Lo único que creía mío había pasado a pertenecerle.

—Has venido —respondí al fin.

Se sonrojó aún más.

—Sí, no sé muy bien por qué.

—Yo tampoco —le contesté, ya que estábamos siendo sinceros.

Respiró profundamente y apoyó las manos en las caderas. Quizá no era la pose más apropiada, llevando sólo un biquini para cubrirle el generoso busto. La vista era más estimulante de lo necesario, así que aparté la mirada de su escote.

—Mira, Beau, estoy sola y aburrida desde que Sawyer se marchó. Leann siempre está ocupada, trabajando de camarera en Hank's o con Noah. Creo que me gustaría que fuésemos... amigos. Fuiste mi mejor amigo durante ocho años. Me gustaría recuperarlo.

¿Quería que volviésemos a ser amigos? ¿Cómo demonios iba a hacerlo? Desearla desde lejos y no poder tocarla era una cosa. Me estaba pidiendo algo que no estaba seguro de poder darle. Pero, qué narices, su mirada suplicante consiguió que cediese.

—Muy bien —resolví, tirando de mi camiseta y quitándomela por la cabeza—. A nadar.

No esperé a ver cómo se quitaba esos pantaloncitos diminutos. Una parte de mí deseaba quedarse a mirar cómo lo hacía, pero otra parte de mí sabía que mi corazón no podría soportar la imagen de Ashton contoneándose para salir de esos puñeteros pantalones cortos. Quizá tuviera el corazón negro, pero eso no impedía que pudiese sufrir un fallo cardíaco.

Tomé carrerilla y me agarré del columpio de cuerda y, por un segundo, volví a ser un niño volando sobre el lago. Me solté, hice una voltereta y me sumergí con fluidez en el agua. Cuando saqué la cabeza, eché un vistazo a la orilla con la esperanza de atisbar a Ashton mientras se desvestía. Los pantalones cortos habían desaparecido y Ashton caminaba hacia la cuerda. No era la primera vez que la veía en biquini, pero sí la primera que me permitía disfrutar de la vista. El corazón me golpeaba contra el pecho, pero no fui capaz de quitarle los ojos de encima mientras agarraba la cuerda, se balanceaba sobre el agua y hacía una voltereta perfecta. Me había costado tres largas tardes enseñarle a saltar de la cuerda haciendo una voltereta y a sumergirse con suavidad. Ashton tenía ocho años y estaba empeñada en hacer todo lo que Sawyer y yo hacíamos.

Ashton sacó la cabeza del agua y la ladeó para apartarse el pelo mojado de la cara con las manos.

—No estaba tan fría como esperaba —comentó con una sonrisa triunfante.

—Estamos a treinta y cinco grados y subiendo. A finales de mes, esto te parecerá el agua de la bañera.

Me esforcé por no parecer fascinado por la forma en que las largas pestañas se le rizaban al mojarse.

—Sí, me acuerdo. He pasado tantos veranos como tú en

este lago —respondió, y se le fue apagando la voz, como si quisiera recordarnos a los dos de quién era el lago en el que estábamos nadando. Quería que se sintiera cómoda conmigo. Si hablar de Sawyer ayudaba, entonces hablaría de él. Además, tampoco me hacía ningún daño recordar a quién pertenecía Ashton.

—Entendido. Lo siento, pero esta nueva Ashton no se parece a la Ashton a la que conocí en su momento. A veces se me olvida que la novia perfecta de Sawyer es la misma chica que empezaba las peleas de barro en la orilla.

—Ojalá dejases de comportarte como si fuese una persona diferente, Beau. He crecido, pero sigo siendo la misma chica. Además, tú también has cambiado. El viejo Beau no me habría ignorado completamente, demasiado ocupado morreándose con su novia como para darse cuenta de que estoy viva.

—No, pero el viejo Beau no estaba cachondo —repliqué con un guiño y le salpiqué la cara. Su risa familiar hizo que me doliese un poco el pecho.

—Entendido. Supongo que tener encima a alguien con un cuerpo como el de Nicole puede distraer un poco. Está claro que una amiga tiene menos prioridad que echar un polvo.

Si en algún momento hubiese sabido que Ashton deseaba mi atención, habría apartado a Nicole de un empujón y le habría prestado todo mi interés a Ashton. Pero la mayor parte del tiempo estaba en los brazos de Sawyer, y yo necesitaba distraerme. Nicole me proporcionaba otra cosa... Algo que no podía admitir delante de Ashton.

—Nicole no es muy recatada —respondí, intentando echarle la culpa a ella.

El hoyuelo que me había fascinado desde el día en que conocí a Ashton hizo su aparición cuando me ofreció una gran sonrisa.

—Nicole no sabe ni la definición de la palabra «recato». Eso sí, en cuanto a la palabra «vulgar», creo que tiene una idea bastante clara de lo que significa.

Me estaba haciendo ilusiones, ¿o parecía celosa de Nicole?

—Nicole no es tan mala. Simplemente, va a por lo que quiere —contesté yo, deseando poner a prueba la reacción de Ashton.

Su cara adoptó una mueca irritada y se puso tensa. No pude contener la sonrisa que me vino a los labios. Me gustaba el hecho de que le molestara que defendiese a Nicole.

—Tienes mal gusto en cuestión de mujeres, Beau Vincent —replicó.

Observé cómo nadaba hasta el embarcadero y se subía para sentarse en el borde, ofreciéndome una vista extremadamente placentera. Tardé un momento en recordar de qué estábamos hablando. El cuerpo húmedo de Ashton expuesto a la vista era lo único en lo que mi simple cerebro parecía capaz de fijarse. Sacudí la cabeza para aclararme las ideas y recordé su comentario sobre mi mal gusto en cuestión de mujeres.

—¿Y supongo que Sawyer tiene mejor gusto? —pregunté y nadé hasta el embarcadero para unirme a ella.

Frunció el ceño y se mordisqueó el labio. No era la respuesta que esperaba. Quería hacerla sonreír.

—Los dos sabemos que podría encontrar a alguien mejor.

¿Qué demonios estaba diciendo?

—¿Tú crees? —dije yo, y me las arreglé para sonar indiferente.

Me echó un vistazo rápido con una sonrisa triste. El sol de la tarde brillaba justo a su espalda otorgando un suave resplandor a sus largos rizos rubios. El efecto hacía que se asemejase aún más al ángel que parecía ser. Intocable a menos que fueses el perfecto Sawyer Vincent.

—No estoy ciega, Beau. No estoy diciendo que sea fea. Sé que soy mona. Tengo el pelo bonito y mi complexión no está mal. No tengo unos enormes ojos azules ni pestañas largas, pero en general estoy bien. No soy precisamente provocativa o excitante. Sawyer es perfecto. A veces me cuesta creer que me desee.

Me di la vuelta, temeroso de que la expresión incrédula de mi cara le comunicase más de lo que necesitaba saber. Quería decirle que sus ojos verdes hacían que los hombres quisieran protegerla o que sus dulces labios rosados eran cautivadores o que un simple hoyuelo me aceleraba el pulso. Quería explicarle que esas largas piernas morenas provocaban que los chicos dieran traspiés y que cuando llevaba camisas ceñidas tenía que contener el impulso de ir a taparla para evitar que todos los hombres que la viesen corriesen a sus casas y para evitar que todos los hombres que la viesen fantasearan con ella. Pero no podía decir nada de eso. Me obligué a mantener una expresión indiferente y la miré de reojo.

—Creo que te estás quitando méritos. Sawyer no te eligió sólo por tu aspecto.

Eso era lo único que tenía que decir.

Suspiró y se inclinó un poco hacia atrás, apoyándose sobre las manos. Tuve que apartar la mirada otra vez antes de que mis ojos se centrasen en sus pechos. No necesitaba verlos para saber que eran redonditos, suaves, tiernos y tentadores como el demonio.

—No siempre soy buena. Me esfuerzo mucho por serlo. Quiero ser digna de Sawyer, de verdad que sí, pero es como si hubiera otro yo en mi interior que intenta escapar. Lucho por controlarlo, pero no siempre lo consigo. Sawyer tiene que mantenerme a raya.

¿Mantenerla a raya? Me obligué a relajar las manos, que se habían convertido automáticamente en puños. ¿Sawyer le había hecho creer que sufría alguna imperfección? Seguro que no sabía que Ashton se sentía así.

—Ash, desde que te decidiste a crecer, no has sido más que perfecta. Es verdad que me ayudabas a meter ranas en los buzones de la gente, pero esa chica ya no está. Querías ser perfecta y lo has conseguido.

Rió y volvió a erguirse. Me atreví a echarle otro vistazo. Ahí estaba el hoyuelo otra vez mientras observaba el agua con la mirada perdida.

—Si tú supieras —fue lo único que dijo.

—Cuéntame. —La palabra me salió de la boca antes de que pudiera ponerle freno.

—¿Por qué?

«Porque te quiero a ti. Sólo a ti. La chica que sé que está ahí, escondida del resto del mundo. Quiero recuperar a mi Ash.» Pero no podía expresarlo así. Me descubriría. Y tenía que protegerme.

—Porque me gustaría saber que no eres tan perfecta. Me gustaría saber que la chica que conocía sigue allí, en alguna parte.

Volvió a reír y sacó las piernas del agua para apoyar la barbilla en las rodillas.

—No pienso admitir mis defectos ante ti. Teniendo en cuenta que la mayor parte son sólo pensamientos y que nunca he actuado de acuerdo con ellos.

Lo que yo daría por saber qué malos pensamientos mantenía Ashton encerrados. Dudaba que fuesen tan malos como habría deseado. Pero una simple idea traviesa habría bastado para enloquecerme.

—No te estoy pidiendo tus secretos más oscuros, Ash. Sólo quiero saber qué podrías tener tú de malo como para hacerte pensar que Sawyer tiene que mantenerte a raya.

Se le enrojecieron las mejillas, pero mantuvo la mirada firme. No me lo iba a contar. Tampoco lo había esperado. Ashton llevaba años escondida en sí misma. Seguía doliendo una barbaridad cuando pensaba en la chica que había perdido. La chica que ya no me permitía ver. Después de varios minutos de silencio, me puse de pie y me estiré. No podía seguir con aquello. Levanté un muro hace tres años para no salir herido. Ashton era la única con el poder de hacerme de daño y no podía permitir que volviese a hacerlo.

—No pasa nada. No hace falta que me cuentes que a veces no te acuerdas de devolver el carrito de la compra a su lugar en el aparcamiento o que no vas todas las semanas a la residencia de ancianos.

Me dispuse a alejarme, furioso conmigo mismo por sonar como un capullo, pero necesitaba distanciarme de ella. Eso había sido un error. Un error enorme por el que tendría que pagar.

—Ésas son el tipo de cosas que Sawyer me ayuda a recordar... Pero no me refería a eso exactamente...

Lo dijo en voz tan baja que casi no la oí. Me detuve y me

di la vuelta. Me estaba mirando a través de las pestañas mojadas.

—Soy como cualquier adolescente. Envidio a Nicole porque se atreve a ser quien es. Yo no puedo. Pero no es por culpa de Sawyer. Nunca he sido capaz de rendirme a esos impulsos. Mis padres quieren que sea buena.

—¿Quieres ser como Nicole? —pregunté horrorizado.

Rió y negó con la cabeza.

—No exactamente. No quiero vomitarme encima o que me lleven en brazos a casa porque estoy borracha... o que me consideren una chica fácil. Pero, por una vez, me gustaría saber qué se siente al hacer algo más que besarse. Que te toquen. —Se interrumpió y bajó la mirada al agua—. Conocer la emoción que se siente al escaparse de casa o qué se siente cuando alguien te desea con tanta desesperación que no puede controlarse al besarte. Quizá sentirme deseada.

Volvió a interrumpirse y se tapó la cara con las manos.

—Por favor, olvida lo que he dicho.

Hablando de solicitudes imposibles. Ya tenía problemas con sólo respirar. A la mierda todo, estaba bien jodido. Tenía que acordarme de Sawyer. Le quería. Era mi familia. Era un imbécil por no besar hasta el último rincón del cuerpecito *sexy* de Ashton y no disfrutar del don que le había sido concedido. Pero seguía siendo mi familia. No podía hacerlo.

Bajó las manos de la cara y dirigió su semblante culpable hacia mí. Su mirada perdida me estaba destrozando. Quería asegurarle que no tenía nada de malo. Quería prometerle que le demostraría lo loco que me volvía. En sólo cinco minutos podría demostrarle lo deseable que era.

Se puso de pie.

—Ahora ya sabes mis secretos, Beau. Creo que eso nos vuelve a convertir en amigos, ¿no?

La sonrisa le temblaba en los labios.

Mierda.

—Sí, yo diría que sí —respondí, mientras me consumían los remordimientos.

Capítulo tres

Ashton

Esperé a ver el coche de mis padres retrocediendo por el camino de entrada antes de coger el móvil y escribir un mensaje a Beau.

T vienes a ver 1 peli a casa?

El corazón se me aceleró dentro del pecho. ¿Qué estaba haciendo? Hoy, en el hoyo, me había pasado de la raya. Nunca tendría que haberle hablado de mis deseos secretos. Pero con sólo pensar en el intenso brillo de sus ojos mientras le explicaba lo que quería experimentar, el cuerpo se me estremecía de excitación.

Beau:

Y tus padres?

Conocía a mis padres lo bastante bien como para saber que no aprobarían que quedásemos. Pero que su madre fuese vulgar no significaba que él también lo fuese. Por sus venas corría la misma sangre que por las de Sawyer.

Yo:

Fuera d la ciudad.

Mi padre había planeado una escapada sorpresa de fin de semana por su aniversario de boda. Lo sabía desde hacía una semana, pero no se lo había contado a mi madre hasta esa misma tarde. Justo en ese instante, iban de camino a Birmingham.

Cuando sonó el teléfono, me dio tal sobresalto que casi lo dejo caer. Me temblaban las manos, temiendo que fuese Sawyer. Si hablaba con él, sería incapaz de esconder la culpabilidad que sentía. Era Beau.

—Hola —dije.

—Dejaré la camioneta en el parque y llegaré a tu casa por el bosque. Deja abierta la puerta trasera.

No quería que viesen su camioneta aquí. Sabía que era por mi bien. Lo mejor sería que no aparcase delante de mi casa. Sólo era un amigo, pero... también era un chico. Un chico malo. Ashton Gray no invita a chicos a casa cuando sus padres no están.

—Muy bien, si lo prefieres así.

—Así es mejor. —Su voz grave me provocó un hormigueo por todo el cuerpo.

—Te veo dentro de un rato —contesté.

—Sí —dijo antes de colgar.

Me quedé mirando el teléfono que tenía en la mano; debatiéndome entre el temor y la excitación. Iba a pasar más tiempo a solas con Beau. Le echaba de menos. Poder ser honesta con alguien era agradable. No tenía que fingir. Y también había que tener en cuenta el hecho de que, cada vez que me miraba, sus ojos provocaban que todo mi cuerpo se estremeciera. Había algo perverso en Beau que me atraía. ¿Qué me pasaba? ¿Por qué deseaba tanto pecar?

Tiré el móvil sobre la cama y me fui a la ducha. No iba a pensar más en la regla que estaba rompiendo. No estaba haciendo nada malo. Era una regla pequeña comparada con otras. O sea, que había otras reglas más grandes que también podía romper. Además, necesitaba romper algunas reglas o me volvería loca.

Un suave golpe en la puerta trasera hizo que las mariposas que revoloteaban por mi estómago entrasen en estado febril. Oí que la puerta se abría y se volvía a cerrar. Me puse rápidamente el vestido bordado blanco de tirantes por el que me había decidido después de probar varias opciones. El vestido era corto y los tirantes finos, así que parecía lo bastante informal como para ver una película... más o menos. Me examiné los pies descalzos. Me acababa de pintar las uñas de un rosa algodón de azúcar y decidí que seguiría descalza. Aún más informal.

Crucé el pasillo para saludar a mi invitado. Al ver a Beau de pie en la cocina, dejó de llegarme oxígeno a los pulmones. El negro siempre le había sentado bien, pero viéndole allí de pie en medio de mi cocina con una camiseta negra estrecha y un par de vaqueros de cintura baja, sentí que me mareaba. Caí en la cuenta de que estaba conteniendo la respiración.

—Hola —conseguí decir, encogiéndome mentalmente de vergüenza al escuchar el jadeo de mi voz.

Asintió y me lanzó una pequeña sonrisa antes de caminar hasta la nevera y abrirla.

—Tengo sed. ¿Puedo tomar una cola? —preguntó sin mirarme.

—Mmm, sí, claro. También he encargado pizza. Llegará dentro de poco. Por si tienes hambre.

Cerró la puerta de la nevera y abrió la lata de cola con la mano antes de tomar un trago.

—Yo siempre tengo hambre —contestó.

—Muy bien, perfecto.

No sabía qué más decir. Había invitado a Beau a mi casa para ver una película. Ahora estaba aquí en toda su deliciosa plenitud y yo no sabía qué decir. Se me acercó con una sonrisa.

—Relájate, Ash. Soy sólo yo. —Señaló el salón con la cabeza—. Vamos a ver la selección de películas que tienes.

Tragué saliva con nerviosismo, me di la vuelta y me dirigí al salón. Todo esto era una mala idea. Me estaba comportando como una idiota. Los amigos no se comportan así. Si quería que fuese mi amigo, tenía que empezar a comportarme como tal y no como una boba enamorada.

—He alquilado dos películas. Si no te gusta ninguna, puedes elegir entre las que tengo en mi habitación, pero te aviso desde ya que la mayoría son comedias románticas. Las que he alquilado serán más de tu gusto.

Me mantuve de espaldas a él porque notaba que el calor me subía por las mejillas y no soportaba la idea de que me viese ruborizada. Estaba siendo tan ridícula. Alcancé las dos películas de acción que había alquilado y empecé a volverme para mostrárselas cuando se colocó detrás de mí. El cuerpo se me puso en tensión y tuve que tomar varias bocanadas de aire.

—Déjame ver. —Tenía la boca sorprendentemente cerca de mi oreja. Entonces sus brazos me envolvieron y me quitó las películas de las manos. Cuando nuestros dedos se rozaron, inspiré rápidamente. Se detuvo durante un segundo y luego se apartó de prisa. Mi comportamiento de loca le estaba incomodando.

—Buena elección. Hace tiempo que quiero ver las dos, pero Nicole y yo nunca vemos películas.

El nombre de Nicole fue como si me echasen un cubo de agua fría encima. Me estaba recordando con sutileza que sólo había venido a ver una película con una amiga, lo que era cierto. Sólo tenía que ponerle freno a mi lujuria y todo iría bien.

Me di la vuelta sobre las puntas de los pies.

—Perfecto. Escoge una y ponla en el aparato. Voy a buscar el dinero antes de que llegue la pizza.

Pero antes iba a mojarme la cara con agua fría y a calmarme un poco. No esperé a que respondiera antes de huir de la habitación.

El timbre sonó mientras rebuscaba el dinero en mi bolso. Seguro que el repartidor sería alguien del instituto. No era buena idea que Beau abriese la puerta. Salí corriendo de la habitación y me encontré cara a cara con Beau. O, con más exactitud, cara a pecho. Un pecho que olía delicioso. Cerré los ojos con fuerza y respiré profundamente.

—Esperaré aquí mientras pagas —susurró. Asentí y pasé por su lado.

—¿Cómo te va, Ashton? —preguntó Jimmy con una sonrisa.

—Mmm, bien, gracias.

—Debes de echar de menos a Sawyer.

Asentí.

—Sí. —Le entregué el dinero—. Quédate el cambio y gracias.

Su sonrisa se hizo más grande.

—Genial, gracias, Ashton. Nos vemos.

Le devolví la sonrisa y cerré la puerta.

Beau salió del pasillo.

—Huele bien.

Olía bien de verdad, pero dudaba mucho que pudiese comer. Beau me cogió la caja de las manos, fue hasta el sofá y la dejó delante de él, en la mesita del café.

—Voy a buscar platos de papel —dije yo, deseando no sonar tan nerviosa.

Se dispuso a abrir la caja.

—Por mí no hace falta, me basta con papel de cocina.

—Vale —repliqué de camino a la cocina sin mirar atrás.

Cuando volví al salón, Beau ya iba por la segunda porción de pizza. Me alegraba de que mi comportamiento extraño no le incomodase.

—Ya he puesto la peli —comentó señalando el televisor con la cabeza.

—Ah, perfecto —respondí, alargando la mano para coger un trozo de pizza.

Beau estaba atento a la película, así que no debería haber tenido problemas para comer. Pero fui incapaz de terminar el primer trozo. Estaba demasiado nerviosa como para comer. Beau se arrellanó en el sofá con la mirada fija en la película después de limpiarse las manos con el papel de cocina. Yo puse mi plato sobre una pila de revistas que mi padre había dejado en la mesita.

—He dejado dos porciones. Es imposible que estés llena.

Le miré de reojo.

—¿Me estás diciendo que no has parado de comer porque estuvieras harto?

Negó con la cabeza.

—No, estaba siendo considerado. Yo nunca estoy lleno.

Apoyé la espalda en el sofá.

—Come lo que quieras, yo ya he terminado.

No se inclinó hacia delante para coger otro trozo como esperaba que hiciese, sino que su atención permaneció centrada en mí.

—¿Por qué me has invitado a venir esta noche, Ash?

Sentí que se me enrojecían las mejillas. ¿Por qué le había invitado? No era tan sencillo responder a eso. Desde que entró por la puerta, me había estado comportando de forma ridícula. Con Sawyer, nunca me quedaba sin palabras. Beau me ponía nerviosa. Ahora estaba muerto de aburrimiento, obligado a pasar la tarde conmigo cuando podría pasarla con su novia súper *sexy* haciendo todas esas cosas de las que yo nada sabía. Le estaba privando de una tarde excitante. La idea de que había venido a ayudarme a pasar el rato por fidelidad hacia su primo me hizo sentir fatal. Estaba haciendo una obra de beneficencia por mí y yo ni siquiera era capaz de ofrecerle una velada interesante. Bueno, al menos le había alimentado.

—Lo siento. Supongo que no quería estar sola, pero estoy bien. Puedes marcharte. Sé que esto es aburrido comparado con lo que haces normalmente.

Me las arreglé para formar un sonrisa vacilante.

Su ceño se frunció aún más al inclinarse hacia delante y

apoyar los codos en las rodillas, pero no apartó la vista de mí.

—Estar contigo no es aburrido. Pero pareces incómoda. Si quieres que me marche, lo haré. Tengo la sensación de que estás reconsiderando lo de haberme invitado a venir.

Suspiré y se me escapó una risita.

—No. Quiero que te quedes. Nunca ha venido ningún chico aquí, excepto Sawyer, y siempre con mis padres en casa. Estoy nerviosa. No es que quiera que te marches.

—¿Por qué te pongo nerviosa? —preguntó, observándome fijamente.

—No lo sé —respondí con sinceridad.

—Mmm, y estás equivocada, por cierto —replicó con una sonrisa.

—¿Cómo?

—Ha habido otros chicos aquí. Antes venía a menudo. Tu habitación sigue igual.

Sonreí. Tenía razón. Sólo tenía que recordar que éste era el mismo chico que miraba películas conmigo tumbado en mi cama.

Cruzó el espacio que nos separaba y se relajó estirando el brazo por detrás del sofá.

—No muerdo, Ash. Sigo siendo yo. Te lo prometo. Ven y lo verás.

Examiné su brazo y la idea de acurrucarme con él me resultó extremadamente tentadora. Pero no creo que fuese eso lo que tenía en mente. En su lugar, me arrellané en el sofá con cuidado de no tocarle. No puso la mano en mi hombro ni tiró de mí para que me acercase. Su mano permaneció apoyada en el cabecero del sofá y detesté el sentimiento de decepción que me embargó.

—Relájate y mira la peli —dijo en un tono de voz suave que nunca le había oído. Hizo que me inundara una sensación de calidez y de seguridad.

Al final, el brazo de Beau resbaló y acabó apoyado en mi hombro. Su dedo empezó a trazar pequeños círculos sobre mi brazo, de forma ausente. Era casi como si pequeñas descargas eléctricas recorrieran todo mi cuerpo. Confiaba en que no notase que mi respiración se estaba volviendo irregular. Cerré los ojos y fantaseé con la idea pasarle las manos por debajo de la camiseta y acariciarle la delicada piel que le cubría el sólido pecho. Eché un vistazo rápido a través de las pestañas y vi que su atención estaba completamente centrada en la película. No tenía ni idea de que me estaba volviendo loca.

Me acerqué lentamente a él, hasta que mi cabeza estuvo apoyada en el pliegue de su codo. Los aromas del campo y de gel me inundaron los sentidos. Sawyer siempre olía a colonia. Yo prefería el gel. Giré la cabeza sólo un poquito para olerlo mejor. Beau apretó un poco el brazo contra mí. Para él no significaba nada, pero era tan agradable. Me volví para apoyar todo el cuerpo en su costado y cerré los ojos. Mi imaginación tomó el control y me pregunté qué sentiría si aquella ridícula camiseta no le cubriese el pecho.

—Ash. —La voz de Beau irrumpió en mi fantasía.

—Mmm... —respondí, pasando la mano por sus abdominales.

—¿Qué estás haciendo?

Su voz tenía un timbre extraño. Había en ella un pánico que me arrancó de mi ensoñación y me devolvió a la realidad. Me quedé sin aliento al comprender que había subido mi pierna encima del muslo de Beau. El dobladillo de mi vestido apenas me cubría el muslo. Y para empeorar las cosas, tenía la mano debajo de su camiseta y su piel era tan suave y cálida. El delicado movimiento circular sobre mi brazo se había detenido y su mano ya no me tocaba. Me invadió el horror, saqué la mano de debajo de su camiseta de un tirón y me puse de pie.

—Dios mío —espeté—. Lo siento... No quería... Lo siento.

No me atrevía a mirarlo. ¡No después de haberle saltado encima! Hice lo único que se me ocurrió, salí huyendo a mi habitación.

Empujé la puerta con la fuerza necesaria como para dar un portazo, pero el golpe nunca llegó.

—Ash, espera.

La voz de Beau hizo que me avergonzara todavía más. ¿Por qué había tenido que seguirme? ¿No podría haberse marchado?

No era capaz de enfrentarme a él.

—Lo siento. Vete... por favor.

Me crucé de brazos y miré fijamente por la ventana a la espera de verle marchar. Sus brazos me envolvieron por detrás y solté un gemido de humillación. Estaba intentando consolarme.

—No sé qué estará pasando por esa cabecita tuya, pero por tu manera de comportarte, imagino que es bastante malo. —Bajó la cabeza y la apoyó en mi hombro—. Si quieres que me vaya, lo haré. Pero antes, quiero asegurarme de que entiendes una cosa.

Tenía un nudo en la garganta y las lágrimas me impedían respirar.

—He sido yo el que lo ha empezado todo. Pensaba que me apartarías, no que... te acurrucarías aún más.

Hizo una pausa y el calor de su aliento me acarició el oído antes de que sus labios tocaran mi espalda desnuda. Me estremecí y bajó las manos por mis brazos hasta cubrir las mías.

—No debería haberte tocado. Pero no he podido contenerme —me susurró al oído.

Quería discutírselo. No era culpa suya. Quería decirle que era yo la que se había dejado llevar, pero no me salió más que un pequeño quejido.

—No puedo hacerlo, Ash. Lo deseo, pero no puedo.

Y entonces se marchó. Me di la vuelta para ver cómo se alejaba. Más que nada en el mundo, habría deseado pedirle que regresara, pero no lo hice.

Capítulo cuatro

Ashton

Me despertó el sonido alertándome de que me había llegado un mensaje al móvil. Me restregué los ojos e intenté centrarme un poco antes de leerlo. El mensaje era de Beau.

Buenos días.

La sorpresa de ver su nombre en mi móvil tan temprano hizo que me enderezara de golpe, para dejarme caer otra vez sobre la almohada al recordar los sucesos de la noche anterior. Prácticamente podía sentir los labios de Beau sobre mi hombro, provocando que me estremeciera bajo la colcha.

Llámame cuando despiertes.

Debería ignorar el mensaje y fingir que lo de anoche no había pasado. Pero el recuerdo de su aliento en mi oído y de sus manos acariciándome los brazos acabó con todas mis buenas intenciones.

Yo:

Ya estoy despierta.

En menos de un minuto, sonó el teléfono. Tenía que decidirme de prisa. Podía ignorar la llamada y ahorrarnos a Beau y a mí un montón de problemas. O contestar y olvidarme de las consecuencias.

—Hola.

—Hola. —Su voz hizo que me alegrase al instante de haber contestado.

—Sobre lo de anoche... —empecé yo.

—Quiero verte hoy —interrumpió él.

El corazón me latía a cien por hora en el pecho y le sonreí en dirección al techo. Quería verme.

—Vale —respondí en seguida.

—¿Te importaría venir aquí?

—¿A tu casa? —pregunté.

—Sí, tengo que hacer algunas tareas para mi madre. ¿Por qué no vienes a hacerme compañía?

Me incorporé sonriendo como una boba.

—Estaré allí en media hora. ¿Has comido?

—Todavía no.

—Entonces traeré el desayuno.

—Perfecto.

—Muy bien, adiós.

Vaciló un poco antes de decir:

—Nos vemos luego.

El corazón me latía a toda velocidad cuando salté de la cama y me dirigí a la cocina para preparar unos bollos antes de ducharme.

Alargué la mano para llamar a Ashton y cancelar la cita (debía de ser como mínimo la décima vez que lo intentaba) cuando su Jetta apareció por el camino de grava.

Genial.

Había conseguido mantener a raya mis buenas intenciones durante el tiempo suficiente como para que Ashton llegase hasta aquí. Eso estaba mal. Herir a los demás no es algo que me preocupe demasiado, pero ¿herir a Sawyer? Eso estaba fuera de toda discusión.

Ashton salió del coche llevando otro vestido corto y con un plato de comida en las manos. Viendo el contoneo de sus caderas bajo el tejido vaporoso mientras se abría paso hacía mí, las comisuras de sus labios dibujando una sonrisa tímida, decidí que me daba igual comportarme como una escoria. Sawyer no estaba aquí y yo parecía incapaz de controlarme.

Mi primo no debería haber movido el culo de su casa.

—He traído bollos —dijo al aproximarse a la puerta.

—¡Mmm! Me muero de hambre —respondí, sujetando la puerta para que entrara. La brisa le alborotó el pelo al pasar junto a mí. ¿Por qué tenía que oler tan bien? Cerré la puerta y me di la vuelta para empaparme bien de ella. La noche anterior, cuando me marché, fui directamente a ver a Nicole. Era de vital importancia que me recordase a mí mismo quién era yo. Nicole había estado más que dispuesta, pero mi cuerpo parecía incapaz de olvidar lo bien que se estaba con Ashton acurrucada a mi lado.

—No esperaba que llamaras —dijo Ashton en voz baja, examinando el plato que tenía en las manos.

Había sufrido un momento de intensa debilidad al despertar de un sueño protagonizado por ella. Lo único en lo que podía pensar era en estar junto a ella.

—No me gustó cómo dejamos las cosas anoche.

Se ruborizó y levantó la vista hacia mí.

—Siento mucho mi comportamiento.

Maldita sea. No iba a poder resistirme. Empujando a Sawyer a un rincón oscuro y olvidado de mi mente, salvé la distancia que nos separaba, le quité el plato de las manos y lo dejé en la encimera.

—Ya te lo dije, empecé yo. Debería ser yo el que se disculpara.

Soltó una risa tímida y se miró los pies.

—No, recuerdo claramente que era mi pierna la que estaba subida en tu regazo y mi mano la que estaba debajo de tu camiseta. Tú ya habías dejado de tocarme. Gracias por cargar con la culpa, pero yo también estaba allí.

Le pasé las manos por la cintura y tiré de ella hacia mí. En ese momento no me importaba de quién fuese. La deseaba y era incapaz de ver más allá de mi anhelo.

—Mírame —susurré, poniéndole el dedo bajo la barbilla para poder verle los ojos—. La única razón por la que no te agarré y te subí encima de mi regazo es que es la primera vez en toda mi vida que deseo algo que pertenece a la única persona a la que quiero. Empecé a tocarte anoche porque no podía quitarte las manos de encima. Pensé que si podía tocarte sólo un poco, podría soportarlo. Pero no reaccionaste como esperaba.

Me interrumpí y cerré los ojos. Mirarla mientras hablaba de su reacción a mis caricias era complicado. Esos enormes e ingenuos ojos verdes absorbiendo todas y cada una de mis palabras. Dios mío, era perfecta.

—Y mis buenas intenciones se estaban desvaneciendo a marchas forzadas. Si te hubiese seguido tocando unos segundos más, habría perdido la cabeza. Estaba colgando de un hilo. Un hilo muy fino.

Se zafó de mi abrazo y me ofreció una sonrisita.

—Vale. Gracias por decírmelo. —Se dio la vuelta y se dedicó a abrir el envoltorio de plástico de los bollos.

—Los dos le queremos. Ninguno de los dos desea hacerle daño. Pero... nos sentimos atraídos. Tenemos historia. Los tres. Estos últimos años, sólo estábamos Sawyer y yo. No es lo que yo habría deseado, pero fue lo que pasó. Creo que ahora podemos volver a ser amigos otra vez. Quiero que lo seamos. Así que mientras Sawyer no esté, disfrutemos de nuestra amistad. Te prometo mantener las manos apartadas, si tú me prometes lo mismo.

Me miró por encima del hombro mientras colocaba los bollos en unos platos que había en el escurreplatos. Decirle que haría todo lo que me pidiese no me pareció precisamente la mejor estrategia. Asentí y fui a por unos vasos y zumo de naranja para que pudiésemos desayunar juntos. Igual que en el pasado.

Después de desayunar, convencí a Ashton de que me ayudase a lavar la camioneta. Llegué a la conclusión de que cualquier excusa era buena para salir afuera, a un lugar público donde no me sintiera tentado a llevarla hasta mi habitación.

—¡Basta ya, Beau! —chilló Ashton mientras corría por

un lado de la camioneta, huyendo de la manguera con la que le apuntaba.

—Es que tienes los brazos llenos de jabón. Te los estoy enjuagando —repliqué. Su risa hizo que se tensara algo en mi interior y me obligué a no pensar en ello.

—Claro que sí. Por eso me estás empapando. Prefiero tener los brazos llenos de jabón, muchas gracias.

—Venga ya, Ash. Estaba intentando ayudar. Además, ni siquiera llevas una camiseta blanca, mojarte no tendría ninguna gracia.

Se dirigió al frente de la camioneta con precaución. No se fiaba de mí. Solté la manguera y levanté ambas manos.

—Ves, te lo prometo —le aseguré.

Ladeó la cabeza y se mordisqueó el labio.

—Mmm, vale.

Observé cómo se aproximaba lentamente al cubo de agua jabonosa y recogía la esponja que había soltado. Antes de que pudiese responder, se enderezó y me arrojó la esponja empapada y llena de jabón a la cara. Se dio la vuelta y salió corriendo al otro lado de la camioneta chillando de placer.

—Tú te lo has buscado —bramé y corrí tras ella para atraparla.

—Lo siento —protestó entre risas.

—Demasiado tarde para las disculpas, querida. Vas a caer.

—Beau, ¡te prometo que no lo haré más! No me la tires, por favor —contestó y se agachó detrás de la camioneta.

—Qué tierno.

La voz de Nicole me pilló desprevenido. Dejé de perseguir a Ashton y lancé la esponja húmeda al interior del cubo antes de darme la vuelta y encontrar a Nicole apoyada en el Camaro rojo de su madre. La mueca que tenía en la cara iba dirigida a Ashton. Eché un vistazo a Ashton, de pie detrás de la camioneta, observando a Nicole con nerviosismo. Compararlas era como comparar el día y la noche. Nicole encajaba perfectamente en el parque de caravanas, mientras que Ashton parecía completamente fuera de lugar. El viejo Macklery salió por la puerta de su caravana con una cerveza en la mano y gritándole a su mujer antes de cerrar de un portazo. Cuando estaba con Ashton, todo lo demás se desvanecía. Era lógico que me hubiera pasado por alto la llegada de Nicole. Me di la vuelta y le lancé una mirada de advertencia.

—No te he oído llegar.

Alzó las cejas y dirigió su enfado hacia mí. Sabía a qué había venido. La minifalda ceñida y la blusa escotada que apenas le cubría las tetas indicaban que tenía ganas de acción.

—Te lo estabas pasando demasiado bien como para fijarte en otra cosa.

¡Mierda! Esto iba mal. Ashton era la única persona por la que Nicole se sentía amenazada. Nada importaba que Ashton siempre hubiese sido amable con ella. Nicole la odiaba. Pillarla empapada con un diminuto vestido de tirantes lavando mi camioneta no parecía muy inocente. Ashton estaba *sexy* como pocas completamente mojada y llena de jabón. Un hecho que sabía que no iba a pasarle por alto a Nicole. Disfrutaría viendo cómo Ashton se estrellaba. Tenía que decir algo, pero no se me ocurría nada.

—Hola, Nicole. Ya empieza a ser hora de que me vaya.

Me alegro de que estés aquí —dijo Ashton, rompiendo el incómodo silencio.

Detecté la mueca de preocupación que intentaba disimular. Si meter a Nicole en su coche y obligarla a marcharse hubiese servido para devolverle la sonrisa y hacerla reír de nuevo, lo habría hecho. Nuestras miradas se encontraron y Ashton me lanzó una sonrisa radiante, como las de antes. De las que tenía que forzar. No la sonrisa a la que me había acostumbrado durante los últimos días.

—Le diré a Sawyer que he venido a ver cómo estabas y que te he hecho compañía en su ausencia, como me pidió. Parece que ahora ya tienes a alguien con quien seguro que lo pasas mejor —comentó, mirándome directamente. Luego desvió su atención hacia Nicole y le ofreció la misma sonrisa falsa—. Que os divirtáis. ¡Nos vemos! —dijo, e hizo un gesto de despedida con la mano.

Observé cómo se alejaba y se metía en el coche completamente empapada. Quise correr tras ella y suplicarle que no se fuera, pero sabía que éste era el único modo de cubrirnos las espaldas con Sawyer.

—Me cuesta creer que Sawyer quisiera que viniese a participar contigo en una guerra de agua —dijo Nicole, acercándose a mí.

—Cállate —repliqué y me agaché a recoger la manguera para enjuagar la camioneta.

—No la soporto, Beau. Ya lo sabes. Si necesita niñera, que se busque a otro. Ashton no es tu problema.

—No tienes derecho a decirme con quién puedo o no puedo pasar el rato, Nicole.

—¡Claro que puedo! Por lo que yo sé, aún somos pareja. Eres mío. No te quiero con ella. Mantén las distancias con esa tía de una puta vez o le explicaré a Sawyer lo bien que lo estabais pasando cuando llegué. No estoy ciega, Beau. He visto cómo la mirabas. Como si estuviera desnuda.

Giré la cabeza y le lancé una mirada furiosa.

—A mí nadie me amenaza, Nicole. Lo sabes perfectamente. No cometas ese error.

—Y entonces qué, ¿tengo que aguantarme sin decir nada mientras manoseas a la novia de tu primo?

—No la estaba manoseado. Estábamos lavando el coche. Somos amigos, Nicole. Era mi mejor amiga de pequeño. El que seamos amigos no es para tanto y a Sawyer le parece bien. Ashton es demasiado buena para mí. Ella lo sabe. Yo lo sé. Sawyer lo sabe. Y tú también deberías saberlo.

Nicole no dijo nada y me dispuse a aclarar el jabón del coche con la esperanza de que la conversación hubiese terminado.

—Pero te gusta.

No sonaba como una pregunta. Era más bien una afirmación.

—Sí, Nicole. Es la novia de mi primo. Es agradable y generosa y todas aquellas cosas que tú y yo no somos. A todo el mundo le gusta. A todos menos a ti.

—Me refiero a gustar, gustar. Por tu forma de mirarla, la deseas.

Había un millón de cosas que habría querido decir, pero habría sido un error. Mantener a Nicole con la boca cerrada era más importante.

—Es la chica de Sawyer.

—¿Eso importa? —espetó.

Importaba. Debería importar. Siempre había importado. Los puños se me cerraron en torno a la manguera y reprimí el deseo de gritar lo injusto que era todo. No necesitaba que Nicole me interrogase. Tenía que lidiar solo con toda esta mierda.

—Ya sabes que sí importa. Sawyer siempre importa.

Capítulo cinco

Ashton

—¡Venga, será divertido! —me aseguró Leann por centésima vez.

Mientras ella salía del coche, yo le devolví una mueca de irritación. No sé cómo se las había arreglado para arrastrarme al prado de los Mason. Cuando me invitó a quedar con ella, pensé que se refería a una película o quizá a ir de compras. No creí que quisiera traerme al prado. Dejé por un segundo de perforarle la espalda con los ojos y eché un vistazo a la camioneta aparcada de Beau. No había sabido nada de él desde que lo dejé con Nicole en su caravana. Al principio, creí que me llamaría o que me enviaría un mensaje, pero después de veinticuatro horas, comprendí que no sabría nada más de él. Nicole no parecía muy contenta de verme allí. Tendría que haberlo imaginado.

—Vamos, Ashton. —Leann abrió mi puerta y me sonrió. El pelo corto, castaño y rizado bailaba en el aire mientras señalaba la fiesta con la mano.

—Hay vida más allá de Sawyer Vincent. Te lo prometo —se burló, mientras se subía las gafas de montura negra que le habían resbalado por la nariz. Sólo Leann era capaz de hacer que unas gafas parecieran chic.

—Ya lo sé. —Leann no tenía ni idea de lo mucho que lo sabía—. Pero venir al prado sin Sawyer es absurdo. Noah llegará en seguida y yo me quedaré para aguantar la vela.

—Tonterías. Noah será la pareja de las dos. —Me lanzó una sonrisa y me arrastró hasta el claro.

La música y la hoguera ya estaban en marcha. El olor de madera de nogal ardiendo inundaba el aire nocturno. Varios grupos se habían reunido en torno al claro iluminado, mientras que algunas parejas ya se estaban abriendo paso hacia la intimidad que suministraban las sombras entre los árboles. Caminé junto a Leann, escuchándola parlotear sobre la nueva camioneta que había comprado Noah. Me estaba esforzando tanto por no fijarme en lo que me rodeaba que Leann me pilló por sorpresa cuando se sentó en un tronco y tiró de mí para que me sentara a su lado.

—Mirad a quién he sacado de su encierro —anunció Leann a todo el grupo.

—Ashton. ¡Está viva! —voceó Ryan Mason desde la otra punta de la hoguera e intentó abrirse paso hasta nosotras. Su ingesta de alcohol se lo puso difícil, y su pavoneo acabó pareciéndose a un mal paso de baile.

»Echaba de menos esa cara bonita —dijo Ryan en tono de coqueteo, haciendo un gesto a Leann para que se apartase y así sentarse junto a mí.

»Ya veo lo que pasa. Sólo vienes cuando Saw está aquí. ¿Y yo qué? —Se inclinó hacia mí y me lanzó una mirada lasciva. El aliento le olía a cerveza y comprendí que había bebido más de la cuenta. Era el típico comportamiento de Ryan cuando estaba borracho. Coqueteaba con todo el mundo.

—Es un lugar para parejas y mi media naranja no está aquí —respondí, obligándome a sonreír. Ryan me pasó un brazo por la cintura y tiró de mí para que me acercase.

—Eso te lo puedo solucionar yo, cariño. Dejaré plantada a la chica con la que he venido si me prometes que me seguirás hasta el bosque.

Miré de reojo a Leann en busca de socorro, pero lo único que obtuve fue una expresión de pánico, los ojos abiertos de par en par. Se puso a escudriñar la multitud con la esperanza de que Noah viniese al rescate.

—Mmm, no hace falta, Ryan —dije yo, y me dispuse a levantarme. No fui lo bastante veloz, me puso las dos manos en la cintura y me obligó a sentarme en su regazo antes de que pudiese escapar. Se me aceleró el pulso y tuve que resistir el impulso de ponerme a gritar.

—Suéltala, Ryan. Si Sawyer se entera, te matará. —La petición de Leann cayó en saco roto. Ryan soltó una risotada y subió la mano por mi pierna. Se la aparté de un manotazo e intenté escabullirme de nuevo.

—Sawyer no está —contestó él, sujetándome con firmeza.

—¡Ryan, tío, suéltala! —gritó Kyle a la vez que se acercaba corriendo. Afortunadamente, la voz gritona de Ryan había llamado la atención de Kyle. Extendió la mano y me ayudó a levantarme.

Ryan se puso a reír.

—Sólo me estaba divirtiendo un poco. Es el único culito de la ciudad que me falta. Sawyer se la guarda entera para él solito.

Kyle me apretó la mano con fuerza.

—El único culito que debe preocuparte es el tuyo. Cuando Sawyer se entere de esto, te partirá la cara.

Ryan se puso de pie y dio un tropezón, demostrando lo mucho que había bebido.

—Sólo me estaba divirtiendo. Toda su belleza prístina sigue intacta. Ya te puedes marchar, mojigata —masculló Ryan, mientras yo me abría paso a tientas hasta el coche de Leann. No me fijé en si me estaba siguiendo. Sólo sabía que tenía que escapar de allí.

Llegué al coche y tiré de la manilla sólo para descubrir que estaba cerrado. Las lágrimas que había estado reprimiendo me empezaron a resbalar por la cara. Respiré profundamente, dejando que fluyeran. No estaba segura de por qué me afectaba tanto el comportamiento de Ryan. No era que me hubiese hecho daño. Tenía el estómago revuelto y me lo apreté con ambas manos, rezando para no vomitar. Sawyer me había servido de escudo durante tanto tiempo que no sabía cómo reaccionar en situaciones como ésa. Odiaba ser tan boba.

La Ashton mala habría sabido qué hacer. Solté un sollozo y apoyé la frente contra el frío cristal de la ventanilla. Un par de brazos me rodearon la cintura y me dispuse a gritar hasta que el olor de gel me llegó a la nariz.

—Soy yo. Estás a salvo.

Al oír el sonido de la voz de Beau, dejé escapar otro sollozo y me volví para lanzarme en sus brazos.

—Siento no haber estado allí. He llegado demasiado tarde. Pero te juro que Ryan Mason no se te volverá a acercar.

Sus palabras me hicieron llorar con más fuerza y me aferré a su camisa, enterrando la cabeza en su pecho.

—Shhh, no pasa nada, Ash. Entra en la camioneta antes de que alguien nos venga a buscar —me susurró al oído. Dejé que me guiara hasta su camioneta y que me acomodara en su interior.

»Le he dicho a Leann que cuidaré de ti —dijo al entrar en la camioneta. Me sequé la cara y asentí.

—Gracias. Le dije que venir aquí era mala idea. Éste no es sitio para chicas solas. —Intenté sonar indiferente, pero fracasé.

Beau arrancó el motor y se inclinó para abrir la guantera. Fue entonces cuando me fijé en la sangre que le cubría los nudillos. Le cogí la mano con un grito entrecortado.

—¡Dios mío!

Una risita ahogada hizo que le vibrara el pecho mientras cogía un trapo de la guantera y se limpiaba la sangre de la mano.

—No es mi sangre, Ash —me aseguró. Le solté la muñeca y dejé que siguiera limpiándose la que debía de ser la sangre de Ryan.

—Como te he dicho, no se te volverá a acercar.

Asentí con la cabeza, no del todo segura de lo que debía decir. Nunca le habían pegado una paliza a nadie por mí. Era una sensación extraña. El calor que me invadió al observar cómo desaparecía la sangre de los nudillos ligeramente arañados de Beau me sorprendió. Al parecer, me gustaba la idea de Beau partiéndole la cara a Ryan.

—Siento no haber llamado.

Me obligué a apartar la vista de las manos de Beau y a mirarle a los ojos. Su expresión preocupada me llegó al corazón.

—No tienes que disculparte. No tengo derecho a esperar que me llames. Espero no haberte metido en un lío con Nicole.

Vale, eso último era mentira, pero él no lo sabía.

—Lo que ella diga da igual. Yo tomo mis propias decisiones.

Quise preguntarle a qué se refería con ese comentario, pero no dije nada.

—¿Quieres que te lleve a casa?

No si podía quedarme con él, pero la verdad era que sólo provocaría más problemas.

—Mmm, bueno. No tengo otro sitio adonde ir.

Beau me miró de reojo y sus labios dibujaron una sonrisa traviesa. No pude más que devolverle la sonrisa.

—¿Qué tal una partida de billar?

—¿Billar?

—Sí, billar. Hay un sitio fuera de la ciudad adonde a veces me escapo a jugar al billar.

Asentí con lentitud antes de admitir que no sabía jugar al billar.

—Estaba deseando que lo dijeras —respondió con una sonrisa de suficiencia.

Beau aparcó en el pequeño aparcamiento de grava de un bar. Motos, camionetas hechas polvo y algunos modelos antiguos de coches deportivos llenaban las plazas limitadas. Eché un vistazo a Beau.

—Esto es un bar.

—Sí, princesa, lo es. La cerveza y el billar siempre van juntos. ¿Adónde creías que íbamos?

Sonaba a mala idea. De hecho, sabía perfectamente que

era un mala idea. Titubeé un poco mientras Beau salía del coche. Dio la vuelta a la camioneta y se detuvo delante de mi puerta con la mano extendida.

—Venga, Ash. Te prometo que aquí no muerde nadie.

Tragué saliva y puse mi mano en la suya. Tenía ganas de vivir un poco y, sin duda, esto era vivir.

—Vamos —dije sonriéndole, y él me apretó la mano con suavidad antes de conducirme al interior del local.

En un pequeño escenario improvisado, una banda tocaba una versión francamente mala de *Sweet Home Alabama*. Humo de cigarrillos, cerveza y perfume barato se combinaban para producir un tufo desagradable. Tuve que resistir el impulso de taparme la nariz. La mayoría de los clientes del bar eran hombres de aspecto grasiento con tripas que les colgaban por encima de los vaqueros, tatuajes en los brazos y mujeres de aspecto vulgar sentadas en sus regazos o que se arrimaban a ellos mientras bailaban. Beau me soltó la mano y me rodeó la cintura con el brazo.

Inclinó un poco la cabeza y susurró:

—Tengo que mostrarme posesivo para mantener alejados a los demás.

No tenía queja, así que asentí y me arrimé aún más.

—¿No nos van a echar? Somos menores.

Beau rió entre dientes y me condujo a una mesa de billar vacía.

—No. —Miró de reojo a la barra y le hizo un pequeño gesto con la cabeza a alguien. Después cogió dos tacos de billar y me pasó uno.

—Ya es hora de que te enseñe a jugar al billar.

El brillo travieso de sus ojos hizo que deseara acceder a todas sus demandas.

—Beau, ¿cómo se te ocurre traer aquí a la hija del pastor? —preguntó una mujer de largo cabello oscuro y vestida con lo mínimo necesario mientras dejaba una cerveza delante de Beau.

Se volvió hacia mí y me encontré con unos familiares ojos color avellana mirándome con preocupación. Era Honey Vincent, la madre de Beau. La había visto de pasada en las raras ocasiones en que iba a buscar a Beau a casa de Sawyer. Pero nunca había hablado con ella. Era toda una belleza, incluso con el exceso de maquillaje y la ropa barata.

—Mamá, ¿te acuerdas de Ashton? —dijo Beau, tomando un trago de su cerveza.

Sonreí, a pesar de que me estaba estudiando como si fuese un animal en el zoo.

—Hola, señora Vincent. Me alegro de volver a verla.

Ladeó la cabeza y un mechón de pelo le cayó sobre el hombro.

—¿Desde cuándo se dedica la abnegada novia de Sawyer a ir de fiesta a bares de baja estofa?

Me puse tensa y miré de reojo a Beau.

—Ya basta, mamá. Ashton y yo somos amigos. Lo hemos sido casi toda la vida. Le estoy haciendo compañía mientras Sawyer está fuera de la ciudad.

Honey me miró de pies a cabeza antes de encararse con Beau, sacudiendo la cabeza con incredulidad.

—Si eso es lo que te dices a ti mismo, hijo, perfecto, pero no soy idiota y espero por su bien que ella tampoco lo sea.

Entonces acarició la mejilla de Beau con la mano y volvió a la barra.

—Trae una cola para Ash —le pidió él.

Honey levantó la mano y meneó las uñas pintadas de un rojo intenso para demostrar que lo había oído.

—Lo siento, pero no es muy fan de los padres de Sawyer, así que cualquier cosa que tenga que ver con ellos le resulta sospechosa al instante. Se rendirá a tus encantos en cuanto te conozca un poco mejor.

No estaba segura de tener el valor de conocer mejor a Honey Vincent. Me recordaba a una versión adulta de Nicole. Pero en lugar de compartir mis pensamientos, asentí con la cabeza. Beau sonrió y se colocó a mis espaldas.

—Muy bien, para tu primera lección de billar, empezaremos con unas cuantas rondas de práctica antes de jugar en serio.

Beau apoyó el taco en la mesa y señaló el que yo tenía en la mano.

—Tienes que golpear el resto de las bolas con la bola blanca para iniciar la partida —explicó.

Cogí el taco, me incliné sobre la mesa e intenté recordar todas las ocasiones en las que había visto a gente jugando al billar en la televisión. Antes de que pudiese concentrarme, Beau me rodeó con su cálido cuerpo. Me cubrió la mano con la suya, consiguiendo que me diera vueltas la cabeza. Tardé un momento en acordarme de respirar.

—Ésta es la parte que estaba esperando —me murmuró al oído, mientras ajustaba la posición del taco en mis manos. El calor de su cuerpo hacía que deseara acurrucarme contra él. Intenté mantener la concentración, pero sentía su aliento cálido en mi oído y su cadera estaba tocando mi trasero. Su pecho apenas rozaba mi espalda.

»Estás temblando, Ash —susurró.

No supe qué responder. No podía echarle la culpa al

frío. Estaba en el interior de un bar excesivamente caluroso en pleno verano.

—Ahora ya estás lista para lanzar. —Su voz provocaba corrientes eléctricas por todo mi cuerpo y asentí, temerosa de que si subía la vista me echaría en sus brazos.

Dejé que me guiase durante el lanzamiento. Bolas de colores rodaron por toda la mesa, pero seguía siendo incapaz de concentrarme.

—Bien hecho, ahora tenemos que decidir qué bola queremos meter en el agujero y planear el siguiente tiro.

Cerré los ojos y respiré profundamente para calmarme, aprovechando que Beau se había erguido y había abandonado esa proximidad tan íntima. Me enderecé rezando para que no me fallaran las rodillas.

La mirada de Beau hizo que me ruborizase. Sus labios dibujaron una sonrisa satisfecha y sentí el deseo súbito de saber qué se sentiría al tener esos labios apretados contra los míos. No podía apartar la vista. Incluso cuando se le desvaneció la sonrisa, seguí mirándole fijamente la boca.

—Será mejor que pares, Ash —masculló Beau en voz ronca, salvando el espacio que nos separaba.

De repente, su cuerpo estaba apretado contra el mío. Conseguí romper el embrujo que sus labios tenían sobre mí y mirarle a los ojos. Me estaba observando con una expresión hambrienta a la que no estaba acostumbrada. Aunque me gustaba. Me gustaba mucho.

—Ash, me estoy esforzando mucho por ser bueno. Ser bueno no es lo mío, pero Sawyer es muy importante para mí. Recuerda que tengo mis límites y tenerte aquí estudiándome la boca como si quisieras pegarme un bocado me está empujando peligrosamente cerca de esos límites.

Asentí, tragando saliva. Aún no me sentía capaz de hablar porque estaba casi segura de que acabaría por pedirle que siguiera adelante con lo que fuera que estuviese pensando.

Soltó un suspiro frustrado y me hizo encarar la mesa de billar otra vez.

—A lo que estábamos. Parece que las lisas están en mejor posición, así que quédatelas tú y yo jugaré con las rayadas. Tu bola roja es la que está mejor colocada. Está casi en la tronera de la esquina y la blanca está muy cerca. Ahora vuelve a tu posición.

Me las arreglé para concentrarme en lo que me estaba explicando hasta que se volvió a colocar detrás de mí para corregir la forma en que estaba sujetando el taco.

—Con calma, Ash.

Respiré profundamente y golpeé la bola blanca. Rodó directamente hasta la bola roja, que se hundió en el agujero.

—¡Lo conseguí! —chillé y me volví para lanzarme en brazos de Beau. Hasta que me rodeó con los brazos y sentí la deliciosa fragancia de su gel, no comprendí que había sido una mala idea.

—Así es —dijo Beau, riendo entre dientes, y me besó en la coronilla. Me obligué a apartar las manos y a alejarme un paso.

—Muy bien, ¿y ahora cuál? —pregunté con una sonrisa, como si el corazón no me latiera a cien por hora porque me había abrazado.

Examinó el estado de la mesa y asintió con la cabeza.

—La azul está en un buen sitio.

Dos partidas más adelante, empecé a pillarle el truco. Contemplar a Beau jugando al billar resultó ser un pasatiempo de lo más entretenido. Nunca habría creído que un chico inclinado sobre una mesa de billar pudiese ser *sexy*, pero después de observar a Beau, decidí que el billar era un juego de lo más *sexy*. Aparte de que inclinaba su musculoso cuerpo sobre la mesa y de que le salía una pequeña arruga de concentración entre los ojos que deseaba besar, también conseguía parecerse a un modelo preparándose para una sesión de fotos cuando apoyaba la cadera en la mesa, a la espera de que terminase mi turno de lanzar.

—No sé si me gusta más la Ash que necesitaba mi ayuda o la Ash que lo tiene todo controlado. Por un lado, te puedo tocar y salirme con la mía. Pero por el otro, puedo dedicarme a contemplarte mientras te inclinas sobre la mesa. Y déjame que te diga que estás como un tren.

Mantuve la vista fija en la mesa en lugar de responder a su mirada. Que me dijera que estaba como un tren hacía que quisiera sonreír como una imbécil. No me apetecía que notase mi reacción.

—Empieza a ser tarde. ¿Lista para marcharnos? —preguntó Beau.

Me aproximé a él y le entregué el taco de billar.

—Supongo que deberíamos irnos —contesté.

Asintió y guardó los tacos. Me fijé en la única cerveza que había bebido en toda la noche y comprendí que estaba siendo cuidadoso por mi bien.

—Ya veo que estás mirando la cerveza, si quieres puedes comprobar si está a medias.

Sonriendo, negué con la cabeza.

—Te creo.

Me cogió de la mano y me guió hasta la salida.

—Hasta luego, mamá —le dijo a su madre, que pasaba llevando una bandeja cargada de jarras de cerveza.

Su mirada se posó sobre mí. Su sonrisa de suficiencia me recordó a Beau.

—Vale, ten cuidado en el camino de vuelta —respondió.

No me esperaba ese tipo de respuesta de Honey Vincent. No parecía el tipo de madre que te decía que tuvieras cuidado, especialmente porque le servía cerveza a su propio hijo.

Beau me pasó la mano por la cintura y me arrimó a él.

—Unos borrachos te están comiendo con los ojos. Así los mantengo alejados —explicó en voz baja al salir. Decirle que no me importaba estar apretada contra él no me pareció una buena idea, así que mantuve la boca cerrada.

Una vez en el coche, con el cinturón de seguridad ajustado, dediqué un momento a observar el bar en el que había pasado las últimas dos horas. No era tan terrorífico como había esperado. En cuanto empezamos a jugar al billar, me olvidé de todo lo demás. Beau retrocedió hasta la carretera que conducía a la ciudad. Las luces del aparcamiento se desvanecieron en la distancia a medida que nos alejábamos del bar y nos aproximábamos a mi casa. Aún no estaba lista para volver allí. Ésa había sido la cita más divertida de mi vida. Aunque no había sido una cita de verdad. Cuando estaba con Beau, reía mucho más que en cualquier otro momento. Había olvidado lo divertido que podía ser él. Quizá por eso de pequeña siempre le escogía para escabullirme de casa. Sawyer estaba ahí para mantenernos a raya y le quería. Pero Beau siempre traía la diversión.

—Gracias por esta noche. Lo he pasado muy bien.

—Se notaba. Me gusta ver cómo te diviertes. Eres increíble cuando dejas caer la barrera que te rodea.

—¿Qué barrera? —pregunté, volviéndome para mirarle.

Al principio no dijo nada, pero mantuve mi mirada fija, a la espera.

—Tu barrera de perfección. La que izas a la vista de todo el mundo. La barrera bajo la que ocultas a la chica que yo conocía. La chica que quiere reír y divertirse. La perfección no es divertida, Ash.

Había dejado salir a la chica mala porque sabía que Beau no la rechazaría, ni la reñiría. Él conocía una parte de mí que no mostraba a nadie más. Era cierto que la abuela siempre me animaba a tomar mis propias decisiones y a abrazar mi verdadero yo, pero incluso con ella mantenía ese lado de mí escondido. Quise discutir con él y alzar de nuevo la barrera para evitar que me viese tal como era, pero no pude. Nadie, excepto la abuela, me permitía abrir las alas. Pero Beau siempre había sido la única persona que me aceptaba tal como era.

Asentí con la cabeza y fijé la vista en la carretera.

—No puedo ser siempre esa chica. Todos esperan ver a la Ashton buena: mis padres, Sawyer, la gente de esta ciudad. No puedo permitir que vean este lado de mí. Pero sienta tan bien dejarla salir... Aunque sea sólo un ratito. Así que gracias.

No le miré para comprobar su reacción, no me hizo falta. Su mano buscó la mía y la sostuvo. Las palabras no eran necesarias porque lo comprendía.

Capítulo seis

Al despertar, encontré a mi madre sentada en mi cama. Aunque tenía la visión borrosa a causa del sueño, me fue imposible pasar por alto sus ojos enrojecidos y con bolsas.

—Mamá —musité, deseando abrazarla y consolarla. La niña pequeña de mi interior sintió terror al verla tan alterada.

—Buenos días, corazón. Siento despertarte, pero quería hablar contigo antes de que llegue tu padre.

El estómago me dio un vuelco.

—Ashton, cariño. La abuela ha fallecido.

Cualquier otro pensamiento desapareció de mi mente.

—¿Qué?

Mi madre dejó escapar un pequeño sollozo y me tomó de la mano. Su delicada caricia no me sirvió de consuelo.

—Anoche, la abuela fue a dormir. Esta mañana, tu padre ha ido a arreglarle el calentador del agua y la ha encontrado en la cama. Ha sido un infarto.

Negué con la cabeza, incapaz de creer lo que mi madre me estaba contando. Tenía que ser un sueño. No podía estar pasando. Teníamos planes. La abuela y yo. Nos quedaban tantas cosas por hacer.

—Cariño, sé lo unida que estabas a la abuela. Es un momento difícil para todos, pero especialmente para ti. No pasa nada por llorar. Estoy aquí contigo para ayudarte.

Nunca había considerado la posibilidad de que la abuela fuese a morir. Era parte integrante de mi vida. Una válvula de escape del mundo en el que vivía habitualmente. Me comprendía de una manera que mis padres eran incapaces de hacer. La abuela nunca esperaba que fuese perfecta, como lo esperaban ellos o Sawyer. Estar con ella era liberador. Igual que cuando estaba con Beau. Podía ser yo misma con la seguridad de que me seguiría queriendo. Una sensación de vacío se apoderó de mi estómago mientras las lágrimas me resbalaban por las mejillas. Todavía la necesitaba. ¿Cómo podía haber desaparecido? La había visto hacía poco. Me dijo que no podía haber nadie tan perfecto como Beau sin camiseta. Habíamos reído juntas. Acababa de hacerse la pedicura. ¿Cómo podía estar muerta? No estaba preparada para morir. Tenía las uñas de los pies de color fucsia. Estaba dispuesta a pasarlo bien. Habíamos planeado ir al cine juntas.

—Teníamos planes —dije con voz estrangulada. No sabía qué más decir. Nada tenía sentido.

Mi madre me rodeó con los brazos. Siempre había encontrado consuelo en esos brazos, pero ahora me sentía entumecida. Mi abuela no asistiría a mi boda. Nunca iríamos juntas de crucero o a bucear a las Bahamas. No estaría ahí para preparar galletas de azúcar para mis hijos. ¿Dónde iba a encontrar la válvula de escape para huir de toda la presión que se acumulaba en mi vida? ¿Cómo iba a vivir sin ella?

Ashton:

Una vez más, siento el retraso en responder. Después de un día entero haciendo senderismo, me quedo frito en cuanto llego a la cabaña. Estoy combatiendo el agotamiento para escribirte este e-mail. Hoy, Cade y yo hemos escogido un sendero especial que ni mi madre ni mi hermana querían probar, así que mi padre se ha quedado con ellas. Algunos tramos eran bastante empinados. Ha sido fantástico. Cuando hemos llegado al final, la vista era increíble, y Cade ha visto a su primer oso negro. Debe de haberle sacado una docena de fotos.

Aguanta un poco más. Tu aburrimiento está a punto de acabar. Estaré en casa dentro de veinte días.

Te quiero,

Sawyer

Sawyer:
Hola...

No quería contarle a una pantalla de ordenador que mi abuela acababa de morir. No podía explicarle que había lavado el coche con Beau y que habíamos jugado al billar. Tenía la vista borrosa de tanto llorar, y sincerarme con una máquina era lo último que deseaba. Borré la respuesta, cogí mi bolso y me dirigí al coche. Podría haberme mentido a mí misma, fingiendo que no tenía ni idea de adónde me dirigía, que necesitaba escapar y conducir sin rumbo. Pero en el fondo sabía perfectamente adónde iba.

Aparqué mi Jetta junto al granero del señor Jackson. Beau no estaba en casa y su madre echó un vistazo a mi expresión afligida y me dijo dónde encontrarlo.

Oí el tractor antes de verlo. Mis pies empezaron a caminar por su cuenta en dirección al ruido. Necesitaba a alguien que me ayudase a olvidar la terrible verdad. No necesitaba ningún ridículo *e-mail* sobre cascadas y osos. Necesitaba a alguien a mi lado y la primera persona en la que pensé fue Beau. Él no me diría que todo se iba a arreglar. No intentaría tranquilizarme como a una niña pequeña. Le necesitaba.

En cuanto me vio caminando por el campo, detuvo el tractor. Sus ojos se clavaron en mí y empecé a correr. Sentía las lágrimas en mi rostro mientras corría hacia él. Bajó de un salto, justo antes de que le alcanzara.

Beau me atrapó cuando me desplomé en sus brazos. Las lágrimas silenciosas se convirtieron en ruidosos sollozos por primera vez desde que supe que la abuela había muerto. No preguntó nada. Yo ya sabía que no lo haría. Esperaría a que estuviese preparada para hablar.

Beau

Me senté bajo el viejo roble y coloqué a Ashton en mi regazo. Sus brazos se tensaron en torno a mi cuello mientras sollozaba lastimosamente contra mi pecho. Tenía miedo de preguntarle qué ocurría. En lugar de eso, la abracé y esperé. Cada uno de sus lamentos me producía un dolor en el pecho, y me costaba respirar. No fue fácil esperar ahí sentado a que se calmara lo suficiente como para contarme a quién tenía que ir a partirle la cara. Todo su cuerpo se sacudió en un gran sollozo y la acuné con más fuerza contra mí. Se me encogía el corazón con cada temblor de su cuerpo. Incluso de niños no soportaba verla triste. El día que un niño la hizo llorar en el patio de la escuela, acabé por estampar su cabeza contra el suelo. Me gané dos días de suspensión, pero valió la pena. Nadie más volvió a molestarla. Sabían lo que les convenía.

Los sollozos se fueron convirtiendo en pequeños quejidos. Bajé la vista y nuestras miradas se encontraron cuando levantó la cabeza de mi pecho sudado. Con sus grandes ojos verdes observándome, la opresión que sentía en el pecho empezó a palpitar. Si alguien le había hecho daño, le mataría. Si Sawyer había sido el culpable, acabaría con él. Fuese o no fuese mi primo, nadie tenía derecho a hacer llorar a Ashton.

—Anoche mi abuela tuvo un infarto. Nos ha dejado —musitó.

Eso no me lo esperaba.

—Lo siento, cariño.

—Abrázame, por favor —contestó.

Si pudiera, la abrazaría para siempre.

Con mucho cuidado le aparté el pelo de la cara, que tenía llena de lágrimas, y se lo puse detrás de las orejas. Miró hacia abajo y se puso tensa al darse cuenta de que yo no llevaba camiseta. Ahora mi pecho no sólo estaba empapado de sudor, sino también de lágrimas. Iba a decirle algo, pero su mano subió por mi torso y empezó a secarlo suavemente, y las palabras se me atragantaron. Sabía que no debía dejar que lo hiciera, pero fui incapaz de sentirme culpable. Se acomodó en mi regazo hasta que estuvo sentada a horcajadas sobre mí. El corazón me golpeaba contra las costillas con tanta fuerza que ella tenía que notarlo. Necesitaba ponerle freno a aquella situación.

—Beau.

Aparté la vista de sus manos sobre mi pecho y la miré a la cara. Había una pregunta en su mirada. La veía claramente. ¿Era eso lo que necesitaba en ese momento? ¿Estaba mal dejar que lidiase con su dolor haciendo algo que después sólo le provocaría aún más sufrimiento? Las lágrimas se le habían secado. Tenía la boca entreabierta y tomaba profundas bocanadas de aire. Demonios.

—Sí —respondí en tono ahogado.

Apartó las manos de mi pecho y me dispuse a inspirar intensamente para aliviar mis pulmones privados de oxígeno, pero entonces comprendí por qué había detenido aquellas inocentes caricias que me volvían loco. La inspiración se me atragantó cuando se quitó la camiseta. Sin apartar los ojos de mí, soltó la diminuta prenda de tirantes sobre la hierba. Creía que no había nada más *sexy* que Ashton en biquini. Estaba muy equivocado. Ashton en un sujetador blanco de encaje era de lejos lo más *sexy* que había visto en mi vida.

—Ash, ¿qué estás haciendo? —pregunté en un susurro ronco. Intenté obligarme a mirarla a la cara para juzgar en qué estaba pensando, pero no podía apartar la vista de la suave piel morena que sobresalía por encima del sujetador. Deseaba tanto apartar el encaje y ver sus pezones por primera vez.

—Tócame —murmuró.

El hecho de que era la chica de Sawyer ya no parecía

importar. No podía decir que no. Joder, no podía decirme que no a mí mismo.

Tracé una línea desde su clavícula hasta su escote. Jadeó con fuerza y se hundió en mi regazo, presionando mi sexo. Si seguía así, me iba a poner frenético. Como si pudiese leerme la mente y quisiera ponerme a prueba, contoneó un poco el culo sobre mi falda.

—Oh, mierda —gemí, asiéndole la cara y apretando su boca contra la mía.

En el momento en que su boca tocó la mía el mundo empezó a dar vueltas.

Yo había perdido la virginidad a los trece años, y desde entonces había habido muchas chicas, pero nada me había preparado para esa sensación. Ashton me rodeó el cuello con los brazos y apretó su pecho, que ahora estaba desnudo, contra el mío provocando que me estremeciera por primera vez en la vida. Seguí trazando un sendero de besos desde su boca hasta la oreja y bajé por su cuello. Había cruzado la raya al besarla y acariciarla. Tenía que ponerle freno.

—Beau, por favor —suplicó y se sentó sobre las rodillas, ofreciéndose.

Era débil y estaba más excitado de lo que nunca en mi vida lo había estado. Solté un gruñido mientras le lamía el pecho y le levantaba las caderas para sentir su calor.

—Oh —jadeó mientras me agarraba con fuerza los brazos y me apretaba.

Estaba temblando. Necesitaba más. Tenía que pararlo. No deberíamos estar haciéndolo. Ashton estaba conmocionada. Ashton pertenecía a Sawyer.

Paré y cerré los ojos con fuerza. Joder. ¿Cómo se suponía que iba a controlarme?

Ashton se removió en mi regazo y pensé que iba a levantarse, pero su cálido aliento me acarició la piel justo debajo del ombligo. Antes de que pudiese reaccionar, sacó la lengua y me lamió el tatuaje que tenía en el lado izquierdo, peligrosamente cerca la cadera. Abrí la boca para decirle que parase cuando su mano subió por mi pierna.

—Joder —gemí, apretándome contra su mano. Parecía incapaz de dominar mi propio cuerpo. Ashton había conseguido tomar el control.

Cuando acarició con el dedo la cintura de mis pantalones y empezó a desabrocharlos, conseguí reunir un poco de fuerza de voluntad. Cubrí su mano con la mía y la mantuve donde estaba. No podía permitir que lo hiciese. Estaba intentando olvidar su dolor con un poco de placer y, por mucho que quisiera ayudarla, no podía. Al fin y al cabo, tenía una puñetera conciencia.

—Ash, cariño, no podemos hacerlo. Estás conmocionada —conseguí decir en un susurro ronco. El corazón me seguía martilleando contra el pecho.

—Necesito tocarte, Beau. Por favor —susurró, gateando otra vez hasta mi regazo y trazándome una hilera de besos por el cuello. Sawyer. Tenía que acordarme de Sawyer.

»Tócame un poco más —suplicó, echándose atrás y mirándome con sus ojos tristes y necesitados.

No podía decirle que no. Ya no. Había dejado que llegase demasiado lejos. Estaba enganchado. Deslicé las manos desde su cintura hasta la parte inferior de sus pechos antes de cubrirlos con las manos. Joder, eran perfectos. Ella era perfecta.

—Dime dónde quieres que te toque —dije yo. Necesitaba que fuese ella la que me guiase.

Arqueó la espalda, apretando más el pecho contra mis manos.

—Así está bien —replicó jadeando con suavidad. Ver cómo inclinaba la cabeza hacia atrás con los ojos cerrados como si estuviese en pleno orgasmo hizo que todo lo demás se desvaneciera. Necesitaba más. Necesitaba volver a verlo. Volví a deslizar una mano por su estómago, la moví hasta su muslo y la pasé por el interior de sus pantalones cortos hasta que sentí la tela húmeda de sus braguitas. Se estremeció y soltó un gritito.

»Oh, Beau —gimió, temblando en mis brazos. Sabía lo que necesitaba. Quizá iba a arrastrarme al infierno, pero estaba dispuesto a dárselo. Si esto era lo que necesitaba, me aseguraría de que lo tuviese.

—Eres como estar en el paraíso, Ash.

Bajé la cabeza y la besé. Deseaba tanto estar con ella. Pero no era el momento. Se trataba de ayudarla a ella, no a mí.

—Beau... por favor... Dios... Oh... por favor... más... por favor —resolló. Estaba cerca. Lo sentía. Y yo también lo estaba.

—Vamos —la animé antes de morderla con suavidad.

—¡Beau! —gritó, y soltando un gemido.

Más de una hora después, la sostuve mientras se acurrucaba en mi regazo. Estaba esperando que me invadiese el horror por lo que acababa de hacer. Pero tener a Ashton entre mis brazos no me ayudaba a reunir los remordimientos que se suponía que debía sentir. En lugar de eso, por fin me sentía vivo.

Abrí la puerta del coche y me volví para observar a Beau a hurtadillas. El corazón me palpitaba como loco con sólo mirarle. Yo quería llegar hasta el final, pero Beau había echado el freno. Mis labios dibujaron una sonrisa: sabía que él no lo había interrumpido porque estuviese mal. O porque no lo deseara. Le había puesto fin porque no teníamos protección. Beau estaba tan delirante de excitación como yo. Me había mirado con esos preciosos ojos de color avellana sin esconder lo que sentía.

—¿Puedes salir esta noche? —me preguntó dando un paso hacia mí, lo bastante cerca como para tocarme la cintura. La piel que había rozado su mano me ardía de anticipación.

—Sí, pero será tarde. Tengo que ir a casa de la abuela. Traerán comida y todo eso. Necesitaré verte para animarme. Para olvidar.

Me escaparía por la ventana si fuese necesario. Dio un paso más y sus labios descendieron sobre los míos. Me aferré a sus hombros, temerosa de caer si me soltaba. Interrumpió el beso y su boca se dirigió a mi oreja. Me estremecí y me apreté contra su cuerpo.

—Envíame un mensaje cuando estés lista, me reuniré contigo en el parque de detrás de tu casa —susurró, y dio un paso atrás.

Me agarré a la puerta en busca de apoyo antes de asentir y meterme en mi coche.

Beau se quedó de pie, mirándome mientras retrocedía por el camino. No quería que se arrepintiese de nada. En ese momento no quería pensar en lo que habíamos hecho mal. Ser malo era demasiado agradable.

Me sonó el móvil y contesté sin mirar quién era.

—Hola.

—Deja de mirarme y fíjate en la carretera —dijo Beau arrastrando las palabras a través del teléfono.

Me di cuenta con una sonrisa de que tenía el teléfono en la oreja. Casi estaba demasiado lejos como para verle con claridad.

—Bueno, no te quedes ahí de pie descamisado y *sexy* y así no me distraerás —respondí.

—¿Qué es lo que estamos haciendo, Ash? —dijo Beau con un suspiro.

No estaba segura de cómo responder a eso y en ese momento tampoco lo deseaba.

—Disfrutémoslo —supliqué.

—Haré lo que tú quieras que haga. Siempre lo he hecho —fue su respuesta.

—¿Dónde te metiste anoche? —murmuró Leann al sentarse a mi lado en los escalones.

Cuando la casa de la abuela se llenó de gente decidí esconderme en la escalera. Me estaban asfixiando. Leann había venido con su madre y se lo agradecía, pero no estaba de humor para charlar. Examiné su expresión para comprobar si tenía alguna sospecha de que Beau me había llevado a jugar al billar antes de dejarme en casa. Le había enviado un mensaje diciéndole que él me acompañaba a casa porque me dolía la cabeza, sin añadir detalles.

—Beau se ofreció a llevarme a casa, así que me fui. No estaba de humor para fiestas después de lo de Ryan.

Se inclinó para darme un golpe con el hombro.

—Niña, tendrías que haber visto la carnicería que le hizo Beau en la cara. Le dio una paliza de muerte. Súper *sexy*.

Puse los ojos en blanco escondiendo la excitación que me producía la idea de Beau enfrentándose a alguien por mí.

—No pongas muecas. No tienes ni idea de lo bueno que estaba mientras le partía la cara a Ryan. No paraba de advertirle que si se le ocurría volver a mirar en tu dirección, le mataría.

Abrí la boca para responder cuando me envolvió el tufo intenso de perfume de señora mayor.

—Ashton, cielo, lo siento tantísimo. —Era la señora Murphy, una de las parroquianas, de quien la abuela siempre decía que necesitaba ponerse más maquillaje para taparse las bolsas y menos perfume porque contaminaba la atmósfera. Se detuvo frente a mí y extendió los brazos.

Todo el mundo quería abrazarme, como si con un abrazo las cosas fuesen a arreglarse. En las distancias cortas, la costumbre de la señora Murphy de bañarse en perfume provocaba dolores de cabeza. Así que le di una palmadita torpe en las manos con la esperanza de que no llegara a envolverme entre sus brazos. Me fijé en el pañuelo que aferraba en las manos; no me hacía ninguna gracia tener que tocarlo o dejar que me tocara.

—Gracias, señora Murphy —respondí.

Se sorbió la nariz y se secó los ojos con el pañuelo.

—Es tan difícil de creer. El lunes estuvo en la reunión de mujeres. Es terrible, terrible.

Ya no podía más. No podía comprender la necesidad que tenía la gente de explicarme cuándo vieron a la abuela por última vez. Estaba intentando olvidar. Quería fingir que la abuela y yo nos íbamos a sentar en el columpio a hablar de algo gracioso que habíamos visto u oído cuando todos se hubieran marchado. No necesitaba una explicación detallada de los últimos movimientos de la abuela.

—Gracias, señora Murphy. Ashton lo está sobrellevando lo mejor que puede. Le agradece sus palabras, pero todavía no se siente capaz de hablar.

Las palabras de Leann fueron impecables. La señora Murphy me ofreció una última sonrisa afligida y asintió antes de salir en busca de alguien dispuesto a charlar con ella.

—Gracias —dije yo, mirando a Leann.

Me pasó el brazo por el hombro.

—Para eso están las amigas.

Asentí y apoyé la cabeza en su espalda. El próximo año la echaría de menos, en el instituto. Nunca había tenido demasiadas amigas. Había crecido con los Vincent como mis dos mejores amigos. No se me daba bien hacer amistad con las chicas. Leann había sido mi primera amiga durante el primer año de instituto. Ella iba un curso por delante y me tomó bajo su ala.

—¿Qué voy a hacer sin ti?

—Tienes a tu príncipe azul. Todo te irá bien. Además, sólo estoy a una llamada de distancia.

Me saltaron las lágrimas. Había perdido a la abuela y estaba a punto de perder a Leann. Mi mundo estaba cambiando tan de prisa... Necesitaba a Beau. Con él, todo tendría sentido. Me escucharía mientras me quejaba y me compadecía de mí misma y no intentaría hacerme ver el lado bueno. El lugar en el que deseaba estar era envuelta entre sus brazos. No aquí, con un montón de gente en casa de mi abuela y una cocina llena de guisos y de tartas.

—¿Quieres que salgamos de aquí? Te puedo sacar a dar una vuelta y emborracharte —susurró Leann.

No podía dejar solos a mis padres mientras lidiaban con todo eso.

—Gracias, pero tengo que estar aquí. La abuela lo habría querido.

Sentí una punzada en el corazón y tuve que contener las lágrimas. Lo iba a superar. La abuela habría querido que me mantuviera fuerte. Si supiera que me había liado con Beau Vincent habría estado encantada. Mis labios dibujaron una tímida sonrisa, a pesar de que tenía la vista borrosa a causa de las lágrimas sin derramar. La única persona que me importaba apoyaba de todo corazón que estuviese con Beau. En cierto modo, eso mejoraba las cosas.

—Voy a ver una película con Leann —dije en cuanto pusimos los pies dentro de casa.

La última de las visitas se había marchado de casa de la abuela dejándonos con más comida de la que podríamos ingerir en todo un año. Dejé el guiso de boniato sobre la barra de la cocina y me volví para mirar a mis padres.

—¿Vas a ver una película tan tarde? —preguntó mi padre frunciendo el entrecejo mientras guardaba las múltiples tartas que había acarreado hasta casa.

—Es una sesión golfa de una peli de vampiros o algo así. Leann no quiere ir sola y yo necesito algo para no pensar.

Mi madre, que parecía encontrarse mejor esta tarde que por la mañana, sonrió. Parecía contenta de que no estuviese planeando arrastrarme hasta la cama para llorar. Me pregunté qué pensaría si supiera que en realidad pensaba lanzarme a llorar en brazos del chico malo de la ciudad. Pero no podía preocuparme de lo que ella o mi padre pudiesen pensar. Quedarme aquí con los ojos tristes de mi padre y la sonrisa vacilante de mi madre sólo me provocaría más sufrimiento. Cuando estaba con Beau, me sentía capaz de olvidar durante un rato.

—Bien. Sal y diviértete un poco. Has pasado demasiado tiempo a solas desde que Sawyer se marchó. No es bueno pasar tanto tiempo sola —me alentó mi madre. Mi padre no parecía capaz de decir gran cosa. Mirarle provocaba que el dolor en mi pecho se multiplicase.

—Lo sé. Tenía que acostumbrarme a la idea de que Sawyer no está. No me di cuenta de todo el tiempo que pasaba con él hasta que se hubo marchado.

A mi madre le gustó la respuesta. Quería a Sawyer, pero siempre me recordaba que una relación seria a una edad tan temprana no era buena idea. Todavía tenía que ir a la universidad. La culpa que sentía por lo que estaba haciendo con Beau se calmó al ver su sonrisa. Le estaba mintiendo sobre con quién iba a estar y sobre lo que iba a hacer, pero en cierto modo estaba haciendo lo que ella habría querido.

Normalmente, éste era el típico momento en que mi padre me aconsejaba que tuviese cuidado y me ordenaba que estuviese en casa a las once. Esa noche permaneció en silencio. Enterrado en su propio sufrimiento. Les ofrecí una última sonrisa y me dirigí a la puerta.

Capítulo siete

Seguí el corto sendero de mi casa al parque. No quería dejar mi coche en el aparcamiento a la vista de todos. No hacía falta ser muy avispado para darse cuenta de que la camioneta de Beau había estado aparcada allí y ahora mi coche vacío ocupaba su lugar. Nadie esperaba que la chica buena pecase, pero seguro que les encantaría pillarme in fraganti. Tampoco es que fuese un pecado. Bueno, mentir a mis padres lo era, pero Beau era el primo de Sawyer y mi... amigo. Estaba bastante segura de que algunas de las zonas que Beau había acariciado y besado esa tarde entraban dentro de la categoría de prohibidas, pero la verdad era que no me importaba. Cuando llegué al parque, estaba prácticamente convencida de que éramos inocentes.

El parque estaba desierto a excepción del viejo Chevy de Beau. Corrí hasta la puerta del copiloto y entré de un salto antes de que pasara alguien y nos descubriera. Beau me estaba sonriendo y mi corazón empezó a coger ritmo.

—Me gusta cuando te pones vestidos de tirantes —comentó antes de arrancar el motor y salir a la carretera.

Eché un vistazo al corto vestido azul celeste que había escogido y un estremecimiento de anticipación me recorrió todo el cuerpo.

—No pasaré por dentro de la ciudad. Ven aquí —dijo Beau, señalando el espacio que nos separaba. Me arrimé a él todo lo que pude sin que mis piernas tocaran el cambio de marchas.

—Demasiado lejos. Coloca una pierna a cada lado del cambio —insistió.

Le dirigí una mirada incrédula y apartó la vista de la carretera un momento para devolvérmela. El corazón me dio un salto en el pecho. Levanté la pierna por encima de la palanca de cambios y dejé que mi muslo descansara contra el suyo. La cabeza me empezó a dar vueltas cuando apoyó la mano en el cambio de marchas entre mis piernas.

—¿Hasta qué hora te tendré? —preguntó, irrumpiendo en mis pensamientos.

—Ah, mmm, no han dicho nada, pero normalmente tampoco salgo tan tarde. Les dije que iba a una sesión golfa.

Cambió de marcha y dejó descansar la mano en mi muslo. Empezaba a comprender por qué le gustaban los vestidos.

—Perfecto. Tenemos tiempo de ir a la bahía —respondió él.

Hacía años que no iba a la bahía. Sawyer nunca quería ir. Decía que el agua era asquerosa, pero a mí siempre me había parecido bonita.

—He pensado que será mejor que no nos quedemos por aquí.

Asentí porque sabía a qué se refería. No parecía preocuparle estar haciendo cosas que no debería con la novia de su primo. Esa idea me hizo pensar en la imagen de Beau que había tenido durante los últimos años. Manipulaba a los demás para su beneficio. El rebelde *sexy* que tomaba lo que quería. Pero esa imagen ya no me parecía cierta. Me había abrazado sin hacer preguntas mientras lloraba a moco tendido. Había dejado de trabajar para consolarme. Una persona con finalidades egoístas no se comportaría de esa manera. Además, si lo que estábamos haciendo significaba que Beau tenía mal corazón, entonces yo también.

—Estás frunciendo el ceño. ¿Qué te pasa por la cabeza? —preguntó.

Se me ocurrió mentirle, ya que empezaba a ser una profesional en el tema, pero a él no podía engañarlo. Teníamos que hablar de esto antes... bueno, antes de llegar hasta el final.

—Sé que esto está mal y me siento culpable, pero ninguna de estas razones pesa lo suficiente como para hacer que desee parar.

La mano de Beau abandonó mi muslo y volvió a la palanca de cambios. Estudié su mano grande y morena y me pregunté cómo era posible que todas las partes de su cuerpo fuesen perfectas. Agarraba la palanca con tanta fuerza que la piel de sus nudillos palideció. Quería alargar la mano y calmarlo. Hacer desaparecer la tensión, pero antes teníamos que hablar. No dijo nada más, ni intentó tocarme. Se me formó un nudo en el estómago, pensando que decidiría dar la vuelta y llevarme a casa. Le acababa de recordar que lo que estábamos haciendo estaba mal, y sabía que él no lo llevaba bien. Beau quería a Sawyer y nunca habría imaginado que le traicionaría así. Yo no era mejor que él. Se suponía que también quería a Sawyer, y así era, pero no como debería. El silencio se alargó, esperaba que Beau girase y me llevase al parque, pero siguió en dirección a la bahía. Después de unos minutos, cuando estuve segura de que no iba a girar, me relajé y esperé.

Beau entró por un camino de tierra, y más allá de la hierba pude divisar un pequeño claro con un muelle. Beau giró la camioneta y reculó de manera que la parte trasera estuviera de cara al agua.

—¿Dónde estamos? —pregunté.

—En un terreno de un amigo. Lo compró para construir su casa cuando acabe la universidad —respondió, y extendió el brazo para abrir la puerta.

Me desplacé un poco para salir por el otro lado. Cuando me tocó la pierna con la mano, un temblor me recorrió todo el cuerpo antes de que me diera la vuelta para mirarle.

—Espera aquí. Voy a poner orden atrás y después vendré a buscarte y te llevaré en brazos. Con la hierba tan alta podría haber serpientes.

Asentí y observé mientras saltaba entre las malas hierbas. Las serpientes me tenían un poco preocupada, pero la idea de que me llevase en brazos provocó que me viniesen otras cosas a la mente que me mantuvieron ocupada mientras esperaba. Al cabo de unos minutos, volvía a estar de pie delante de la puerta del coche. Me hizo un gesto con el dedo para que me acercara. Me deslicé hasta que estuve a su alcance y entonces me agarró por debajo de las piernas y me cogió en brazos. Cuando me levantó, se me ocurrió que quizá pesaba demasiado. Normalmente no pensaba demasiado en mi peso, pero tampoco era habitual que un chico me acarreara en brazos. Por suerte, mi peso no parecía ser un problema; me llevó a la parte trasera de la camioneta y me subió con facilidad a la plataforma de carga.

Había desplegado unas cuantas colchas y un par de almohadas. En una esquina, al fondo, había una neverita. Subí a gatas hasta el centro de la plataforma y me senté. Beau se quedó detrás de la camioneta, observándome. Las sombras de la luna llena ocultaban sus ojos y no estaba segura de en qué pensaba.

—¿Vienes? —pregunté, temiendo la respuesta.

—Sí, la vista me ha distraído un poco —contestó.

Un escalofrío de anticipación me recorrió el cuerpo mientras gateaba por la plataforma. Se arrodilló enfrente de mí, tomó mi pie derecho entre las manos y se lo apoyó sobre el muslo. Observé fascinaba mientras me desataba la sandalia y la colocaba junto a la nevera. Volvió a depositar mi pie en el suelo y, con la misma atención, me retiró el otro zapato. Una vez descalza, levantó la cabeza para devolverme la mirada.

Sus labios dibujaban una pequeña sonrisa.

—Me gustan tus uñas de color rosa —dijo, dirigiendo de nuevo la mirada a mis pies.

Mi estúpido corazón latía como un loco en mi pecho y solté una risita nerviosa.

—Es algodón de azúcar. El color, me refiero. —Era incapaz de hilvanar frases coherentes.

—Me gusta el algodón de azúcar. Aunque seguro que estos deditos tuyos son más dulces.

Se movió para colocarse junto a mí y, al pasar, acarició con su cálida mano el pie que tenía más cerca. Ninguno de los dos dijo nada mientras contemplábamos el agua en calma. Nunca en toda mi vida había estado tan nerviosa.

Beau se acomodó junto a mí y se tumbó sobre las almohadas. Me volví un poco para observarlo desde arriba. ¿Quería que yo también me tumbase? Apoyó la cabeza sobre un brazo y extendió el otro con una sonrisa, como si pudiese leerme la mente.

—Ven aquí —dijo.

Me deslicé por la plataforma y me acurruqué junto a él, con la cabeza sobre su pecho. En sus brazos sentía una serenidad que nunca había experimentado con Sawyer. Era como si hubiese llegado a casa, después de años de estar buscando.

—Quiero a Sawyer, Ash —susurró Beau bajo las estrellas. Sonaba como si estuviese intentando convencerme de algo.

»En toda mi vida, nunca le he envidiado nada. Ni a su padre. Ni a su madre. Ni sus habilidades atléticas. —Se interrumpió y soltó un suspiro entrecortado.

Me dolía el corazón. Hice un puño con la mano que descansaba sobre su estómago para poder contenerme y no acariciarlo como si consolara a un niño pequeño.

—Hasta el día en que os vi en la otra punta del campo de fútbol. Sawyer te levantó en brazos y te besó en la boca. No era vuestro primer beso. Debía de tener sólo catorce años, pero comprendí que me habían excluido de un secreto. Quise clavarle el puño en la cara y arrancarle los brazos. Di un paso adelante, pero me miraste y en tus ojos vi un ruego silencioso. Perdón o aceptación, no sé cuál de los dos. Había perdido a mi mejor amiga. Ésa fue la primera vez que sentí odio y envidia por Sawyer. Él había conseguido el tesoro que creía mío.

Cerré los ojos para evitar que las lágrimas rodaran por

mis mejillas. Quise decirle que nunca se me doblaban las rodillas cuando Sawyer me besaba o que el suelo no temblaba bajo mis pies cuando me tocaba. Pero permanecí en silencio, consciente de que no podía confesárselo. Aunque era a Beau al que deseaba, sabía que nunca podría tenerlo. Estas dos últimas semanas eran lo único que tendríamos. Sawyer regresaría a casa y yo estaría otra vez con él. No había otra opción.

Me volví y me apoyé sobre un codo para poder verle los ojos sombríos. Sentía el latido de su corazón bajo la mano.

—Eras mi mejor amigo, Beau. Nunca me trataste ni me miraste de ninguna otra forma. Cuando empecé a cambiar y todos comenzamos a fijarnos en el sexo opuesto, nunca pareció importarte que yo fuese una chica. Sawyer sí se fijó. Tal vez porque él no había sido mi cómplice. Tal vez porque el vínculo que mantenía con él era distinto al que me unía a ti. Pero me veía como a una chica. Creo que en el fondo te había estado esperando, pero cuando me besó, supe que nunca serías tú. Nunca sería tu chica.

Beau levantó el brazo y me acarició la mejilla con la mano.

—Era muy consciente de que eras una chica, Ash. Pero me aterrorizaba el hecho de que la única persona en todo el mundo que conocía todos mis secretos también era la chica más bella que había conocido. Lo que sentía por ti me aterrorizaba.

Me incliné y besé la arruga que se le había formado entre las cejas.

—Aquí. Ahora. Soy tuya. No de Sawyer. No es a él a quien deseo. Ahora mismo, lo único que quiero eres tú.

—Escogí las palabras con esmero para que los dos comprendiésemos a qué me refería.

Me cogió de la cintura y se movió de tal manera que acabé sentada encima de él. Bajé los labios hasta los suyos y suspiré mientras sus manos encontraban el final de mi vestido y la cálida presión de sus palmas subía por mis muslos.

Esta noche me entregaría completamente a Beau porque así lo deseaba. Era el chico malo de la ciudad y yo la chica buena. Se suponía que no debía ocurrir.

—Ash, te deseo. Mucho, mucho. Pero mereces algo mejor.

Levanté un poco la cabeza y volví a besarlo, esperando el tiempo justo para susurrarle al oído:

—No hay nada mejor que esto, Beau.

Me ciñó el trasero con las manos y me empujó un poco para que sintiera la presión de su evidente excitación contra el calor de mis muslos.

—Por favor, Beau —dije, no del todo segura de lo que estaba pidiendo, pero convencida de que necesitaba más. Me aferró las manos a la cintura.

—Agárrate a mí, cariño. Voy a cuidar de ti.

La necesidad que exudaba su voz áspera sólo sirvió para alimentar mi deseo.

Meció las caderas una vez más, provocando que una oleada de placer me recorriese todo el cuerpo a causa de la fricción que sentía entre las piernas. Beau extendió el brazo y me puso la mano detrás de la nuca, haciéndome descender hasta que mi boca cubrió la suya. Esto era lo que necesitaba. Esta conexión. Una atracción pura, brutal y honesta. No algo controlado y prudente. Necesitaba algo temerario.

La lengua de Beau se deslizó entre mis labios y empezó a saborear todos los rincones oscuros de mi boca como si fuese una especie de fruto exótico que quería degustar. Ésta era la sensación que siempre había anhelado. En un único movimiento fluido, Beau me dio la vuelta y se colocó encima de mí, dibujando un sendero de besos por todo mi pecho. Necesitaba más. Contoneándome un poco, extendí el brazo y le tiré del pelo con impaciencia. Una risa ahogada retumbó en su pecho, antes de que la cálida mano de Beau empezase a subirme por el muslo. No pude evitar que se me escapase un suspiro ansioso.

—Eres hermosa, Ash —susurró Beau cuando su mano llegó a su destino. Recorrió con el dedo la tira de mis braguitas y solté un gemido, necesitaba más—. Me encanta cuando haces esos ruiditos adorables. Me vuelven loco —murmuró en mi cuello.

Cuando el calor de Beau me abandonó, me dispuse a protestar, hasta que deslizó ambas manos bajo mi vestido y metió los dedos dentro de mis braguitas y empezó a bajarlas. Observé su semblante mientras boqueaba en busca de un poco de aire. La excitación y el anhelo hacían imposible una respiración profunda. Contemplé la expresión de maravilla y la mirada de adoración en los ojos de Beau mientras me quitaba las braguitas, las doblaba y las colocaba a un lado. Finalmente, levantó los ojos para mirarme a la cara.

—¿Estás segura? —Su voz denotaba lo mucho que se estaba controlando. Se detendría si se lo pedía. Confiaba en él. Completamente.

—Sí, muy segura —respondí levantando una pierna de modo que el vestido me resbaló hacia arriba y me quedó arrugado en la cintura.

Beau tenía los ojos abiertos de par en par a causa de la excitación. Muy lentamente, extendió la mano para tocarme la rodilla antes de mover las ásperas puntas de sus dedos por mi muslo. El pecho le subía y bajaba de prisa con cada aliento entrecortado, hasta que deslizó el dedo en mi interior.

—Ash —dijo con voz ahogada.

—Por favor, Beau —supliqué; lo necesitaba. Perdí la capacidad de pensar y solté un grito. No sabía qué le estaba diciendo, pero sabía que le estaba suplicando. No quería que acabase. La osadía de lo que estábamos haciendo me llevó al límite y, como había ocurrido horas antes, mi mundo se deshizo en un millón de vívidos, intensos y maravillosos temblores.

Beau

Sabía que estaba mal, pero no me importaba. Ahora no. Mantuve la mirada sobre Ashton mientras boqueaba en busca de aire y empecé a quitarme los vaqueros. Ella era lo único que importaba. Debía tenerla. Los ojos entrecerrados con los que me miraba se fueron abriendo de excitación mientras observaba cómo me desnudaba.

Me temblaban las manos al meter la mano en el bolsillo de los vaqueros para sacar el condón que había cogido de la guantera. ¿Dios mío, qué estaba haciendo conmigo esa chica?

—¿Puedo hacerlo yo? —preguntó Ashton con una voz ronca y satisfecha que hizo que me excitara aún más. Había sido yo el que la había hecho sentir así de bien. Yo había provocado ese tono de voz.

—¿Qué, el condón? —pregunté, mientras bajaba para besarle los labios. Necesitaba probarlos. No iba a ser capaz de pasar página. No podía renunciar a esto.

—Sí —respondió contra mis labios.

Riendo entre dientes, le dejé el paquetito en la mano.

—Sólo porque no sé decirte que no. Pero hazlo rápido, por favor.

—¿Duele? Ya sabes, el ponértelo —preguntó mientras yo retrocedía un poco, poniéndome de rodillas entre sus piernas.

—No como tú piensas. Lo disfrutaré. Te lo prometo.

El brillo travieso que le iluminó los ojos me hizo gruñir de frustración. Me iba a volver loco. Extendió el brazo y el primer contacto de sus suaves manos casi me hace perder la cabeza. Quería mirarla, pero sabía que no podía. No sería capaz de aguantarme. Cerré los ojos con fuerza y apreté los puños intentando no pensar en lo que estaba haciendo.

Cuando el condón estuvo en su lugar, abrí los ojos de nuevo, agarré las dos manos de Ashton, sujetándolas sobre su cabeza con una de las mías y la observé desde arriba, resollando.

—Dame un minuto —expliqué con voz tensa. Estaba esforzándome desesperadamente por mantener el control. Tenía que calmarme. Ashton necesitaba que fuese despacio.

—Vale —susurró.

Enterré la cara en su cuello y respiré hondo. Ésta era mi Ashton. Éste era el momento con el que había fantaseado durante años. Algo que nunca creí que tendría. Me recorrió otro estremecimiento y Ashton giró la cabeza para besarme la mejilla.

—Lo deseo, Beau. Deseo hacerlo contigo.

Justo las palabras que nunca habría esperado oír.

Le solté las manos y me mantuve encima de ella con las dos palmas apoyadas firmemente junto a su cabeza. No podía hablar. Las palabras eran imposibles. La besé con suavidad y descendí hasta estar en posición.

El grito entrecortado que soltó cuando me deslicé en su interior hizo que me detuviera.

Cuando alzó las caderas para que me deslizase más adentro, me estremecí y me hundí en su interior hasta que sentí la barrera que sabía que iba a dolerle. No quería hacerle daño.

—No pasa nada, Beau, por favor, no pares —dijo, meciéndose contra mí.

Cubrí su boca con la mía y empujé con un poco más de fuerza. El gritito que soltó hizo que me detuviera al instante. Empecé a besarla con suavidad. Cualquier cosa para hacer que olvidase el dolor. Empezó a balancearse lentamente contra mí y comprendí que había perdido cualquier capacidad de control. Estaba dentro de Ashton. Al fin.

—¿Estás bien? —conseguí preguntar contra sus labios hinchados.

—Sí, es, oh, es, mmmm. —Su tartamudeo me hizo sonreír.

Deslizarme lentamente dentro de ella fue increíble. Nunca nada había sido tan bueno. Enterré la cabeza en su cuello y me mordí el labio, necesitaba infligirme algo de dolor. Cualquier cosa para no perder el control demasiado pronto.

—Eres increíble —susurré, necesitaba elogiarla. Era perfecta.

Ashton tembló en mis brazos. Su agarre se había vuelto frenético. Con una sonrisa, saboreé un poco su hombro antes de inclinarme para mirarla.

Tenía las mejillas arreboladas y si no hubiese sido por el deseo, que hacía que estuviera a punto de estallar, habría reído. Era adorable. Levantó las piernas y apretó las rodillas contra mis caderas. Empujé con suavidad, cerrando los ojos y combatiendo el final que temía que llegase demasiado pronto.

—Ash, no quiero que esto termine. Quiero seguir aquí toda la eternidad.

El grito de placer que se escapó de sus preciosos labios rosados me hizo enloquecer.

—Ash, quiero que seas mía. ¿Me oyes? Mía.

Ash asintió y soltó otro gritito antes de enderezarse y tapar mi boca con la suya. Con esto bastaba. Podía soportar cualquier cosa si me prometían que siempre tendría esto. A Ashton entre mis brazos. Era lo único que necesitaba. Siempre.

Capítulo ocho

Beau

Hoy tenía que cortar el césped en tres casas distintas. Sin embargo, acababa de llamar para reprogramar las citas, justo momentos antes de que Ashton saliese corriendo del bosque en dirección a mi camioneta. Lo de anoche lo había cambiado todo. Necesitaba decirle exactamente cómo me sentía, pero no podía hacerlo en ese momento. Aún no quería tener esa conversación. Sólo deseaba disfrutar de su presencia. Íbamos a pasar el día en la playa, a mezclarnos entre los turistas. Quedar en la ciudad no era una opción. Al menos, hasta que Sawyer regresara y hablase con él. No podía dejarla escapar. Ahora ya no. Por una vez en mi vida, no iba a quedarme de brazos cruzados mirando cómo Sawyer lo conseguía todo. Necesitaba a Ashton. La amaba de una manera de la que sabía que mi primo era incapaz.

Abrió la puerta del copiloto y subió al coche. Dios mío, llevaba unos pantalones diminutos y un top más minúsculo todavía que me permitía entreverle el ombligo. La playa estaba a cuarenta y cinco minutos de distancia y así vestida conseguiría hacerme enloquecer.

—Buenos días —dijo con una sonrisa mientras se deslizaba junto a mí, con una pierna a cada lado del cambio de marchas. Todas mis preocupaciones sobre Sawyer desaparecieron de mi mente.

—Buenos días, preciosa —respondí y me incliné para besarla. Suspiró y se arrimó un poco más, pasándome los dedos por el cabello. Tuve que hacer uso de todo mi autocontrol para separarme de ella.

»¿No quieres salir de aquí primero? —pregunté.

Hizo un mohín, como si le hubiese arrebatado su juguete favorito, y se arrellanó en el asiento de brazos cruzados.

—¿Cómo te encuentras? —pregunté al salir a la carretera. Su hoyuelo me hizo un guiño y necesité toda mi fuerza de voluntad para seguir conduciendo y no detenerme para besar ese punto mágico.

—Estoy bien... Bueno, más que bien, estoy... —Hizo una pausa y vi de reojo que se le encendían las mejillas con un bonito color rosa. No pude evitar reír entre dientes ante el rubor inocente de su rostro. Alargué el brazo, cogí con cuidado una de las manos que se estaba retorciendo y engarcé mis dedos entre los suyos, mientras me sorprendían las primeras señales de mi deseo de posesión exclusiva.

—¿Te duele? —pregunté. Tenía entendido que las vírgenes a veces se sentían un poco doloridas después. Pero Ashton había sido la primera virgen con la que había estado.

Hizo gesto de negar con la cabeza y su rubor se acentuó.

—Tal vez un poco.

—Lo siento —respondí, sintiendo mi deseo de protegerla como una punzada en el pecho, perfecto para acompañar al deseo de posesión que se estaba encabritando en mi interior. Estaba convirtiendo mis entrañas en una zona de combate. Levantó la vista para mirarme y dijo con una sonrisa tímida:

—Yo no.

Dios mío, la amaba. Me rodeó el brazo con los suyos y apoyó la cabeza en mi hombro. Fue una de las pocas ocasiones en las que detesté conducir con un cambio de marchas manual. Habría preferido seguir así, sin tener que mover el brazo.

—Dime que te has puesto protector solar —comenté, echándole un vistazo a su piel apenas bronceada. El sol de la playa era intenso incluso para las personas de piel curtida. Soltó una risita y asintió con la cabeza. Todo iba bien en el mundo. Cuando salí a la autopista en dirección sur, dejé la mano entre sus muslos y me dispuse a disfrutar del trayecto.

Normalmente, no me gustaban las playas repletas de turistas. Pero ese día era diferente. No me molestaban los niños gritones arrojándome arena en la cara mientras correteaban por la playa, ni los insoportables norteños que alimentaban a las puñeteras gaviotas. Ashton hacía que todo fuese mejor.

El sol era abrasador y, aunque Ashton disfrutaba relajándose bajo sus intensos rayos, yo insistía para que se bañase conmigo. Verla reír y jugar mientras nos sumergíamos bajo las olas me hacía sentir como si los años que habíamos pasado separados hubiesen desaparecido. Sólo existían entonces y ahora. El tiempo perdido entre ambos se había esfumado. Junto a ella me sentía completo. Ashton era la persona que me había mantenido íntegro mientras mi mundo se derrumbaba a mi alrededor.

Y verla en ese biquini estaba teniendo sus efectos en mí.

—Ven aquí, Ash —dije, tirando de ella para que me acompañase a la zona donde el agua era más profunda. Se le pusieron los ojos como platos mientras buscaba fauna acuática peligrosa en torno a nosotros.

»Estás conmigo. Nada te hará daño. Ven aquí. —La atraje hasta mi pecho. Se apretó con firmeza contra mí. La miré fijamente antes de bajar la cabeza y lamer las gotas de agua salada que le resbalaban por el escote.

—Beau —susurró, apartándome un poco—. Alguien nos puede ver.

Eché un vistazo alrededor, estábamos demasiado lejos de la gente como para que nos prestaran atención.

—No nos pueden ver —respondí en un gruñido satisfecho mientras la besaba y tocaba.

—Ah, oh, no nos ven —suspiró mientras se asía a mis hombros.

—¿Te duele? —pregunté, disponiéndome a dejar de acariciarla.

—No, no me duele. De verdad. Por favor, no pares —suplicó mirándome con los ojos llenos de lujuria.

—Cariño, te tocaría siempre, si quisieras. No hace falta que supliques —aseguré.

—Dios mío, Beau —gimió Ashton, dejándose caer encima de mí—. Eso me gusta.

—¿Qué es lo que te gusta? —Sonreí.

Ashton apretó la cara contra mi hombro y soltó un grito de placer.

—Me gusta que me digas estas cosas.

—¿Qué cosas, Ashton? —pregunté, mientras le acariciaba el interior de los muslos, provocando que se estremeciese en mis brazos.

Ashton apretó la boca contra mi pecho; la envolví entre mis brazos para sujetarla mientras volvía al planeta Tierra. Me rodeó la cintura con las piernas, presionando su cuerpo contra el mío. Levantó la cabeza de golpe y sus labios dibujaron una sonrisa traviesa.

—Parece que alguien más lo ha disfrutado —dijo, apretándose contra mí.

—Cariño, no tienes ni idea de cuánto lo he disfrutado —respondí, besándole la curva del cuello y levantando la mano para acariciarle el pecho.

—Bájame, Beau —ordenó, mientras apartaba las piernas de mi cintura. Aún no estaba dispuesto a despedirme de la presión, pero la solté. Iba a necesitar un rato a solas muy pronto.

La fría mano de Ashton se deslizó dentro de mi bañador antes de que los pies le tocaran el suelo. Me temblaron las rodillas.

—Tranquilo —susurró con una sonrisa en la cara. Le encantaba saber que era capaz de provocarme esta reacción.

—¿Qué haces? —pregunté, mientras su mano seguía tocándome.

—Hacerte sentir bien —respondió con picardía.

Y lo estaba consiguiendo. Aunque no estaba seguro de poder sobrevivir a eso estando de pie.

—¿Sienta bien?

Joder. ¿Qué pregunta era ésa? Ya me estaba costando lo suficiente no caer de rodillas.

—Sí —dije con voz ahogada.

—¿Está bien así? ¿Duele?

No iba a sobrevivir a eso.

—Mmm... —le aseguré.

—Mmm... —respondió con una risita.

Estaba a punto de estallar. Quise apartarme. Ella dibujó una mueca traviesa. No pensaba moverse. Me mordí el labio para reprimir el rugido que estaba a punto de escapárseme. Redujo la presión, pero siguió acariciándome. Era de lejos lo más excitante que había experimentado en mi vida. Su cara de sorpresa mientras me observaba, junto con el hecho de que todavía me estaba tocando. Oh, sí. Era mía.

—Suéltame, cariño. No puedo más. —Tenía la voz áspera mientras bajaba el brazo para sacarle la mano de mi bañador. Le lavé la mano en el agua salada mientras le aguantaba la mirada.

—¿Lo he hecho bien? —preguntó.

—Nadie lo hecho tan increíblemente bien en toda la historia de la humanidad.

Se le escapó una risita y bajó la cabeza. Sí, estaba tan jodidamente enamorado que resultaba ridículo.

—¡Oh, Dios mío, una medusa!

A su chillido le siguió un cómico intento de correr a través de las aguas revueltas en dirección a la playa. Me mordí la lengua para no reír y la seguí. No dudaba de que hubiese una medusa. Era la temporada, pero verla con los ojos abiertos como platos y su expresión ansiosa era tan adorable que resultaba gracioso.

—Siempre supe que serías irresistible en cuanto dejases de actuar como lo que no eres —me susurró Beau al oído mientras me envolvía en sus brazos.

Yo todavía jadeaba después de correr a través de las olas. Dejé escapar una risita cansada y apoyé la cabeza en su sólido pecho.

—No es tan fácil esconder a la chica mala a la única persona que sabe que existe —repliqué.

Beau estrechó su abrazo y sentí su aliento en el cuello cuando dejó reposar la barbilla en mi hombro.

—No. Yo nunca he visto a una chica mala. No eres mala, Ash. Lo que pasa es que llevas mucho tiempo fingiendo ser otra persona, primero para hacer felices a tus padres y después para hacer feliz a Sawyer. La chica que eres en realidad es asombrosa. Eres bondadosa, pero también tienes agallas. Eres brillante, pero nunca actúas con superioridad. Eres prudente, pero también sabes divertirte y eres increíblemente *sexy*, pero no tienes ni idea.

Me resultaba difícil verme tal como me describía, pero oírle decir esas cosas me hacía desear que todo fuese distinto. Con él, no me había contenido en absoluto. Cuando estaba con Beau, no fingía ser nada. Era yo misma. Y en lugar de a una chica mala, veía a alguien deseable. Quería que el mundo también me viese así, pero sabía que sólo alguien como Beau vería mis defectos como características atractivas.

—Me alegro de que me veas así. No digo que esté de acuerdo, pero me hace feliz saber que no ves mis defectos.

Beau se puso tenso durante un momento antes de apartar los brazos. Sentí que su cuerpo se separaba de mí.

—¿Qué te pasa? —pregunté dándome la vuelta para mirarle.

Se limitó a sacudir la cabeza. Esperé a que hablase y, tras unos minutos de silencio, levantó la vista para mirarme fijamente.

—¿Por qué estás con Sawyer?

Ésa no era la pregunta para la que me había preparado. Sacudí la cabeza.

—¿Qué quieres decir?

Se pasó la mano por el pelo, cerrando los ojos, como si se estuviese esforzando por no decir lo que fuese que tenía en la punta de la lengua.

—Te comportas como una persona distinta cuando estás con él. Como la persona que crees que puede resultarle atractiva. Una perfecta chica buena que cumple todas las reglas. Pero deseas romperlas, Ash. No eres ninguna criminal, sólo quieres abrir las alas un poco y disfrutar de la vida. Pero le quieres tanto que estás dispuesta a negarte la libertad de ser tú misma para poder estar con él.

Se interrumpió y mantuvo sobre mí su mirada suplicante. Deseaba que no dijese nada más. No quería oír nada de eso. No era verdad. Era una chica buena. Era el tipo de chica que una persona como Sawyer podría amar.

—Soy buena —me las arreglé para decir a pesar del nudo que tenía en la garganta.

Me sentía como una idiota pronunciando esas palabras cuando la noche anterior había perdido la virginidad en la parte trasera de su camioneta en vez de estar en casa llorando la muerte de la abuela. Cerré los ojos con fuerza intentando expulsar de mi cabeza mis pensamientos sobre la abuela. Ahora mismo no podía pensar en eso. No estaba preparada.

—No he dicho que fueses mala. Eres buena, Ash. ¿No me estabas escuchando? Tienes un concepto muy retorcido de la bondad. Querer escabullirte con tu novio y sentirte deseada por tu chico o dejar un ridículo carrito de la compra en una plaza de aparcamiento no te convierte en una mala persona. Te hace humana.

Me saltaron las lágrimas. Quería creerlo. Había vivido con la culpa durante tanto tiempo sólo porque deseaba hacer aquello que me habían enseñado que estaba mal. Pero estaba hablando con Beau Vincent. Bebía demasiado y hacía en público cosas con las chicas que yo no había hecho en toda mi vida... hasta que empecé a pasar tiempo con él. Mi madre siempre decía: el demonio es hermoso.

—Pensaba que la Ash a la que conocía había desaparecido del todo. Lloré su pérdida durante mucho tiempo. Entonces, un día, en el comedor del instituto, Haley no paraba de tirarle los tejos a Sawyer y de coquetear con él delante de ti como si tú no estuvieses. Cuando se dio la vuelta para marcharse, le pusiste la zancadilla. Sawyer no lo vio, pero yo sí. —Sus labios dibujaban una sonrisita—. Cuando cayó al suelo de piernas abiertas, vi la pequeña mueca de satisfacción en tus labios, justo antes de agacharte y deshacerte en disculpas. Hasta ese momento creí que te había perdido. Pero comprendí que mi Ash se encontraba bajo todo ese lustre y toda esa corrección. Después de ese día, empecé a observarte y a disfrutar de los momentos en los que vislumbraba a tu verdadero yo mientras nadie más prestaba atención. Por eso te decía aquellas cosas. Quería hacerte reaccionar. Quería picarte y que me contestaras con insolencia. Esos momentos en los que ya no podías más y estallabas... Vivía para esos momentos.

—¿Eras cruel conmigo porque querías hacerme estallar? —pregunté. Asintió e inclinó la cabeza para besarme en la punta de la nariz.

»Te encanta mi lado feo, ¿verdad Beau?

—No hay nada feo en ti. Eres tan bella por dentro como por fuera, pero no te das cuenta. Eso es lo que me mata. Sawyer es mi primo y haría cualquier cosa por él, pero está loco por mantenerte en esa especie de pedestal. Yo quiero a la verdadera Ashton. La que se contonea para quitarse unos pantalones cortos a sabiendas de que me vuelve loco. La que corre por el bosque hacia mi camioneta con una sonrisa de oreja a oreja, como si nada más importase. —Apoyó la mano en mi mejilla—. La verdadera Ashton Gray es perfecta y estoy locamente enamorado de ella.

Se me encogió el estómago. Yo también sentía algo por Beau. Compartíamos un pasado y ahora compartíamos este verano, pero se suponía que el amor no debía formar parte de la ecuación. Sawyer se interponía entre nosotros.

Los labios de Beau encontraron los míos y todo lo demás se desvaneció. Poco importaban las preocupaciones y los miedos que se escondían en un rincón de mi mente. Sólo quería ser yo misma. Entre sus brazos, sabía que podía serlo.

Capítulo nueve

Toda la ciudad se las había arreglado para ir a la iglesia a presentar sus últimos respetos a la abuela. No habían conseguido convencerme de ir a verla allí tumbada, inmóvil y pálida. Seguro que no la habían maquillado bien. Era una experta en maquillaje y siempre iba perfectamente arreglada. Me gustaba saber que tenía la abuela de setenta años más guapa del mundo entero. Cuando mi madre y mi padre se habían negado a dejar que me maquillase a pesar de que se lo había suplicado de rodillas, la abuela me secuestró un fin de semana en su casa para enseñarme la técnica de la «chapa y pintura», como ella decía.

Otra lágrima se deslizó por mi mejilla y levanté la mano para secarla con el pañuelo que alguien me había dado. Me había sentado tantas veces con la abuela en la tercera fila. Nos escribíamos notas, hasta que mi madre lo atajaba con una mirada de advertencia. Siempre nos hacía reír. La abuela fingía que guardaba el papel, pero en realidad se volvía más taimada. La abuela era muy parecida a Beau, en el sentido de que aceptaba a la chica mala que había en mi interior. Pensar en él hizo que se me formase otro nudo en la garganta. Empezaba a depender demasiado de ese chico. Sawyer regresaría pronto y todo iba a cambiar.

—Hola. —La voz grave de Beau me sorprendió y levanté la cabeza para encontrarlo justo frente a mí. No esperaba que viniese, esa noche. Aparte de que nunca ponía los pies en la iglesia a menos que fuese el domingo de Pascua o Nochebuena, supuse que iba a pasar su noche libre con sus amigos... O con Nicole.

—Hola —respondí en un susurro ronco—. No esperaba que fueses a... —Me interrumpí para no decir más.

Alzó sus rubias cejas y ladeó un poco la cabeza, frunciendo el ceño. Me di cuenta de que se había peinado el pelo que normalmente llevaba revuelto. Mis ojos recorrieron su pecho y sus hombros, cubiertos con una formal camisa de color azul celeste que, estaba segura, estrenaba esa noche. Llevaba la camisa por dentro de unos pantalones, muy formales también, que tampoco le había visto nunca. Cuando levanté la vista para mirarle a los ojos, sonreí por primera vez en horas.

—Te has puesto elegante —dije en voz baja para no llamar la atención. Se encogió de hombros y echó un vistazo alrededor como si quisiera comprobar cuánta gente había notado su intento de arreglarse. Su vista volvió a detenerse sobre mí y se inclinó un poco.

—¿Has ido a verla? —Su suave susurro hizo que me volviesen a brotar las lágrimas. Negué con la cabeza y respiré profundamente en un intento de no venirme abajo y echarme en sus brazos en busca de consuelo delante de toda la ciudad. Me cubrió la mano con la suya y entrelazó sus dedos con los míos. Confundida, eché una ojeada alrededor para asegurarme de que no nos estaban observando.

»Venga, Ash. Te arrepentirás de no haberla visto una última vez. Necesitas hacerlo para pasar página. Confía en mí.

Sus ojos estaban llenos de tristeza mientras me miraba, implorante.

—Yo no fui a ver a mi padre. Todavía hoy me arrepiento.

Su confesión hizo que el dolor que sentía en el pecho se acentuara, no sólo por mi pérdida sino también por aquel chiquillo al que tanto le habían arrebatado. Por alguna razón, Beau necesitaba que lo hiciese. Dejé que me guiase por la nave de la iglesia hasta el ataúd abierto en el que descansaba la mujer en la que siempre había confiado. Habíamos hablado de mi boda y de cómo me arreglaría el pelo y me maquillaría ese día. Habíamos decidido los colores de los vestidos de las damas de honor y de los ramos de flores que pensaba preparar. Habíamos decidido que ella cosería el vestido del bautizo de mis hijos. Habíamos hecho tantos planes. Tejimos tantos sueños sentadas en su porche, comiendo galletas y bebiendo té helado.

El ataúd era de un precioso color blanco mármol, con un forro rosa. Le habría encantado. Adoraba el color rosa. Los enormes adornos confeccionados con rosas blancas y rosa le habrían entusiasmado. Cada primavera, una de sus grandes alegrías era ver florecer sus rosales, de los que cuidaba como si fuesen bebés. Quise dar las gracias a todas las personas que habían enviado los grandes ramos de flores que cubrían las paredes de la iglesia, especialmente los de rosas.

Sentí un hilillo de humedad que corría por mi barbilla y me caía sobre la mano. Levanté la mano libre para secarme la cara, pero fue inútil. Las lágrimas me manaban de los ojos y me resbalaban por las mejillas. Ni siquiera me había dado cuenta de que estaba llorando.

—No te dejaré sola, sube y despídete de ella. Estaré aquí mismo, a tu lado —murmuró Beau.

Desde que había cruzado las puertas de la iglesia, había sentido una presión en el pecho que me impedía respirar. Ahora, mientras me preparaba para despedirme de la mujer a la que tanto quería, me inundó un sentimiento de paz. Solté la mano de Beau a la que me había aferrado con tanta fuerza y di un paso adelante.

Estaba sonriendo. Me alegraba de que estuviese sonriendo. Siempre sonreía. Habían utilizado su maquillaje. Reconocería ese tono frambuesa de pintalabios en cualquier parte. La fragancia de las rosas era intensa y me recordó las tardes que pasábamos charlando en su casa.

—Te han puesto tu vestido favorito —susurré mientras observaba su cuerpo inmóvil—. Y también han usado tu maquillaje. Aunque tú te pintas mejor. La sombra de ojos es un poco oscura. Quien te la haya puesto parece que desconoce la regla del «menos es más».

La abuela se habría reído con mi comentario. Habríamos tramado un plan para dar una lección en el arte de la «chapa y pintura» a los esteticistas de la morgue o a quienquiera que maquillase a los recién fallecidos. Se me escapó una sonrisa.

—¿Te acuerdas de cuando hablamos de que queríamos permanecer en la Tierra después de morir para poder asistir a nuestros funerales? Bueno, en caso de que hayas convencido a Dios de tu idea y estés escuchando desde alguna parte —hice una pausa para tragarme el sollozo que se me

115

estaba a punto de escapar—, si estás aquí, te quiero. Te echo de menos. Pensaré en ti todos los días y llevaré a cabo todos nuestros planes. Pero prométeme que estarás ahí. Prométeme que convencerás al de ahí arriba de que te deje venir de visita.

Esta vez no pude reprimir el sollozo. Me tapé la boca con las manos y dejé caer la cabeza mientras me inundaban los recuerdos. Saber que ésa era la última vez que la vería me hacía sentir como si me hubiesen arrancado el corazón. Un brazo me agarró y tiró de mí para que me apoyara contra su pecho, envolviéndome. Beau no dijo nada para consolarme. Dejó que dijese mi último adiós de la única forma que sabía. Cuando se calmaron las lágrimas y el dolor en mi pecho se sosegó, levanté la cabeza para mirarle.

—Estoy segura de que cuando mueres no vas directamente al cielo. Creo que tienes tiempo de despedirte. Y tu abuela no se habría marchado a ninguna parte hasta que hubiese recibido esta despedida.

Solté una risita ahogada y asentí. Tenía razón. Ni el mismo Dios la habría hecho mover a menos que estuviese lista.

—Adiós, abuela —susurré una última vez.

—¿Preparada? —preguntó Beau, enlazando los dedos con los míos.

Me di la vuelta y caminé por la nave, asintiendo y hablando con las otras personas que habían venido a darnos el pésame. Beau se mantuvo pacientemente a mi lado. Me di cuenta de que varias personas lanzaban una mirada curiosa a la oveja negra que tenía como acompañante. En pocas horas, toda la ciudad estaría al corriente. Pero ahora mismo eso no me importaba. Beau había sido mi amigo desde que, en párvulos, me tiró del pelo en el patio y yo, a cambio, le retorcí el brazo. Después de que el maestro nos hubiese reñido y amenazado con llamar a nuestros padres, Beau me miró de arriba abajo y me preguntó:

—¿Quieres sentarte con mi primo y conmigo durante la comida?

Podían hablar cuanto quisieran. Beau había venido a rescatarme cuando más le necesitaba. Quizá no era el ciudadano perfecto, pero la abuela siempre decía que lo perfecto era aburrido. Le habría encantado que les plantase cara a las chismosas de la ciudad en su funeral. Miré atrás por encima del hombro, con una sonrisa. La abuela estaba aquí y casi podía oír su risa cuando salí de la iglesia de la mano de Beau.

Beau

—No sé si van a poder recuperarse de esto —comenté mientras abría la puerta y ayudaba a Ashton a entrar en la camioneta.

—¿De qué? —preguntó con el ceño fruncido.

¿De verdad no sabía a qué me refería o intentaba fingir que no era para tanto? Porque lo era. Mi aparición en la iglesia fue un paso que había tomado a sabiendas de que Sawyer lo descubriría. No me importaban las repercusiones, no soportaba la idea de que Ashton estuviese sola sin nadie que supiera por lo que estaba pasando. Me necesitaba.

—Hablarán, Ash —dije con cuidado, esperando a ver si

había estado tan inmersa en sus sentimientos por la pérdida de su abuela que no había pensado en el mensaje que acabábamos de enviar al salir de allí juntos.

Se encogió de hombros.

—Y qué. Es lo que siempre hacen, Beau. Hablan. Ya se les pasará.

Que me partan si no estaba deseando arrastrarme adentro y empujarla contra los ajados asientos de cuero y besarla hasta que los dos estuviésemos pidiendo más. Pero no era el momento. Cerré la puerta, le di la vuelta al coche y entré.

No pregunté si quería ir a casa. Iba a llevarla a la mía. Mi madre trabajaba esa noche y quería a Ash en mi habitación. Quería verla en mi espacio. Saber qué se sentía. Olerla incluso después de que se hubiese marchado.

Ashton se deslizó en el asiento hasta que estuvo a mi lado.

—¿Adónde vamos?

—¿Importa? —pregunté, en lugar de contestar.

Soltó un suspiro triste.

—No. La verdad es que no. Mientras esté contigo.

El corazón me latía contra el pecho y la bestia posesiva de mi interior rugió de placer. Era mía. Tenía que solucionar esto. No podía devolvérsela a Sawyer.

—Quiero verte en mi habitación. Quiero que mis almohadas huelan a ti. Quiero verte tumbada en mi cama y grabar esa imagen en mi memoria.

Ashton ladeó la cabeza para mirarme. Miré de reojo sus grandes ojos verdes antes de devolver la vista a la carretera.

—¿Desde cuándo eres tan tierno y encantador?

Desde que había estado enterrando en lo más profundo a la única chica a la que había amado. Aunque no se lo dije. No estaba lista para que le confesase mis sentimientos. La última vez que le dije cómo me sentía se quedó paralizada.

—¿No me digas que te acabas de dar cuenta de lo encantador que soy?

Soltó una risita y apoyó los labios en mi brazo para no reír en voz alta. Me encantaba su risa.

Y más aún después de haber visto cómo se derrumbaba y lloraba, poco antes. Eso me había hecho trizas. No quería que estuviese triste. No quería que sufriese ningún dolor. Sólo deseaba protegerla de todo. Sabía que sonaba ridículo, pero no podía evitar sentirme así.

Detuve la camioneta entre los robles que conducían a la entrada del aparcamiento de caravanas donde había residido toda mi vida, me incliné y besé a Ashton en la coronilla. Así era como tendría que haber sido desde el principio. Ashton a mi lado. Así era como tenía que ser.

—¿Y qué vamos a hacer en tu habitación? —preguntó ella.

Abrí la puerta y deslicé la mano por su muslo, tirando de Ashton hacia mí para bajarla al suelo.

—¿Monopoly? —respondí con una sonrisa de suficiencia.

Ella me puso las manos en los hombros, la cogí en brazos y la deposité en el suelo.

—No se me da bien el Monopoly. Ya lo sabes.

Más bien era terrible al Monopoly. Cuando éramos pequeños, Sawyer siempre la dejaba ganar. Pero yo no. Yo siempre me quedaba incluso con su último billete. A Ashton no le gustaban las cosas fáciles. Le gustaban los desafíos. Ya entonces me daba cuenta de ello.

—Sí, se te da mal —convine y le pasé la mano por la cintura, guiándola hasta la puerta de la caravana—. Podemos jugar al *strip* póquer.

Ashton rió y negó con la cabeza.

—También me ganabas siempre. Al menos al póquer. Estaré desnuda en menos de un cuarto de hora.

—Vale, me has convencido. Jugaremos al *strip* póquer —interrumpí.

—Si me quieres desnuda, no tienes que ganarme a las cartas —respondió en tono provocador.

Sí. Ésta era mi chica.

—Hecho. Desnúdate —ordené mientras cerraba la puerta detrás de nosotros.

Ashton echó la cabeza hacia atrás y soltó una carcajada. La tristeza que acechaba en su mirada había desaparecido. Eso era lo que quería conseguir. Bueno, también la quería desnuda, pero no había sido mi prioridad principal. Eso estaba en segundo lugar.

—¿Puedo beber algo primero? —preguntó Ashton, pasándome la mano por el pecho.

—Supongo, si eso es lo que quieres... —respondí, bajando la cabeza para besarle la línea de la mandíbula y la suave piel de detrás de la oreja.

Ashton dejó caer las manos detrás de mi cuello y se arqueó contra mí. Si seguía así, no llegaríamos a mi habitación.

—He cambiado de idea —susurró antes de bajar la mano hasta mis vaqueros para tirar del botón.

—¿Estás segura? —pregunté, mordisqueándole el lóbulo de la oreja.

Se estremeció en mis brazos y asintió. Esto no podía estar mal, sentaba demasiado bien.

—Esto sobra —murmuró mientras me desabrochaba los tejanos y empezaba a bajármelos. Yo también quería quitármelos, pero no en el salón. La quería en mi habitación. Sobre mis sábanas. Para poder olerla cuando no estuviese.

—A mi habitación —ordené, mientras dibujaba un camino de besos por su cuello. El escalofrío que le recorrió el cuerpo sólo sirvió para excitarme aún más. Bajé las manos y le subí el bajo del vestido para acariciarla. Me quedé paralizado y seguí mirándola mientras mi mano encontraba la fina tira.

—Madre mía, ¿llevas tanga?

Tenía que sacarle el vestido ya. La chica buena era en realidad traviesa y yo amaba cada centímetro de su cuerpo.

Ashton simplemente asintió, y apretó los labios para esconder una sonrisa divertida. Le encantaba saber que podía hacerme perder la cabeza.

—Fuera. Quiero este vestido fuera ya —ordené. No esperé a que me ayudase. Encontré la cremallera y la bajé por la curva de sus caderas, entonces dejé que cayese por sus hombros. La tela cayó olvidada al suelo, y permanecí de pie absorbiendo la visión de Ashton con un sujetador negro de encaje y un tanga casi invisible a conjunto. No le veía sentido al hecho de llevar un tanga que tapase tan poco, pero no pensaba quejarme. Estaban alimentando muy positivamente mi imaginación.

—Lo siento, cariño, pero no puedo llegar hasta la habitación —me disculpé antes de capturar su boca con la mía. La necesitaba en ese momento. Necesitaba saborearla. Sentirla cerca. Saber que era mía.

El hecho de que Ashton interrumpiera nuestro beso fue

la única advertencia que tuve antes de que se dejase caer de rodillas enfrente de mí. Oh, no. No lo iba a hacer.

—Levántate, Ash. Ahora mismo. —Bajé la mano, pero ella la apartó mientras me bajaba los vaqueros y los calzoncillos.

»Lo digo en serio, Ash. No vas a... ¡joder!

Quería que parase, porque no debería estar de rodillas delante de mí. Era mi Ash. Pero la sensación era tan increíble que no pude apartarme. Tener a Ashton allí era en verdad increíble.

Me costaba ordenar mis pensamientos. Deslicé las manos por su pelo. Ésta era mi Ash.

—Eres preciosa. Esto es... —Las palabras se me escaparon de la boca. La dejé hacer hasta que ya no pude más. Extendí los brazos, la cogí por las axilas y la aprisioné contra la pared.

»Me vuelves loco. Lo único que quiero hacer es tocarte —dije, dispuesto a hacerle el amor.

—Entra, Beau. Por favor —suplicó Ashton.

Me eché atrás y respiré hondo varias veces.

—Ash, no me puedes decir ese tipo de cosas —expliqué mientras la hacía mía. ¿Cómo era posible que la sensación fuese aún más perfecta que la primera vez?

Ash me puso las manos a cada lado de la cara y subió las caderas, de modo que me hundí más en su interior. El ardor de sus ojos hizo que me estremeciera.

—Fuerte, Beau Vincent.

Ashton Grey acabaría matándome.

Capítulo diez

Ashton,

No has respondido a mi e-mail, *eso quiere decir que o no lo recibiste, lo que es bastante probable porque el acceso a Internet aquí es terrible, o que algo va mal. He intentado llamarte varias veces, pero no encuentro cobertura en ninguna parte.*

Tengo buenas y malas noticias. Las malas noticias son que Caroline ha sufrido una reacción alérgica a alguna planta de por aquí y tuvo un ataque de urticaria; mi padre la ha llevado corriendo a urgencias a la ciudad más cercana. Han regresado hace una hora, Caroline está bien, pero mi madre tiene ganas de volver a casa.

Eso me lleva a las buenas noticias. Vuelvo a casa. Mientras te escribo esto, estamos haciendo las maletas; te llamaré en cuanto tenga cobertura. No te separes del móvil. Necesito oír tu voz. Llama también a Beau de mi parte y avísale de que estoy de vuelta, así podremos ir a la sala de pesas una semana antes y prepararnos para el entrenamiento de fútbol. Y dile también que se corte un poco con la cerveza. Necesito a mi mejor receptor en buena forma.

Te quiero,

Sawyer

Me quedé contemplando la pantalla del ordenador un buen rato. No sabía qué hacer. A quién contárselo. Adónde ir. Cerré el portátil y lo aparté de un empujón. Me había despertado sabiendo que tendría que enfrentarme a mis padres, después de haberme ido el día anterior con Beau. Me estaba temiendo la charla con ellos, pero esto era mucho peor. La pantalla de mi móvil se iluminó antes de que empezara a sonar *Eye of the Tiger* por primera vez en tres semanas. Sawyer había configurado mi teléfono para que *Eye of the Tiger* fuese su tono personalizado. Cogí el móvil con apatía y apreté el botón de aceptar antes de ponérmelo en el oído.

—Hola.

—Oh, cariño, me alegro tanto de oír tu voz. ¿Has recibido mi *e-mail*? He esperado un rato antes de llamar, no quería despertarte. Estamos a unas dos horas de distancia. Mi padre me dejará en tu casa, me muero de ganas de verte.

La culpa, la frustración, la ira y el pánico se arremolinaban en mi interior. Agarré el teléfono con fuerza mientras intentaba respirar profundamente.

—Ah, hola, sí, acabo de leerlo. No puedo creer que vayas a llegar antes de lo previsto.

La falta de entusiasmo de mi voz era inconfundible. Durante un momento reinó el silencio, y comprendí que el cerebro de Sawyer estaba trabajando a marchas forzadas.

—¿Te acabas de despertar? No pareces muy contenta con mi regreso. Esperaba chillidos de alegría o algo así.

Perfecto, despierta sus sospechas incluso antes de que llegue. Tenía que arreglarlo. No podía interponerme entre Beau y Sawyer. Toda su vida habían sido como hermanos. No podría perdonarme jamás ser la responsable de su ruptura. Me sorprendió darme cuenta de que me preocupaba más la relación entre ellos que la mía con Sawyer.

—Perdona, estoy encantada de que vuelvas. Me acabo de despertar. Anoche fue el velatorio de mi abuela y el funeral es esta tarde. Estos últimos días han sido difíciles.

—¿Cómo? ¡Ash!, ¿tu abuela ha fallecido? Lo siento tanto. ¿Por qué no me lo contaste?

Había olvidado completamente que no lo sabía. El *e-mail* que no llegué a escribirle me vino a la memoria. En vez de contarle lo de la abuela, corrí a refugiarme en los brazos de Beau. ¿Habría ocurrido todo esto si le hubiese escrito el *e-mail* a Sawyer y hubiese ayudado a mi madre con los preparativos del funeral? ¿Deseaba que las cosas hubiesen sido distintas?

—No quería explicártelo por *e-mail* —aclaré con la esperanza de que lo comprendiese o que, al menos, aceptase mi excusa.

—Estoy a punto de llegar. Iré corriendo a casa para cambiarme y después vendré a verte, así no tendré que marcharme antes del funeral. Si quieres, puedo llevarte. Todo se arreglará. Dentro de poco estaré ahí. Te lo prometo.

¿Cómo se sentiría si le dijese que todo iba bien? ¿Que Beau ya me había ayudado a despedirme? Mis lágrimas se habían secado. Sabía que mi abuela era feliz en su fabulosa mansión, situada en unas elegantes calles doradas. Siempre decía que allá arriba tendría un fantástico jardín de rosas esperándola.

—Ash, ¿estás bien?

—Perdona, estaba pensando en el funeral. Nos vemos cuando llegues.

—Muy bien. Te quiero.

Éstas eran las palabras que siempre nos decíamos al colgar. Normalmente, yo era la primera en decirlas. Esta vez lo había olvidado por completo.

—Yo también te quiero —respondí diligentemente.

Le quería. Le había querido toda la vida, pero no como debería. En el fondo, siempre había sabido que algo iba mal entre nosotros. Pero hasta esas últimas semanas con Beau no había sabido definir cuál era el problema de nuestra relación. Con Beau podía ser yo misma, y él me amaba. Sawyer amaba a la persona que yo me esforzaba en ser. Si Sawyer supiese cuál era mi verdadero yo, aquella chica a la que creía haber dejado atrás junto con mi infancia, no me querría. No sería capaz. Pero tampoco podía estar con su primo. No podía escogerle por delante de Sawyer. Destrozaría una amistad de toda una vida. Sawyer había cuidado de Beau cuando era pequeño. Estaba pendiente de él, compartía su riqueza con él. Incluso ahora, Sawyer protegía a su primo de muchas cosas. Sin ir más lejos, el año pasado, cuando el entrenador estuvo a punto de echar a Beau del equipo por presentarse al entrenamiento con resaca. Sawyer suplicó al entrenador que cambiase de idea y le prometió que se aseguraría de que Beau fuese por el buen camino y llegase en buen estado a los entrenamientos y los partidos. Beau necesitaba a Sawyer. No podía interponerme entre los dos.

Arrojé la almohada que había estado abrazando al otro extremo de la habitación y solté un rugido de frustración. Me parecía todo tan ridículo. Yo era ridícula. ¿Cómo me había permitido llegar hasta aquí? ¿En qué estaba pensando? Me había dejado llevar por mis sentimientos por Beau Vincent. No sólo me importaba, también le deseaba. Era lo peor que podría haber hecho nunca. Tenerlo a él significaba separarlo de la única familia a la que amaba. Pronto toda la ciudad hablaría de él y le odiaría por robarle la novia a Sawyer. Era imposible. Toda esa estúpida situación lo era.

—Princesa, ¿estás despierta? —dijo mi padre desde el otro lado de la puerta. Solté un suspiro. Ésta era la charla que me había estado temiendo. Era una pérdida de tiempo. No hacía falta que gastase saliva hablando del tema.

—Sí, pasa —respondí.

Abrió la puerta y ahí estaba, con una mueca irritada en la cara que casi nunca iba dirigida a mí. Entró y se detuvo ante mi cama. Tenía los brazos cruzados sobre el pecho y olía a crema para después del afeitado. La misma que había usado toda la vida.

—¿Qué ocurrió anoche, exactamente?

Era directo y conciso, eso había que admitirlo. Me enderecé en la cama y le devolví la mirada. Necesitaba echar tierra sobre el asunto. Calmar los ánimos. El que Beau fuese aceptado en la ciudad dependía de ello, y mi relación con Sawyer también.

—¿Te refieres a Beau Vincent?

Como si tuviese que preguntar. Mi padre alzó las cejas en señal de incredulidad, como si pensara que tenía que estar loca para creer que se estaba refiriendo a otra cosa.

—Así es, Ashton.

Suspiré, sacudí la cabeza e incluso puse los ojos en blanco para añadirle un toque dramático.

—Es amigo mío. Crecimos juntos. Es el primo de mi novio y su mejor amigo. Sawyer no estaba aquí, yo me estaba enfrentando a uno de los momentos más difíciles de mi vida y él tomó cartas en el asunto y decidió ayudarme. Quiere a Sawyer y sabe que es lo que Sawyer habría deseado. Además, Beau sabe lo unida que estaba a la abuela. Acostumbrábamos a sentarnos juntos en el porche a comer galletas. ¿Recuerdas la época en que el hecho de que su madre fuese camarera en un bar no era ningún problema?

La amargura en mi voz era inconfundible. Mi padre frunció aún más el ceño. No le gustaba mi tono, pero se notaba que estaba considerando mi excusa. Esperé pacientemente, rezando para que me creyera. Después de lo que me pareció una eternidad, asintió y soltó un gran suspiro.

—Comprendo que lo has pasado mal. Con Sawyer fuera y tu madre y yo ocupados con los preparativos del funeral y toda la familia aquí, no hemos estado a tu lado. Agradezco que Beau se diese cuenta de que necesitabas a alguien e interviniese. Sin embargo, no es el tipo de chico con el que quiero que te relaciones. Es el primo de Sawyer y cuando él esté aquí, me parece bien. Pero Beau Vincent no es de buena casta. Su padre era imprevisible y su madre es gentuza. Podrías ganarte una mala reputación por dejarte ver con los de su clase. Las malas compañías son peligrosas. Acuérdate.

Quise levantarme y clamar al cielo que él no sabía nada de Beau. No importaba quiénes fuesen sus padres. No estaba bien culpar al hijo de los pecados del padre. Me mordí la lengua hasta que noté el sabor de la sangre en un intento de no chillar de frustración.

—¿Quién llamaba tan temprano? —preguntó mi padre, mirando de reojo en dirección al móvil que descansaba junto a la almohada.

—Sawyer.

El alivio se le notó en la cara. Necesitaba salir de allí antes de perder la cabeza.

—¿Ah, sí? ¿Cómo le va?

—Está en camino. Llegará a tiempo para el funeral.

La sonrisa deslumbrante de mi padre hizo que se me formara un nudo en el estómago.

—Bien, muy bien. Me alegro de que venga para el funeral de tu abuela. Es tan buen chico...

Mi padre salió de la habitación con expresión satisfecha, cerrando la puerta a sus espaldas. Fulminé la puerta con la mirada, tal como habría deseado hacer con mi padre.

Aparqué el coche en el camino de grava de la entrada antes de apagar el motor. La camioneta de Beau era el único vehículo estacionado junto a la caravana. Su madre no estaba. Eso era lo único positivo de mi visita. Necesitaba hacerlo a solas. Sawyer llegaría en media hora. Habría ido antes, pero después de hablar con mi padre por la mañana, decidí que sería mejor esperar a que se marchase.

Me dolía el pecho. Apreté la palma de la mano contra el corazón en un intento de aliviar el dolor. Tiene que haber un límite a la pena que puede sufrir una persona en una sola semana. Estaba llegando a mi límite. Necesitaba un milagro. Una risa amarga me burbujeó dentro del pecho al pensar en milagros. ¿Quién iba a ayudar a una chica mala a conseguir al chico malo? Aunque Beau no era malo por dentro. De verdad que no. Se comportaba así porque era lo único que conocía. Le crió una camarera que saltaba de una cama a la otra sin preocuparse del estado civil de su pareja. Nadie se había molestado en enseñarle a Beau cómo comportarse correctamente. Pero por dentro era una persona maravillosa. Era generoso, paciente y comprensivo. Aceptaba a los demás tal como eran. La única persona en mi vida capaz de eso había sido mi abuela.

La puerta de la caravana se abrió de golpe y Beau salió al primer escalón. Lo único que llevaba puesto eran unos vaqueros de talle bajo. Iba descalzo. Me tragué las lágrimas. Había venido a acabar con todo aquello, pero me sentía como si me estuviesen arrancando el corazón del cuerpo incluso antes de decir una palabra. Alargué el brazo para abrir la puerta y salí del coche. Tenía la sensación de avanzar a cámara lenta. Nuestras miradas se encontraron cuando cerré la puerta del coche.

Su sonrisa desapareció, y en su rostro se formó una arruga de preocupación. Me conocía tan bien... Siempre sabía en qué estaba pensando. Cuando éramos niños, nunca tenía que decirle que estaba triste. Él lo sabía y se disponía a solucionarlo antes de que Sawyer se hubiese dado cuenta siquiera de que alguien había herido mis sentimientos. No se movió. Me observó mientras ponía un pie delante del otro, deseando más que nada en el mundo no tener que hacerlo. Por una vez, quería ser egoísta y obtener lo que deseaba. Olvidar las consecuencias y lanzarme en brazos de Beau. Quería decirle que le amaba. Quería besar su rostro allí mismo, de pie enfrente de la caravana a la vista de todos los que tenían la nariz pegada a la ventana para curiosear. Quería reclamarle como mío, pero no podía hacer nada de eso. Nuestro cuento de hadas no podía acabar bien. Perdería a Sawyer. Y toda la ciudad despreciaría abiertamente a Beau, en lugar de conformarse con murmurar a sus espaldas que acabaría igual que su padre. El mío no le aceptaría. Seguramente me encerraría en casa y me enviaría a un internado femenino. Nadie nos apoyaría. No podía permitir que Beau supiera el porqué. Él era más valiente que yo. Lucharía por mí. Perdería lo poco que tenía en esta ridícula ciudad, lo perdería por mí y para nada. Mis padres nunca lo permitirían. Tenía que dejarle marchar. Lo que yo deseaba no importaba. El futuro de Beau, sí.

—Algo me dice que no es el tipo de visita que esperaba cuando he visto tu coche blanco. —Su voz era tensa.

Me esforcé por evitar que las lágrimas que brotaban de mis ojos rodaran por mis mejillas. Tenía que hacerlo. Era lo mejor. Lo mejor para él.

—Sawyer vuelve hoy a casa —dije a través del nudo de mi garganta.

Beau dio un paso atrás e hizo un gesto para que pasara. Aparté la vista de su mirada y entré en su caravana por segunda y última vez. Nunca sería capaz de volver. No con Sawyer aquí. Pero tampoco podría olvidar el desayuno que compartimos en la mesa de la cocina. Su risa y la forma en que se movía su mandíbula al masticar. Verle comer me había fascinado.

La puerta se cerró a mis espaldas y me quedé de pie mirando la mesa desnuda. Lo único que había era una caja abierta de cereales y un cuenco vacío. Beau me pasó los brazos por la cintura. Sabía que debía apartarme, pero me sentía incapaz de hacerlo. Aquí estaba mi hogar. Su abrazo me llenaba de paz. Pero saber que ésa iba a ser la última vez que me tocase hizo que el abrazo se tornase agridulce.

Inhalé profundamente, impregnándome de su olor, su calor, la sensación de sus manos sobre mi estómago.

—Sabíamos que este día iba a llegar, aunque sea antes de lo esperado. Lo he estado pensando y quiero que me dejes hablar con él. Creo que puedo.

—No —interrumpí. Tenía que decir algo antes de que me revelase demasiado. Sus planes eran inútiles. No había nada que planear.

Hizo que me volviera para que le mirase a la cara y me acarició el pelo con las manos. Observé impotente mientras inclinó la cabeza hasta que sus labios acariciaron los míos. Sabía que tenía que ponerle fin, pero le devolví el beso con avidez. El rugido que resonaba en su pecho hizo que me temblasen las rodillas. Cerré los ojos con fuerza y lo aparté de un empujón.

—No puedo estar contigo, Beau —dije, sin abrir los ojos. Verle la cara mientras pronunciaba esas palabras, que eran del todo necesarias, me mataría. No habló ni intentó tocarme. Sabía que esperaba a que terminase.

»Quiero a Sawyer. No puedo lastimarle. Lo siento.

Había tanto que habría deseado explicar. Tantas cosas que había ensayado de camino allí, pero el nudo que tenía en la garganta me lo impedía.

—Bien —respondió en un murmullo.

Alcé la cabeza lentamente y abrí los ojos para verle la cara. «Bien» no era la respuesta que había esperado. Al ver la expresión de su rostro se me cortó la respiración. No parecía triste. Ni siquiera parecía molesto. Más bien parecía... aburrido. Yo estaba luchando por no llorar a mares y él ni se inmutaba. En vez de sentirme aliviada, el corazón se me hizo añicos.

¿Tan poco había significado para él? Me había dicho que me quería. ¿Por qué iba a mentirme? Le observé mientras se sacaba el móvil del bolsillo y enviaba un mensaje a alguien. Quería gritarle para que demostrase alguna emoción. Para que demostrase que yo le importaba. Que él también estaba sufriendo. Pensaba que estaba dispuesto a luchar por mí.

Levantó sus ojos de color avellana para mirarme.

—Tengo que hacer una llamada. Si eso es todo lo que tenías que decirme... —Indicó la puerta con la cabeza. Pasé por su lado sin decir palabra. Ni siquiera me dijo adiós.

Capítulo once

Beau

En cuanto oí arrancar el coche de Ashton, arrojé el teléfono contra la pared. Cayó al suelo hecho pedazos. Yo me sentía exactamente igual. Destrozado. Roto. Desmoronado. Estaba tan seguro de que me quería... A pesar de que nunca había pronunciado las palabras, había estado completamente seguro de que Ashton me quería a mí y no al perfecto de mi primo.

Nunca en mi vida había odiado a Sawyer, pero en ese momento, le odiaba. Le odiaba por quitármela. Le odiaba por controlarla. Le odiaba porque tenía su amor.

Un rugido retumbó por la habitación y apenas reconocí que había salido de mi boca. No podría quedarme. ¿Cómo iba a quedarme mirándolos? ¿Cómo podía ir a clase y observar mientras la tocaba? Le daba la mano. ¡Dios mío, le besaba la boca! ¿Le importaba siquiera haberme destrozado? ¿Había sido un simple juego para ella? ¿Pasar el rato con el chico malo mientras el príncipe azul no está?

—JODER, ASH.

Mi maltrecho teléfono empezó a sonar. Me entró el pánico al pensar que podía ser ella, que podía haber cambiado de opinión; fui corriendo a recogerlo y sujeté torpemente la batería para que no se moviera mientras apretaba el botón de responder varias veces, hasta que al fin funcionó. La pantalla seguía a oscuras.

—Hola.

—¿Adivina quién ha llegado a casa temprano para arrastrar tu culo vago hasta el gimnasio a primera hora de la mañana?

Al escuchar la alegre voz de Sawyer tuve que resistirme al impulso de arrojar otra vez el teléfono contra la pared. ¿Qué iba decirle? ¿Cómo iba a comportarme como si me alegrase de que hubiese vuelto?

—Beau, ¿estás ahí?

—Sí, estoy aquí.

—¿Qué os pasa hoy a todos? Al menos alguien podría fingir que se alegra de que haya vuelto.

Intenté suprimir el pequeño rayo de esperanza que estaba intentando abrirse camino entre mis pensamientos. Seguro que no se refería a Ash.

—Estoy seguro de que tu... de que Ash se alegra de tu regreso —respondí. Me pregunté si se había dado cuenta de que había evitado referirme a ella como a su novia. No estaba listo para aceptarlo. Soltó un suspiro de frustración.

—No, parecía distraída. Acabo de enterarme de lo de su abuela. Tío, tendría que haber estado aquí. Ella está triste y yo soy un egoísta por desear que se hubiese alegrado de volver a verme. ¿La has visto? ¿Se encuentra bien?

Debía tener mucho cuidado. Había tomado su decisión. No significaba que pudiese hacerla cambiar de opinión, pero tenía que actuar con precaución. Debía protegerla.

—Está muy afectada. Nos hemos encontrado por casualidad un par de veces. Nos ayudó a Nicole y a mí una noche que había bebido más de la cuenta. Nos llevó a casa. Y ayer fui a dar el pésame y todo eso. Me acuerdo de su abuela. Era buena conmigo.

Sawyer suspiró.

—Gracias, tío. Aprecio mucho que fueses. Sé que significó mucho para Ash.

Golpeé la pared con el puño. No necesitaba que me diera las gracias. No lo había hecho por él.

—Bueno, ¿nos vemos en el funeral?

No, no estaba preparado para verlos juntos. Ver a Sawyer tocando a Ash podía provocarme un ataque de furia ciega en mitad del funeral de su abuela.

—Tengo cosas que hacer. Ayer estuve allí, pero tú ya estás aquí y yo ya he cumplido con mi deber.

—Vale. Bueno, gracias otra vez. No es broma lo del gimnasio, ¿eh? Mañana por la mañana vamos. Tenemos que poner en forma esa barriga cervecera.

—Claro, nos vemos.

Solté los pedazos del teléfono encima de la mesa. Tenía que hacer planes. Necesitaba pensarlo bien. ¿Había metido la pata al dejarla marchar? ¿Esperaba ella que la detuviese? Ashton Gray iba a volverme loco.

—Le has dicho a Sawyer que puede quedarse a cenar con nosotros, ¿no?

Mi padre estaba de pie en el umbral de mi habitación. Había llegado a casa después del funeral y me había metido directamente en la bañera para poder llorar en privado. Cuando se enfrió el agua, me sequé las lágrimas y me obligué a calmarme. ¿Qué me habría aconsejado la abuela? ¿Me habría dicho que escuchara a mi corazón? ¿O habría comprendido lo sensato de mi decisión? Recordé la reacción de Beau ante mis palabras. ¿Qué esperaba que hiciese? ¿Caer a mis pies con lágrimas en los ojos? Tendría que alegrarme de que se lo hubiese tomado tan bien. No quería sumar a mi culpa el haberle hecho daño.

—Sí. Estará aquí a las seis.

Me incorporé sobre la cama. Mi padre parecía satisfecho con la respuesta.

—Has estado tan encerrada en ti misma este verano. Es un alivio que Sawyer haya vuelto a casa.

Me obligué a sonreír para que mi padre no sospechase que algo iba mal. Se marchó y cerró la puerta. Me acosté otra vez en la cama, preguntándome qué cara iba a ponerle a Sawyer con todo el peso de la culpa por lo que había hecho.

Quería a Sawyer. Mis acciones no parecían demostrarlo, pero le quería. El problema era que no estaba enamorada de él. Hasta ese momento, no había comprendido que se pueden sentir tipos de amor distintos por un chico. Sawyer representaba todo aquello que yo respetaba. Era tierno y cariñoso. Nunca tendría que preocuparme de que me abandonase o de que me lastimase. Era imposible no quererle. Por desgracia, tenía una novia que era una gran farsante. Merecía saber que lo era, pero no sabía cómo explicárselo, había representado el papel no sólo para él sino también para mis padres y para toda la puñetera ciudad. No podía contarle nada a Sawyer. La cosas corrían demasiado de prisa en una ciudad tan pequeña. Mi madre estaría destrozada. Mi padre estaría furioso. Lastimaría a todos y ¿para qué? ¿Por un chico que no se molestaba en reaccionar cuando rompías con él? Se me estaba partiendo el corazón y él se había dedicado a enviar un mensaje. Seguro que a Nicole. La imagen de Beau con Nicole me provocaba náuseas.

Cogí el teléfono por centésima vez desde que me fui de casa de Beau para ver si me había enviado un mensaje. Fue inútil. No iba a hacerlo. Había visto la expresión de sus ojos. No se había resistido. Pero no tenía sentido. Antes de que yo le hubiese empujado, estaba dispuesto a hablar con Sawyer él mismo, y sabía perfectamente cómo iba a reaccionar su primo. ¿Había estado intentando calmar mi sentimiento de culpa? ¿Le había ofrecido una salida fácil? ¿Se había dado cuenta de que no estaba enamorado de mí, sino de su idea de mí? Empezaron a saltarme las lágrimas. Subí las rodillas contra el pecho y enterré la cabeza en ellas, llorando en silencio. Nada volvería a ser lo mismo. Yo misma me había llevado a la ruina. Mi corazón pertenecería para siempre a alguien que no lo quería y Sawyer estaría echando a perder su amor con alguien que no era digna de él. Sawyer merecía mucho más que una novia que amaba a otro.

Sonó el timbre y yo me quedé allí sentada, escuchando mientras Sawyer entraba y hablaba con mis padres. Me

sequé las lágrimas de los ojos y fui al baño para arreglar-
me antes de bajar, saludarle y fingir que todo iba bien.

—Deja que lo limpie yo. Hace semanas que no ves a
Sawyer. Salid un rato. Sé que queréis pasar un rato juntos.

Éste no era mi padre. Normalmente, quería que nos
quedásemos con ellos o en el porche de delante. Casi nunca nos animaba a salir y a pasar tiempo a solas. Al parecer,
estaba más preocupado de lo que pensaba por lo de Beau.
Aunque tenía razones para preocuparse. Quizá era la in-
tuición de padre.

Sawyer se levantó con el plato y la taza en la mano,
todo un caballero como siempre. No sólo limpia su lugar
en la mesa sino que además aclara sus platos en el fregade-
ro. Samantha Vincent había enseñado bien a su hijo. O al
menos, eso era lo que siempre decía mi madre.

—Gracias por la cena. Estaba deliciosa. —Sawyer sonrió a ambos y se volvió para guiñarme un ojo antes de llevar sus platos a la cocina. No se parecía en nada a Beau.
Antes nunca me había fijado. Tenían muchas cosas en co-
mún en cuanto a su apariencia, pero eran muy distintos. El
pelo castaño oscuro de Sawyer era tan largo que le llegaba
al cuello de la camisa y se le rizaba en las puntas. No tenía
los labios tan llenos como Beau, pero tenía la espalda más
ancha. Siempre bromeaban diciendo que él tenía el brazo
más fuerte cuando se trataba de lanzar una pelota de fútbol, pero Beau lo tenía más fuerte cuando se trataba de dar
un puñetazo a alguien. Miré a mi madre, que tenía esa
sonrisa boba que se le ponía cuando Sawyer venía a casa.
El peso de la culpa aumentó. Nunca sonreiría con Beau.

—Es tan buen chico... —comentó.

Me obligué a sonreír por centésima vez esa noche. Sawyer se colocó a mi lado y me dio la mano.

—La traeré de vuelta a las once, señor —dijo mirando a mi padre.

—Ah, no te preocupes por la hora. Sé que tenéis que poneros al día.

Sawyer parecía tan sorprendido como yo. Si no conociese a mi padre, habría pensado que se estaba tomando los ansiolíticos de mi madre.

Cuando Sawyer cerró la puerta de su reluciente camioneta nueva, me agarró de la mano y tiró de mí para que me sentase junto a él. Aquí no había cambio de marchas manual como en la camioneta de Beau.

—Dios, te echaba de menos —susurró, antes de asirme la cara y besarme suavemente en la boca. Fue tan agradable como recordaba. Tierno, delicado y confortable. Levanté el brazo, le pasé la mano por el pelo y probé algunas de las técnicas nuevas que había aprendido para comprobar si podía reproducir la sensación que me provocaban los besos de Beau: el mundo temblando bajo mis pies. Sawyer hizo un ruido parecido a un gruñido y dejó caer las manos hasta mi cintura para arrimarme a él. Pero siguió siendo... agradable.

Finalmente se apartó respirando con fuerza y descansó su frente en la mía.

—Eso ha sido... vaya.

Sonreí, deseando poder estar de acuerdo.

—Si me hubiesen obligado a permanecer alejado de ti una semana más, creo que habría enloquecido. Quiero a mi familia, pero estaba sufriendo un caso serio de «mono de Ashton».

El sentimiento de culpa se retorció en mi pecho. Sentí que las lágrimas me subían a los ojos y apoyé la cabeza en su pecho. Era demasiado bueno.

—Ash, algo va mal. Me he dado cuenta cuando estábamos en la mesa. Parecías triste y tus padres se comportan de manera distinta.

—Perder a la abuela nos dejó en *shock*. Fue un golpe duro para todos. Creo que mi padre se ha tomado un par de las pastillas de mi madre porque está muy raro. Yo estoy intentando afrontar la situación. Siento estar deprimida cuando acabas de llegar a casa.

Me apretó el hombro.

—No pasa nada. Lo comprendo.

Reculó por la entrada y condujo en dirección a su casa. Íbamos al hoyo. No tenía que preguntar. Era un lugar seguro y retirado. Seguramente, iba a llamar a su padre para advertirle que estábamos allí. Para asegurarse de que había tomado todas las precauciones. No nos iban a pillar haciendo algo sin permiso. Eso ensuciaría su reputación y no podíamos permitirlo. Noté el tono sarcástico de mis pensamientos y cerré los ojos para regañarme en silencio. Esta vez la chica mala no iba a regresar a su jaula sin oponer resistencia.

La camioneta basculó de un lado a otro mientras nos abríamos paso por el camino sin asfaltar. En el hoyo no había luz. Las luces del vehículo iluminaban el camino de tierra y varios animales de distintos tamaños salían disparados por todas partes. Cuando cruzamos el camino rodeado de árboles, la luz de la luna titiló en el agua y Sawyer se detuvo. Alargó la mano para apagar el motor antes de ladear la cabeza y mirarme.

—Siento no haber estado aquí, Ash. Perder a tu abuela de esa forma tuvo que ser horrible. ¿Estás enfadada conmigo por haber estado lejos?

Justo lo que no necesitaba, a Sawyer sintiéndose culpable sin razón alguna. Me sentí como un saco de escoria.

—Claro que no estoy enfadada. Desearía haberte recibido como una novia alegre y feliz. No te mereces esto.

Me dio una palmadita en la rodilla y estudié su mano. No era tan grande como la de Beau, ni estaba tan morena.

—No pasa nada. Sé que la antigua Ashton reaparecerá cuando termines el duelo. —Hizo una pausa y levanté la vista para mirarle. Tenía el ceño fruncido. Algo le preocupaba. Le conocía de toda la vida y también conocía perfectamente esa expresión.

»Algunas de las señoras de la iglesia me dijeron que Beau te cogió de la mano durante el velatorio. —Soltó una risita forzada—. Les preocupaba y pensaron que debía saberlo.

En lugar de dejarme llevar por el pánico, me enfadé. Estúpidas chismosas. Esto era exactamente lo que sabía que iba a pasar. Todo el mundo se pondría del lado de Sawyer y criticaría a Beau. Como si él necesitase que le despreciasen aún más. Quise aullar de frustración. En lugar de eso, respiré hondo para calmarme y conté mentalmente hasta diez. De vez en cuando, lo de contar conseguía apaciguarme. Cuando estuve segura de poder responder sin sonar furiosa, solté lo primero que me vino a la cabeza.

—Cuando éramos pequeños, Beau estaba tan unido a mí como tú. Se sentó en el porche de la abuela tantas veces como tú. Comía las galletas de la abuela y jugaba a cartas con nosotras igual que tú. La abuela formó parte de su infancia. Fue una de las pocas cosas buenas que tuvo. Beau sabía que no estabas y que yo estaría destrozada, así que vino a la iglesia y me preguntó si había ido a verla en su ataúd. Admití que no lo había hecho y que no estaba segura de poder. Me animó a que fuese a despedirme y me acompañó. Supongo que me notó el miedo en los ojos y me dio la mano. Caminamos juntos hasta la parte delantera de la iglesia. Me soltó la mano y dio un paso atrás mientras yo pasaba mis últimos momentos con la abuela. Entonces me volvió a dar la mano y me acompañó fuera de la iglesia porque, igual que tú, sabe cuándo estoy a punto de derrumbarme. Y sabe que la niña que llevo dentro no quería hundirse delante de todo el mundo y que se le echasen encima.

Permanecimos unos minutos en silencio. Había notado la ira en mi tono de voz. Era imposible no hacerlo.

—Recuérdame que le dé las gracias por cuidar de mi chica. Le debo una. Ya era hora de que os dieseis cuenta de que habías sido íntimos amigos durante la mayor parte de vuestras vidas. Siempre me había sentido un poco culpable de que vuestra amistad se hubiese roto.

Ahí estaba otra vez, diciendo que se sentía mal. Lo único que deseaba era irme a casa y esconderme bajo las sábanas. Esto era más de lo que podía soportar. La culpa, la rabia, la frustración y el dolor iban a volverme loca.

Capítulo doce

Caminamos hasta la hoguera. Había decidido no explicarle a Sawyer el incidente de la semana anterior con Ryan. Ya había pasado y tampoco había sido tan malo. Claro que sentir las manos de Ryan fue repugnante, pero acabé la noche jugando al billar con Beau. El recuerdo de su sonrisa al otro lado de la mesa mientras me preparaba para tirar hizo que me doliese el corazón. Le echaba tanto de menos.

Mientras nos abríamos paso por el claro, varias personas nos detuvieron para dar la bienvenida a Sawyer. Todo el mundo quería hablar de fútbol. Sonreí y fingí esperar pacientemente mientras escudriñaba la multitud en busca de Beau. No le había visto desde que salí de su caravana sin despedirme. Cada noche desde ese día, me había tumbado en la cama abrazada al teléfono, deseando que me llamara o que al menos enviase un mensaje. Pero no lo había hecho. La posibilidad de que las cosas volvieran a ser como antes me aterrorizaba. No podía estar con él como habría deseado, pero no quería perderlo del todo. La rabia que sentía por cómo me había tratado se había ido apagando. Ahora sólo deseaba verle. Hablar con él. Ver su sonrisa.

—Vamos, Beau y Nicole están ahí —dijo Sawyer mientras me pasaba la mano por la espalda y me guiaba hasta el pequeño grupo de jugadores y sus novias. El grupo estaba sentado en las plataformas traseras de unas camionetas y sobre unas viejas ruedas de tractor que habían colocado allí hacía años. Una pequeña hoguera crepitaba en medio del grupo, iluminando sus rostros con suavidad.

—Sawyer. El hombre ha vuelto —dijo Ethan Payne con una sonrisa desde la parte trasera de una camioneta. Brooke Milery se arrimó a él y movió los dedos a modo de saludo, mostrando sus uñas pintadas de un rosa brillante. Habían roto la primavera pasada, pero por lo que parecía volvían a estar juntos o iban por el camino. Brooke tenía las piernas sobre su regazo y su mano descansaba cómodamente entre los muslos del chico.

—Ven a charlar. Explícanos cómo nos llevarás al campeonato —dijo Toby Horn, del que sabía que jugaba en la banda porque había interceptado un pase en el campeonato estatal del año pasado; corrió con el balón saltando sobre dos placajes antes de marcar el *touchdown* de la victoria. Después del partido, su estatus había subido. Eso explicaba por qué la jefa de animadoras, Kayla Jenkins, estaba sentada en su falda. El año pasado había estado empeñada en ganarse las atenciones de Beau. Parecía que había pasado página.

—El que consiguió la victoria en el último partido del campeonato no fui yo —le recordó Sawyer mientras se apoyaba en una camioneta y tiraba de mí para que me arrimase a él.

—Creo que tienes razón. Tendremos que asegurarnos de que el entrenador le dé un poco de protagonismo a Toby —añadió Ethan.

—Estoy de acuerdo —respondió Sawyer.

Siguieron hablando de fútbol, pero me sentía incapaz de prestar atención. Beau estaba justo enfrente. Requería toda mi fuerza de voluntad no mirarle. Sonreí e intenté no parecer tensa, aunque me sentía incómoda con los brazos de Sawyer envolviéndome la cintura. Sawyer se inclinó y me besó la sien mientras charlaba. Decían algo sobre aumentar las horas de entrenamiento. Pero toda mi concentración se centraba en Beau.

—Tierra a Ashton. —La voz de Kayla interrumpió mis pensamientos. Levanté la cabeza de golpe y la miré directamente. Parecía estar esperando una respuesta.

—Mmm, no te he oído, lo siento —dije yo, notando que el rubor me subía por el cuello. Sonrió y retorció un largo mechón de su cabello pelirrojo en el dedo.

—Preguntaba si quieres ser una de las chicas del espíritu de este año. Quizá nuestro *quarterback* acepte tener una si puede escogerte a ti.

Las chicas del espíritu eran muchachas reclutadas por las animadoras para que cada jugador tuviese una chica dedicada exclusivamente a él durante los días de partido. Extraoficialmente, las chicas del espíritu también ayudaban a sus jugadores con los deberes y encargaban pizza para la comida en el instituto, además de otras tareas como masajes en la espalda y otras actividades más íntimas. Los mejores jugadores escogían a la chica que querían y el resto lo decidían por sorteo.

—Sí, claro —contesté.

Sawyer soltó una risita ahogada.

—En ese caso, Ash es mía.

Kayla sonrió, pero parecía más irritada que divertida.

—Este año asignaremos dos jugadores a cada chica. Así que tendrás que cuidar de otro chico. Los muchachos aún no han elegido, pero dudo que te escojan a ti, dado que eres de Sawyer. Tendrás que participar en el sorteo.

Nicole rió y al instante me preparé para uno de sus comentarios groseros.

Sin pensar, eché un vistazo en dirección al sonido de su risa y en seguida deseé no haberlo hecho. Beau estaba sentado en el suelo, apoyado en una rueda de tractor con las piernas abiertas de par en par. Justo en medio de sus musculosas piernas estaba sentada Nicole. Le rodeaba el cuello con un brazo y el otro descansaba sobre su rodilla. Habría sido más fácil que se levantara y me diera un puñetazo en el estómago. Que me diese unos cuantos porrazos. En ese momento, el dolor habría sido una distracción muchísimo más agradable que la opresión que sentía en el pecho.

Los ojos de Beau se fijaron en mí. Después de todo lo que habíamos pasado juntos esperaba ver en ellos un rastro de... no sé. De algo. Pero verme no parecía haberle afectado en absoluto. Fue como si esas dos semanas no hubiesen existido. Me tragué el nudo que tenía en la garganta.

—¿Sabes, Ashton?, siempre me he preguntado qué es lo que haces tan bien para mantener a Sawyer atado con una correa tan corta. Seguro que escondes algún tipo de talento oculto.

Nicole arrastraba las palabras, pero había hablado en voz alta y estaba segura de que todos la habían oído. In-

147

cluso la gente que no estaba en nuestro pequeño grupo. Se me revolvió el estómago. Dios mío, esperaba no volver a vomitar.

—No es una sola cosa, Nic, es perfecta en todo lo que hace. —La voz de Sawyer sonaba tan tranquila y agradable como siempre.

—Lo dudo mucho. Lo que pasa es que has olvidado qué se siente al pasar un buen rato —gruñó Nicole.

Sawyer se puso tenso y sus brazos me apretaron con más fuerza, como si me estuviese protegiendo. Siempre me había preguntado qué había hecho Sawyer con Nicole cuando salían. Había habido ocasiones en las que me había sentido celosa cuando ella le miraba, como si supiese cosas de él que yo desconocía. Pero Sawyer tenía tanto cuidado de no ir nunca más allá de los besos que supuse que era tan casto como yo lo era también. «Era» es la palabra clave.

—Cállate, Nicole. —La voz grave de Beau bufó la orden. Ella soltó otra risita y se inclinó hacia delante para menear los pechos sin sujetador delante de Sawyer.

—Te acuerdas de lo bien que lo pasamos, ¿verdad, Saw? Nos divertimos mucho —prosiguió Nicole arrastrando las palabras.

—Cállate de una puta vez —bramó Beau enfadado, apartándola de un empujón.

Saber que mi novio no era tan inexperto como había creído tendría que haberme dolido. El hecho de que había sido incapaz de quitarle las manos de encima a Nicole aunque no tenía problemas para no tocarme a mí debería haberme preocupado. Pero no fue así. Lo único que sentí fue alivio al ver que Beau empujaba a Nicole.

—¿Qué te pasa? ¿No te gusta que cuente que tu primo me tuvo primero? Mmm, no tengas celos, cariño. Tú eres el único que se meterá en mis pantalones esta noche —dijo Nicole en un intento de ronroneo que sonaba como si estuviese jadeando.

Sawyer se movió desde atrás y me cogió el brazo para tirar de mí. Sentí la mirada de Beau encima y le miré de reojo. En ese instante, vi al Beau al que creí amar. Sus ojos decían que lo sentía mientras empujaba a Nicole distraídamente. En ningún momento rompió el contacto visual, mientras Sawyer me guiaba hasta los árboles. En sus ojos había el mismo sufrimiento que atormentaba mis sueños. Le ofrecí una sonrisa triste antes de darme la vuelta para seguir a mi novio entre las sombras de los árboles. La luz de la hoguera desapareció, junto al ruido. La luna asomó entre el follaje diseminando luz suficiente como para no chocar contra un árbol o tropezar con una rama caída.

—Ash, lo siento —dijo Sawyer tomándome en brazos al llegar a su camioneta—. Es un ser despreciable y no sé por qué salí con ella. Ojalá Beau se librase de Nicole.

Me besó la coronilla como si fuese una niña necesitada de consuelo. No tenía ganas de llorar. Pero quería saber por qué. Había creído durante tanto tiempo que Sawyer estaba libre de pecado y que era yo la que debía ser domesticada, y ahora resultaba que no era cierto.

—¿Te acostaste con ella, Sawyer? —pregunté mirándole a los ojos. Su expresión de culpa contestó por él. Me cogió la cara entre las manos.

—Ash, ocurrió hace mucho tiempo. Fue mi primera novia, y aunque era bastante salvaje para tener trece años, todavía éramos muy jóvenes. Claro que no nos acostamos —explicó.

—Está claro que algo hiciste. A mí casi ni me tocas, pero parece que con Nicole llegaste mucho más lejos.

Sawyer frunció el ceño. No esperaba que manifestase mis sentimientos. Normalmente, cuando estaba molesto yo intentaba que se sintiera seguro. Nunca quería contrariarle. Ponerle las cosas fáciles a Sawyer había sido mi mantra durante demasiado tiempo. Bien, esa parte de la farsa que estaba viviendo se había acabado. Basta de darle palmaditas en la espalda.

—Ash, tomé algunas malas decisiones con Nicole. Me empujó a hacer algunas cosas. Y sucumbí. Pero tú, tú eres diferente. Eres buena. Lo nuestro no es cuestión de sexo.

¿Cómo se puede estar enamorado de alguien y no querer sexo? Éramos humanos. Él era un adolescente, tenía hormonas.

—¿No te sientes atraído por mí? Sé que no tengo el cuerpo de Nicole, ni voy a ganar ningún concurso de belleza, pero si me quieres lo lógico es que acostarte conmigo te resulte tentador.

Tres semanas antes no habría tenido el coraje de decir esas cosas. Estar con Beau me había cambiado.

La expresión de Sawyer se debatía entre la sorpresa y la confusión.

—Ashton, te respeto. Eres todo lo que siempre he querido en una mujer. No eres sólo una chica cualquiera con la que pasar el rato durante mis años de instituto. Pienso casarme contigo algún día.

¿Casarme con él? ¿Cómo? ¿De verdad? DIOS MÍO.

Sonrió ante mi expresión de asombro.

—Te quiero, Ashton. Quiero quedarme contigo para siempre. Me atraes mucho, pero no quiero que mi futura esposa pierda la virginidad en la plataforma trasera de una camioneta.

Beau

Todo era un gran engaño. Ash no era feliz. Se le notaba en la cara. Había estado tan tensa cuando Sawyer la abrazaba que era imposible no darse cuenta. Eso también me había cabreado. No soportaba verla tan incómoda. Entonces Nicole abrió su estúpida boca y consiguió disgustarla aún más. Quería creer que se lo merecía, pero no podía. Algo iba mal. Me había equivocado al no enfrentarme a ella cuando vino a verme.

Mi estúpido orgullo había dejado que se marchase. La había cagado pero bien.

—No seas tan malo —dijo Nicole, apoyándose en mi brazo en un intento de no caerse de bruces. La agarré de los hombros y la empujé para que se sentara en la rueda de detrás. No podía mantenerse de pie sin ayuda y yo no quería sentir sus manos encima de mí. La expresión en los ojos de Ash cuando nuestras miradas se encontraron había hecho que cada parte de mi cuerpo que Nicole había tocado me pareciese sucia y vulgar. La quería lejos de mí.

—¿Qué pasa contigo y con Ash? —La pregunta de Kayla me sacó de mi agitación interna, y dirigí la vista hasta su mirada curiosa. Mierda. Siempre es una mujer la que se da cuenta de lo que los demás ignoran.

—Entre Ash y yo no pasa nada.

Arqueó una ceja con incredulidad.

—Mmm, lo que tú digas, Beau —replicó antes de llevarse el vaso de plástico a los labios. Esta chica siempre había sido una entrometida.

—¿Puedes llevar a Nic a casa? —pregunté a Ethan, apartándome lo suficiente como para que Nicole no pudiese meterme mano.

Ethan se encogió de hombros.

—Sí, supongo. Si me echa los tejos, ¿me darás una paliza mañana?

—No, disfruta un rato.

Sonrió con suficiencia y sacudió la cabeza. No esperé a ver qué tonterías se le escapaban de la boca y me dirigí a la camioneta. No podía quedarme. Sólo había venido porque sabía que ella iba a estar aquí.

El deseo de verla había sido la única razón por la que había aguantado a Nicole y a Sawyer. La echaba de menos. La echaba la hostia de menos. Después de ver su sonrisa triste y su mirada esperanzada mientras se alejaba, mis ilusiones de que quizá lo nuestro no había acabado se habían renovado. Quizá seguía teniendo una oportunidad.

Capítulo trece

Ashton

El aparcamiento del instituto estaba prácticamente vacío. Sólo quedaban unos cuantos coches aparcados. Reconocí la camioneta de Sawyer y también la de Beau. Estarían entrenando. Yo llevaba más de una hora aplazando mi vuelta a casa. Sawyer estaba en la sala de pesas y no había respondido a mi último mensaje. Todavía no me sentía capaz de volver a casa. Mi tía Carolina y su hija Lana habían llegado la noche anterior con la intención de quedarse durante un período de tiempo indeterminado. Habían pillado al tío Nolan con su secretaria, haciendo cosas que no debería encima de la fotocopiadora, y la tía Caroline había huido de su casa en Mississippi. Nuestra casa se había convertido en «el único lugar en el que puedo pensar», y gracias a eso nos tocó el premio gordo. La tía Caroline lloraba a mares, y obsequiaba a cualquiera dispuesto a escucharla con la historia de cómo había descubierto a su marido. Oírla la primera vez ya fue difícil, no quería tener que escuchar las repeticiones. Que Lana invadiese mi espacio personal también resultaba muy frustrante. Era tan amable y refinada. Habría querido alborotarle el cabello y darle de bofetadas hasta que demostrase algún tipo de emoción.

Leann ya había empezado la universidad, Sawyer estaba liado con el fútbol y Beau se comportaba como si yo no existiese. Antes, en momentos como éstos, en los que me sentía sola y perdida, iba corriendo a ver a la abuela para que lo solucionase todo. La vida era tan injusta.

—¿Qué te ha hecho el coche?

La voz de Beau hizo que diera un respingo. Me volví y lo encontré a pocos metros detrás de mí, con el casco y los protectores en una mano y la camiseta que debería llevar puesta en la otra. ¿Por qué tenía que andar siempre sin nada? Su mirada fue del coche a mi cara. Me removí un poco, nerviosa. No habíamos estado a solas en dieciséis, no, diecisiete días.

—Llevas cinco minutos ahí de pie fulminando el coche con la mirada. Supongo que te habrá ofendido en algo.

Los ojos se me llenaron de lágrimas. Tenerle tan cerca y que me mirase y me hablase directamente era maravilloso y también increíblemente doloroso.

—¿Qué te pasa, Ash?

Tragarme el nudo que tenía en la garganta no ayudó. Me mordí el labio y me encogí de hombros. Leí la vacilación en su cara. Finalmente, cogió mi mochila y me tocó la cintura.

—Ven conmigo. Puedes hablar, te escucharé.

No se lo discutí. Lo deseaba. Dejé que me guiase hasta su camioneta y abrió la puerta del copiloto para que pudiese entrar.

Al principio, no hablamos. Me esforcé por mantener mis emociones bajo control mientras él conducía su camioneta en una dirección familiar que sabía que llevaba hasta la bahía.

—¿Me vas a contar qué te tiene tan alterada? —preguntó.

Me miró de reojo un segundo, pero en seguida devolvió la mirada a la carretera. No estaba segura de cómo responder a la pregunta. Había tantas cosas que contar. Estaba comportándome con Sawyer como alguien que no era. Alguien que ni siquiera me gustaba. Las clases habían vuelto a empezar y Beau estaba allí todos los días, en los pasillos, la cafetería, las aulas. Podía verle, pero no tocarle. Eso me estaba matando. Y luego también estaban Lana y mi tía Caroline, que me habían arrebatado el único refugio que me quedaba. Mi casa. Mi habitación.

—Venga, Ash, dime lo que te pasa.

—Mi tío engañó a mi tía y ahora mi tía y mi prima se han mudado a mi casa. Lana está en mi habitación todo el rato. Mi tía se pasa el día llorando y repitiendo la horrible historia de cómo le pilló. No tengo dónde esconderme. Tengo ganas de huir al bosque y ponerme a gritar.

La risita ahogada de Beau debería haberme molestado, al fin y al cabo se estaba burlando de mi situación, pero la había echado tanto de menos que me hizo sonreír.

—La familia puede ser un coñazo —dijo en tono sombrío. Me pregunté si se refería a Sawyer. ¿Le importaba que estuviese con su primo? No sabría decirlo. Quería creer que estaba escondiendo sus sentimientos por mí, pero parecía improbable. Reía y coqueteaba con todas las chicas guapas del instituto, como siempre había hecho.

—¿Así que por eso mirabas furiosa a tu coche como si tuviese dientes y te quisiera morder? ¿Porque no querías irte a casa?

Consideré la posibilidad de admitir que le añoraba. Que cada día tenía que resistir el impulso de meterme en el coche y conducir hasta el bar donde habíamos jugado al billar con la esperanza de encontrarle.

Dio una palmadita en el asiento a su lado y me moví sin vacilar. Su mano encontró la mía y le dio un apretón. Por primera vez desde que Sawyer había vuelto a casa, me sentía completa. Estar con Beau me hacía pensar que todo se arreglaría. Que los problemas que nos mantenían separados no importarían eternamente, y que con el tiempo todo saldría bien.

Aparcamos delante de la bahía. Todo parecía tan diferente bajo la luz del sol. Me soltó la mano y me dispuse a apartarme cuando me rodeó con el brazo para que me arrimase más. Solté un suspiro satisfecho y descansé la cabeza en su hombro. Ninguno de los dos dijo nada. Nos quedamos allí sentados contemplando la puesta de sol sobre el agua.

Empecé a notar los párpados pesados y sonreí pensando en lo sencillo que era todo cuando estaba con él.

—Ash. —El aliento de Beau me hizo cosquillas en el oído. Abrí los ojos de golpe y tardé un segundo en recordar dónde estaba. Me froté los párpados para despertarme y me enderecé con lentitud.

—Me he dormido —musité.

Él rió entre dientes.

—Así es.

—Lo siento. No era mi intención.

Beau me puso un mechón de pelo detrás de la oreja y me ofreció aquella sonrisa torcida que siempre conseguía que me palpitara el corazón con más fuerza.

—No lo sientas. No me lo he pasado tan bien desde... bueno, desde.

¿A qué se refería? ¿Desde cuándo? ¿Desde el verano que pasamos juntos? ¿Desde antes de que me dejase salir de su caravana sin discutir?

—Tengo que llevarte de regreso. Sawyer te ha enviado un mensaje y te ha llamado varias veces. La última vez que ha llamado he supuesto que ya era hora de despertarte. Aunque he disfrutado teniéndote dormida encima.

El corazón me latía contra el pecho. Que me dijese ese tipo de cosas me daba esperanzas. Esperanzas de qué, no estaba segura. Había sido yo la que había decidido que no valía la pena. Me entregó mi teléfono.

—Contesta. A este paso, será difícil explicárselo.

Leí el mensaje en que me preguntaba dónde estaba. Sonaba preocupado, porque había dejado el coche en el aparcamiento del instituto.

Sonó el móvil de Beau, le echó un vistazo e hizo una mueca.

—Es Sawyer.

Alargué la mano para cogerlo.

—Deja que conteste. Más vale que se lo explique. Además, no hemos hecho nada malo.

—Hola.

—¿Ash? ¿Dónde estás? ¿Por qué contestas al móvil de Beau? Te he estado llamando.

—Lo siento. Lo sé. Ahora iba a llamarte. Beau me ha encontrado en el aparcamiento. No quería irme a casa y aguantar todo el melodrama. Se ha ofrecido a escucharme despotricar y he acabado durmiéndome. Me ha dejado descansar. Pero está a punto de llevarme de regreso.

Miré de reojo a Beau. Me observaba con una expresión que me hizo pensar en un león que presiente el peligro y se dispone a saltar.

—Vale, te esperaré en tu coche —respondió Sawyer al fin.

No estaba segura de en qué estaría pensando mi novio. Normalmente, podía evaluar su estado de ánimo a través del teléfono, pero en esta ocasión no fui capaz.

—Nos vemos dentro de un rato —dije, y le pasé el teléfono a Beau. Lo cerró y señaló el asiento del copiloto.

—Si nos está esperando, será mejor que te separes un poco. No creo que sea tan comprensivo.

Arrancó el motor y puso dirección a la ciudad. Me deslicé de mala gana a la otra punta de la camioneta. Lejos de su calor.

—Beau... gracias. Lo necesitaba. Necesitaba, te necesitaba... a ti.

Soltó un gran suspiro y sacudió la cabeza.

—Que me digas cosas así me lo pone tan difícil. Siempre estaré ahí para ti, pero no me digas que me necesitas.

—Pero no puedo evitarlo. Es la verdad.

—Joder, Ash. No puedo escuchar estas cosas. Puedo negarme a mí mismo lo que necesito. Lo que deseo. Pero no puedo hacerlo contigo.

—Quieres a Sawyer. Es como un hermano para ti. ¿De verdad serías capaz de herirle de esa forma? ¿Serías capaz de perderle por una chica? No sé si podría permitírtelo. Acabarías por estar resentido conmigo por interponerme entre los dos. No podrías amarme. Siempre te recordaría que habías perdido a Sawyer por mi culpa.

Apoyé la cabeza en el asiento y cerré los ojos. Había tantas razones por las que nunca podría estar con Beau. Y cada vez que las decía en voz alta sentía cómo se formaba otro agujero en mi corazón.

—Tienes razón —susurró con voz ronca.

Oír que estaba de acuerdo conmigo fue como si me atravesaran el pecho con una espada. Contuve un sollozo y miré en dirección contraria.

Ninguno de los dos dijo nada más.

Cuando llegamos al aparcamiento, Sawyer apareció de inmediato junto a la camioneta de Beau, abriendo la puerta y tirando de mí.

—Lo siento, cariño. He estado tan liado con el fútbol que no te he prestado atención. Acabas de perder a tu abuela y ahora tus familiares han invadido tu casa. —Me cogió en brazos y dejé que me abrazara. Me dolía tanto el pecho que necesitaba a alguien que me sostuviera. Incluso si ese alguien no era Beau.

«Gracias, Beau. Has estado a su lado cuando yo no podía. Te debo una —dijo Sawyer por encima de mi cabeza. No miré a Beau. Mantuve la cabeza escondida en el pecho de Sawyer.

—De nada —respondió Beau.

Sawyer cerró la puerta de la camioneta y oí el crujir de las ruedas sobre la grava. El sonido de Beau alejándose y dejándome allí con Sawyer.

—Ven, vamos a mi casa. Esta noche tenemos una barbacoa y mis padres estarán encantados de que vengas —ofreció Sawyer, apartándome un poco para poder mirarme a la cara. No podía negarme. Y tampoco quería hacerlo. Ir a casa significaba más Lana y más tía Caroline.

—Vale.

Capítulo catorce

Beau

—Eh, Beau.

Me di la vuelta y vi a Kayla, caminando a mi lado con un sujetapapeles en las manos. Los pasillos estaban a tope: entre clase y clase todos iban a rebuscar en sus taquillas. Y Kayla pensaba aprovechar la oportunidad para preguntarme algo. Había tanta gente que no tenía escapatoria. Me ofreció una sonrisa coqueta y se lamió los labios. Kayla sólo tenía valor para hablar conmigo cuando Nicole no estaba cerca.

—Kayla —repliqué, y seguí andando. Si quería seguir mi ritmo, tendría que apresurarse. Normalmente, un sujetapapeles en las manos de Kayla indicaba que planeaba enredarte en algo.

—Aún no has escogido a tu chica del espíritu.

Ese comentario ni siquiera merecía respuesta. Yo nunca escogía a mi chica del espíritu. Siempre había alguien que acababa haciendo el trabajo. De hecho, lo más habitual era que el día de partido hubiese varias voluntarias más que dispuestas delante de mi taquilla, suplicando que les permitiese satisfacer mis necesidades.

—Puedo poner tu nombre en el sombrero para que participes en el sorteo, o puedes elegir. Los demás titulares ya tienen a sus dos chicas. Si quieres a alguna de las más populares tendrás que decidirte ya.

Una vez más, no valía la pena responder.

—Muy bien, éstas son las chicas más populares que todavía tienen una vacante: Heather Kerr, Blair, Heidi, Noel, Heather Long y Amy.

Ashton estaba de pie delante de su taquilla, fingiendo que no escuchaba. La veía observándome con el rabillo del ojo. Eso me llamó la atención. La opresión que últimamente sentía en el pecho aumentó, recordándome su razón de ser. ¿Desaparecería algún día este sentimiento? ¿Cuándo dejaría de dolerme el simple hecho de verla?

—Ah, y Ashton, claro. —La voz alegre de Kayla pronunció al fin la única palabra que yo no era capaz de ignorar.

—¿Qué pasa con Ashton? —dije, apartando los ojos de ella para mirar a Kayla.

—Aún está disponible. Nadie la ha escogido, excepto Sawyer, claro. No creo que nadie lo haga. Nadie la quiere porque saben que no recibirán ningún tratamiento especial de su parte. Todos los cuidados especiales serán para Sawyer.

—La quiero a ella.

—¿Ah, sí? ¿En serio?

—Sí.

—Pero sabes que a Noel le gustas y puedo prometerte que satisfará todas tus necesidades —dijo Kayla.

—Quiero a Ashton —repetí, y la atravesé con la mirada antes de darme la vuelta y salir en dirección al pabellón deportivo.

Pedir a Ashton podría acarrearme más sufrimiento, pero la idea de verla haciendo cosas para Sawyer bastaba para volverme loco. Que encima tuviese que preparar galletas para otro tío y decorar su taquilla y hacerle tarjetas me ponía furioso. Además, no me estaba yendo demasiado bien con la química. Necesitaba clases particulares. El tipo de clases privadas a las que los novios no pueden asistir.

—Una recepción increíble —comentó Sawyer mientras recogíamos los cascos abandonados en las bandas. Me di la vuelta para ir a por los guantes que me había quitado antes, sin mirarle en ningún momento.

—Hoy estaba un poco más concentrado —repliqué, corriendo hacia donde estaban los guantes. Sawyer me siguió. Necesitaba mantener un poco de distancia con él. Hoy me había provocado demasiado con sus muestras de afecto hacia Ashton. Él, como es lógico, no se había dado cuenta.

—Empezaba a preocuparme por ti. Durante los últimos entrenamientos parecías distraído. Pero hoy parece que estás en plena forma.

Una semana antes, su comentario me habría hecho sentir culpable. Pero después de soportar a diario sus besos y toqueteos con Ashton, empezaba a sentir más rabia que culpabilidad. ¿Por qué siempre tenía que conseguirlo todo? A lo largo de nuestra vida Sawyer lo había tenido todo, pero a mí nunca me había importado. Nunca le envidié nada, ni le pedí nada. Ahora tenía lo único que yo quería, lo único que yo necesitaba más que el aire para respirar, y ni siquiera la conocía. La chica a la que Sawyer amaba no existía.

—Supongo que estaba un poco oxidado después del verano —musité.

—Bueno, al menos ya has vuelto. Se te veía en buena forma, ahí fuera —dijo Sawyer con una gran sonrisa.

Sonó su teléfono y me obligué a no mirar mientras leía el mensaje. Detestaba saber que seguramente era de Ashton. Detestaba lo mucho que deseaba saber qué le decía. ¿Le estaría diciendo que le amaba? ¿Estaría citándole en algún sitio? No podía olvidar los gemidos de Ash... BASTA. Tenía que dejar de pensar en ellos como pareja.

—Eh, Beau, tú y Ash os habéis vuelto íntimos este verano. Quiero decir que el otro día descargó contigo todo su estrés, y ya no pone mala cara cuando menciono tu nombre. Eso es bueno. Me alegro de que las dos personas que más me importan por fin se hayan acordado de que son amigos.

¿Cómo iba a responder a eso? Simplemente asentí.

—¿Te importaría hacerme un favor? Si tú y Nic no tenéis planes para esta noche, claro. Le dije a Ashton que saldríamos a comer algo y a ver una peli. Ya sabes, para sacarla de esa casa de locos y que le dé un poco el aire. Pero mi padre acaba de enviarme un mensaje, quiere que lo acompañe a ver a un amigo suyo que estará en la ciudad esta noche y que tiene contactos en el departamento de atletismo de la universidad. Es importante y mi padre se ha esforzado mucho por organizar esta reunión. Pero no quiero dejar plantada a Ash. ¿Puedes acompañarla tú? Si no tienes planes con Nic. Porque los dos sabemos lo que piensa de Nic. No quiero ponerla en una situación que la haga sentir incómoda.

¿De verdad estaba preguntándome si quería salir con Ashton? ¿Estaba loco? No se la merecía. Cualquier tipo dispuesto a dejarla plantada para hacer algo con su padre no debería tener derecho a estar con ella.

—Vale —contesté, oyendo el sonido entrecortado de mi propia voz. El idiota de mi primo no tenía ni idea de lo que me estaba pidiendo. Ya que tenía plaza reservada en el infierno, al menos pensaba disfrutar del trayecto.

—Gracias, tío. Su restaurante favorito es el Seafood Shack. Nos veremos allí a las seis. Tomaré algo con vosotros hasta que llegue el momento de reunirme con mi padre.

Ashton odiaba los camarones fritos del Seafood Shack y su té helado siempre tenía un regusto amargo. Era el restaurante favorito de Sawyer y seguro que ella se había mostrado de acuerdo con él cuando decidió que era el mejor sitio de la ciudad. No la conocía en absoluto.

—Ya que voy a echarte un cable, lo haremos a mi manera. No soporto el Seafood Shack. Estoy seguro de que a la Princesa Ashton no le importará bajar de nivel yendo a Hank's. Sus hamburguesas son mejores que cualquier plato del Seafood Shack y su té helado le encantará.

Sawyer frunció el ceño, pero acabó asintiendo.

—Muy bien. Seguro que Ash aceptará y que Hank's le parecerá bien. Sólo la he llevado allí un par de veces, pero creo que estará de acuerdo contigo en lo de las hamburguesas. Recuerdo que engulló una en una ocasión.

Con beicon y queso y el pan tostado. Hace unos ruiditos de placer adorables cuando se la está comiendo. Otra de las muchas cosas que no puedo creer que no sepa de ella.

El familiar aroma a grasa y hamburguesas me dio la bienvenida cuando entré en Hank's. Las mesas de fórmica con manteles a cuadros rojos empezaban a llenarse. Saludé a Hank con la cabeza al pasar por delante de la plancha, de camino a la parte trasera. Había reservados más solitarios en la parte posterior. No quería que todo el mundo observase cada uno de nuestros movimientos. Si iba a tener a Ashton para mí solo, quería disfrutarlo sin espectadores.

Me adelanté y pedí un té para Ashton y la salsa de queso que tanto le gustaba. Cuando Sawyer me envió un mensaje para decirme que estaban en camino, me sorprendí. Aunque yo había aceptado, no estaba tan seguro de que Ashton lo hiciera. El hecho de que decidiese seguir adelante con el plan me puso de muy buen humor.

Ashton

—Está ahí detrás —dijo Sawyer tomándome de la mano y guiándome hasta el fondo del restaurante. La cabeza me iba cien por hora ante la idea de estar a solas en un reservado con Beau.

—Eh, hola. Siento llegar tarde. He tenido que llevar unas flores a la residencia de ancianos —explicó Sawyer. Hizo un gesto para que yo entrase primero. Me deslicé hasta la pared y él me siguió. Beau me pasó un vaso de té helado.

—Hacía mucho que no venía. Me he adelantado y he pedido las bebidas para mí y para Ash, pero no para ti. No estaba seguro de lo que querías —dijo Beau.

Mi salsa de queso favorita estaba delante de él, y también me la acercó.

—Adelante, sírvete. Yo ya he comido más que suficiente.

Se me enrojecieron las mejillas al recordar la noche en que compartimos la salsa de queso por última vez. Volvíamos a casa después de haber pasado el día en la playa.

—No tomaré nada, no te preocupes. Sólo tengo unos minutos, he quedado ahora mismo con mi padre —dijo Sawyer. Beau me lanzó una mirada rápida y volvió a fijar su atención en Sawyer.

—Buena suerte con tu reunión.

—Gracias. Estoy bastante animado. No me gusta tener que abandonar a mi chica, pero esto podría ser importante para mi futuro. Te agradezco que hayas podido quedar esta noche.

—Bueno, me debes una. De hecho, me debes unas cuantas. También he adoptado a Ash como mi chica del espíritu. Otro tío iba a hacerse con ella y pensé que no te gustaría.

Parecía como si le estuviese haciendo un gran favor a Sawyer. Yo no era ninguna cría que necesitase una niñera. No había venido esta noche porque no pudiese soportar quedarme en casa. Había venido porque quería estar con Beau.

—Avísame cuando quieras cobrar los favores. Y gracias por escoger a Ash. Sé que podrías haberte quedado con alguien que te hiciera más feliz, pero valoro que me cubras las espaldas.

Sawyer hablaba como Beau, como si quedar conmigo o tenerme de chica del espíritu fuese una especie de sacrificio enorme. Tuve que hacer uso de toda mi fuerza de voluntad para no enviarlos a los dos al infierno y marcharme del restaurante hecha una furia.

—Me aseguraré de cobrarlos cuando los necesite —dijo Beau con una sonrisa en la cara que quise borrarle de un bofetón.

—Bueno, tengo que irme —dijo Sawyer inclinándose para besarme. Giré la cara y miré furiosa a la pared, provocando que sus labios se posaran en mi mejilla.

—Intentaré no causarle demasiados problemas a tu primo —bufé con una rabia imposible de pasar por alto. Sawyer frunció el ceño ante mi tono de voz. Fingí una sonrisa que sabía que se tragaría. Asintió y se dirigió a la salida. Esperé hasta que se hubo cerrado la puerta antes de darme la vuelta y atravesar a Beau con la mirada.

—No soy ninguna niña a la que tengas que cuidar. Sé cuidarme sola. En cuanto se haya marchado del aparcamiento, me iré andando a casa.

Beau permaneció allí sentado sonriendo como si acabase de anunciarle que había ganado un millón de dólares.

—Dios, cómo lo echaba de menos.

—¿El qué?

—Ver a tu verdadero yo. Casi le das rienda suelta ahí mismo, delante de él. Se le notaba la confusión en la cara cuando has soltado ese gruñido. Ha sido increíble.

Me quedé allí sentada, completamente anonadada. ¿Me había hecho enfadar a propósito?

—¿Me estás diciendo que me has tendido una trampa? ¿Querías que explotase delante de él? —pregunté, esforzándome por no perder los estribos.

—Y ahí va otra vez, pero esta vez Don Perfecto no está aquí, así que podré ver a la verdadera Ash en todo su esplendor.

Me empezaron a saltar las lágrimas. Había imaginado una noche tan diferente. Estar a solas con Beau y que Sawyer lo supiera y no le molestara me había parecido un sueño hecho realidad. Pero Beau había decidido tratarme como si fuera un mono de circo.

—No estoy aquí para entretenerte, Beau. Accedí a lo de esta noche porque, estúpida de mí, quería pasarla contigo. Te echo de menos. Y pensé... Pensé que tú accediste porque también me echabas de menos.

Se me formó un nudo en la garganta y agarré con fuerza mi bolso. Necesitaba salir de allí antes de echarme a llorar y ponerme en ridículo. No podía soportar que Beau quisiera herirme. Era demasiado.

—Ash, espera. —Sus palabras consiguieron que me detuviese, pero no miré atrás. Si lo hacía, me derrumbaría y volvería a empezar mi sufrimiento. Me apresuré hacia la salida.

Capítulo quince

Mi casa estaba a diez kilómetros de distancia, y recorrerlos sola a oscuras no había sido la opción más inteligente. Además, Beau me encontraría y conduciría a mi lado hasta que subiera a su estúpida camioneta. Me di la vuelta y corrí por la estrecha carretera que llevaba al instituto. Las farolas iluminaban la calzada, que estaba rodeada de árboles, y evitaban que resultase terrorífica. El instituto estaba a menos de un kilómetro y medio de Hank's, así que podía sentarme en las graderías del campo de fútbol y pedir a Sawyer que me recogiese cuando hubiese acabado.

Me sonó el teléfono y eché un vistazo al mensaje de texto.
Beau:
Ash, lo siento. Dime dnd stas x favor.

Apreté «ignorar» y seguí en dirección al campo de fútbol.

Justo antes de llegar a la puerta de entrada, unos faros iluminaron la oscuridad. No me detuve. Si era Beau, y estaba bastante segura de que lo era, necesitaba alejarme de él. Quería llorar y no podía hacerlo con él mirando. Oí que cerraba de golpe la puerta de la camioneta y cómo corría por encima de la grava. Sería imposible adelantarlo corriendo, pero podía intentarlo.

—Ash, lo siento. —Me rodeó con los brazos antes de que pudiese echarme a correr.

—Suéltame. Quiero estar sola. Llamaré a Sawyer y él me vendrá a recoger luego para llevarme a casa.

—No —respondió.

—No era una pregunta de sí o no. Está decidido. Y ahora, vete.

—Ash, tienes que escucharme. Lo que he dicho no iba en serio. Quería ver el fuego en tus ojos. Lo echaba de menos y he arremetido a sabiendas de que te enfadarías. Me he equivocado y lo siento mucho. Por favor.

Hundió la cabeza en mi cuello y respiró profundamente. Mi intención de seguir enfadada con él desapareció por completo cuando hizo algo tan irresistible como acariciarme el cuello.

—¿Así que no lo consideras un trabajo de canguro a cambio de que Sawyer te deba una? —pregunté en un tono mucho más suave que el que había estado usando.

—No, ya lo sabes —respondió, acariciándome el cuello y entrelazando los dedos con los míos.

—¿Y lo de pedirme a mí como chica del espíritu no es un gran sacrificio que haces por Sawyer? Porque, si lo es, puedo negarme a hacerlo y tú te buscas a otra chica.

Se quedó inmóvil y entonces sus labios dejaron una estela de besos desde mi cuello hasta mi oreja.

—La sola idea de verte haciendo cosas para Sawyer el día del partido ya era bastante mala. No podía imaginarte preparando galletas para otro, decorando su taquilla y besándole en la mejilla. La única chica del espíritu a la que quiero es a ti.

Me di la vuelta en sus brazos y levanté la vista para mirarle.

—No me siento muy fuerte desde el punto de vista emocional, con todo lo que está pasando en casa y después yendo a la escuela y viéndote allí... —Interrumpí la explicación. Contarle cuánto detestaba verle con Nicole colgada del brazo era injusto. Me asió el rostro entre las manos.

—Y yo soy el imbécil más grande del mundo por no pensar un poco antes de tratarte como lo he hecho. Lo siento tanto, Ash, perdóname, por favor.

Me puse de puntillas y le di un beso.

—Estás perdonado —susurré y di un paso atrás de mala gana—. Deberíamos irnos —proseguí, y me dirigí hacia su camioneta.

No me deslicé para sentarme a su lado mientras salía del aparcamiento. Eché un vistazo a su mano y me fijé en lo fuerte que sujetaba el cambio de marchas. No era así como tendría que haber ido la noche. Volvía a estar en la camioneta de Beau. Estábamos solos y a Sawyer le parecía bien. Suspiré y giré la cabeza para mirar por la ventanilla, contemplando los árboles que pasaban mientras Beau conducía de regreso a Hank's.

—Espera aquí. Vuelvo en seguida —dijo, y bajó de un salto de la camioneta. Salió del restaurante segundos después con una bolsa de comida para llevar. Le observé mientras subía de nuevo a la camioneta y me ofrecía una sonrisa torcida.

—Hamburguesa de beicon y queso sobre pan tostado —anunció al ofrecérmela.

—Gracias —respondí, sintiendo que el corazón me daba un brinco por el simple hecho de que recordase lo que me gustaba tomar en Hank's.

—No podía dejar que volvieses a casa sin comer nada. Y menos aún después de haberme asegurado de que íbamos a cenar a un lugar que te gustase. No te he salvado del Seafood Shack para que te vayas con el estómago vacío...

Así que ésa era la razón por la que Sawyer había cambiado de idea. Sonreí de oreja a oreja y abrí la bolsa.

—Bueno, todavía me debes tu compañía mientras como.

—¿Ah, sí? ¿Tú crees? —dijo, levantando las cejas.

—Pues claro, me sentiré estafada si me obligas a comer sola.

Asintió y condujo la camioneta hacia las afueras de la ciudad. Parecía que íbamos a acabar la noche con una partida de billar.

—¿Crees que te acordarás de lo que te enseñé? Porque me encantaría verte inclinada sobre la mesa de billar toda la noche. —El tono provocador de Beau no me ayudó a distraerme de lo que decía. Me notaba ruborizada y tuve que apartar la vista.

—Mierda. He dado rienda suelta a mi imaginación —añadió con la voz ahogada mientras sacudía la cabeza—. Tengo que pensar en otra cosa. De prisa.

Yo también necesitaba pensar en otra cosa, pero mi mente no paraba de reproducir la noche que pasamos en la parte trasera de su camioneta. Cada sonido. Cada caricia. Me estremecía con sólo recordarlo.

—Ash, por favor. No me mires así. Vamos al bar, jugaremos al billar, eso es todo. No puedo pensar en nada más. Si lo hago... bueno, no puedo.

Mi respiración seguía siendo superficial, pero asentí y me obligué a abrir la boca para tomar un mordisco de la hamburguesa. Cualquier cosa para no pensar en lo bien que me sentía en los brazos de Beau.

Ninguno de los dos volvió a hablar hasta que aparcamos en el bar. Abrí mi puerta antes de que él pudiese hacerlo por mí y bajé de un salto. Que Beau me tocase mientras mi cuerpo estaba en alerta roja recordando lo bien que podía hacerme sentir era una mala idea.

—Estando Sawyer en la ciudad no esperaba verte aquí con ella —dijo Honey Vincent cuando entramos en el bar.

—Le estoy haciendo compañía, mamá. Déjalo ya.

Las cejas se le dispararon hacia arriba y me miró de reojo.

—¿Así que a Sawyer le parece bien que salgas con ella? Hay que ver, estaba convencida de que le iba a dar un ataque si se enteraba de que andabais juntos por la ciudad.

—Beau y yo hemos sido amigos durante tanto tiempo como Sawyer y yo. Sawyer se alegra de que estemos recuperando nuestra amistad —expliqué antes de que soltase algún comentario sarcástico.

—Apuesto lo que quieras a que no sabe que estás en este bar con él. Si se entera de que te ha arrastrado hasta aquí, dudo que se alegre de que paséis tiempo juntos.

—No te metas, mamá. Hemos venido a jugar al billar.

Dejé que Beau me guiara lejos de Honey antes de que los dos se enredasen en una discusión sobre si Sawyer aprobaría mi presencia en el bar o no. Estaba casi segura de que se mostraría en contra, pero se había convertido en algo que Beau y yo compartíamos. No estaba dispuesta a renunciar también a esto. Eché un vistazo a Honey mientras Beau me conducía hasta la mesa de billar. Se leía claramente el descontento en su mirada. Me observó un momento antes de negar con la cabeza y regresar a la barra.

—Perdona. Empiezas a gustarle un poco más, pero la familia de Sawyer no le hace ninguna gracia y, como eres su novia, eso te convierte en parte de su familia.

Comprendí lo que se había callado. Me había quedado con Sawyer en lugar de escoger a Beau, y por eso me había ganado un punto negativo. En su opinión, la había traicionado a ella y a Beau.

—No pasa nada. Lo entiendo —aseguré mientras cogía el palo de billar.

—Muy bien, Ash, es hora de que te dé una paliza.

—Ni lo sueñes —repliqué a sabiendas de que me iba a ganar. Había mejorado, pero no lo bastante para derrotarle.

Dos partidas más tarde, recibí un mensaje de Sawyer.

¿Estás en casa?

Levanté los ojos para encontrarme con los de Beau.

—Es Sawyer, pregunta si estoy en casa.

Beau guardó su palo y alargó el brazo para coger el mío.

—Dile que ahora te llevo.

No quería volver a casa, pero no podía decirle nada más a Sawyer, así que le envié un mensaje.

Beau me está llevando a casa.

Beau señaló la puerta con la cabeza.

—Venga, vamos.

No me tomó de la mano, ni me tocó la espalda como hizo la primera vez. Nos fuimos del bar sin que me mirase o me tocase ni una sola vez.

Recibí otro mensaje.

Sawyer:

Dile que te lleve a mi casa. Los demás están durmiendo y yo estoy en la casa de la piscina. Ven a verme. Te llevaré a casa luego.

No podía pedirle eso a Beau. Después de nuestra pelea, la noche había sido maravillosa. Pedirle que me dejase en casa de Sawyer era excesivo.

Una vez en la camioneta, jugueteé con el teléfono intentando decidir qué decirle a mi novio.

—¿Qué pasa, Ash? ¿Qué te ha dicho para hacer que empieces a mordisquearte el labio?

Suspiré y mantuve los ojos en el móvil.

—Quiere que me lleves a su casa de la piscina. Pero yo no quiero que lo hagas.

Él detuvo la camioneta en el arcén y se volvió para mirarme.

—¿Por qué?

Levanté la vista para mirarle.

—Porque no —contesté.

Beau soltó un rugido y golpeó el volante con las palmas de las manos provocando que diese un respingo.

—No puedo seguir con esto, Ash. Me está matando. Tenerte tan cerca y no tocarte me está volviendo loco. Eres suya, Ash. Suya. Tomaste tu decisión y comprendo el porqué. No te lo tengo en cuenta, pero joder, Ash, duele.

Sentí que se me desgarraba el pecho.

—Lo siento tanto, Beau. Siento haberte hecho esto. Lo siento por todo. Perdona. Siento no poder arreglarlo. Lo siento.

—Déjalo. No tienes nada de que disculparte. Yo lo empecé y soy yo el que tiene que ponerle fin. Pero parece que soy incapaz de mantenerme alejado de ti.

Me deslicé por el asiento, pasé la pierna por encima del cambio de marchas y descansé la cabeza sobre su hombro.

Me rodeó con el brazo y me apretó con fuerza contra él. Cerré los ojos mientras me daba un beso en la cabeza. Ninguno de los dos sabía qué decir. Permanecimos sentados en silencio, abrazados, hasta que el móvil me alertó de que tenía otro mensaje de texto. Empecé a separarme, pero Beau me sostuvo a su lado y arrancó el motor.

—Deja que te abrace un poco más —susurró roncamente mientras volvía a la carretera.

Cuando aparcó en la calle de Sawyer, Beau me dio otro beso en la cabeza.

—Será mejor que te apartes.

Capítulo dieciséis

Cuando llegué a casa, Lana estaba sentada al final de mi cama, hojeando mi álbum de fotos del verano pasado. Cerré la puerta con un poco más de fuerza de la necesaria, para ocultar la frustración que me producía comprobar que había estado curioseando entre mis cosas una vez más. Dio un respingo. Bien, esperaba haberla asustado. Se lo merecía por fisgar entre mis cosas.

—Ah. Hola, Ash, por fin llegas —comentó con una sonrisa cordial.

No entendía a esta chica. Siempre hablaba con voz suave y nunca mostraba ninguna emoción. Era como si mi tía Caroline hubiese dado a luz a un puñetero robot. Estaba de mal humor y verla invadiendo mi espacio personal no sirvió para mejorar mi ánimo.

—Espero que no te importe que haya sacado uno de tus álbumes. Nuestras madres estaban contándose cosas en susurros y me aburría. Me alegro mucho de que estés aquí.

Su sonrisa sincera hizo que me sintiera un poco culpable por estar tan molesta con ella. Al fin y al cabo, su padre era un cretino y su madre no estaba demasiado interesada en consolarla, que digamos. En vez de eso, obligaba a todo el mundo a revivir la experiencia una y otra vez. Pensar en la compasión que Lana tenía que soportar superó la exasperación que sentía, así que me senté a su lado.

—Siento haberte dejado aquí sola con ellos tanto rato. Al final me he quedado en casa de Sawyer más tiempo del que pensaba.

No era del todo cierto, pero no necesitaba saber más. Una sonrisa soñadora iluminó su semblante y su mirada recayó en el álbum que tenía sobre el regazo. Eché un vistazo y vi que estaba abierto por una página en la que había una foto de Sawyer en la playa. Su pecho moreno relucía a causa del agua y tenía una sonrisa boba en la cara que me recordaba a cuando éramos pequeños.

—Tienes tanta suerte, Ash. Sawyer debe de ser el chico más guapo del mundo. Recuerdo que de niña deseaba estar en tu lugar porque siempre podías jugar con él y con su primo. Incluso entonces era tan caballeroso y bien parecido.

¿Caballeroso y bien parecido? ¿Quién usa palabras como ésas para describir a un chico? Puede que mi madre. Sacudí la cabeza con incredulidad y me tumbé en la cama.

—No es perfecto, Lana —repliqué, sorprendiéndome a mí misma. Había admitido por primera vez en la vida que Sawyer Vincent tenía defectos. Lana giró la cabeza para mirarme. Sus dos cejas cobrizas estaban levantadas en señal de interrogación.

»Nadie es perfecto.

Pareció considerarlo un momento y después se volvió para inspeccionar el álbum un poco más.

—Supongo que tienes razón. Antes pensaba que mi padre era perfecto —contestó, pero su voz se fue apagando.

El corazón se me encogió un poco ante el tono lastimado de su voz. No sabía si quería hablar del tema u olvidarlo. Como su madre hablaba por los codos continuamente, pensé que quizá preferiría olvidar.

—El otro primo. ¿Cómo se llama? ¿Bill o Ben?

—Beau —aclaré, sintiendo curiosidad por lo que iba a decir.

—Ah, sí. Puf, me acuerdo de cuando me encadenó a la verja donde el padre de Sawyer tenía los perros de caza. Me aterrorizaba estar tan cerca de la puerta. Recuerdo que pensé que los perros me morderían a través de la verja.

Se me escapó una risita ahogada al recordarlo y Lana se dio la vuelta sobre la cama, frunciendo el ceño.

—No tiene gracia. Sabes que los perros me dan un miedo de muerte. Y ese niño horrible me obligó a cantar a pleno pulmón. Cada vez me decía que tenía que cantar más alto si quería que me liberara. Y cuanto más alto cantaba, más se enfadaban los perros. Fue horrible. —Se interrumpió y una sonrisa dulcificó sus labios, borrando la mueca anterior—. Entonces apareció Sawyer, regañó a Beau y me desató. Tú apareciste de la nada y te inventaste una excusa ridícula diciendo que necesitabas a Beau para algo. Los dos echasteis a correr riendo a carcajadas. Sawyer sacudió la cabeza mientras os miraba marchar y se disculpó por su primo. Fue muy amable.

Había olvidado aquella travesura. Habíamos hecho tantas que no podía acordarme de todas. Pero al escuchar a Lana contándola, reí en voz alta. Me había escondido detrás del viejo roble a unos metros de distancia. Beau me había dicho que me mantuviese fuera de la vista por si aparecía Sawyer. Tuve que meterme el puño en la boca para no reír a carcajadas viendo a Lana desafinando a voz en grito.

—Estaba convencida de que los dos acabaríais juntos. Han pasado siete años y sigues riéndote de mi tormento. Erais malvados, los dos.

Me apoyé sobre los codos y le sonreí.

—Si no lo recuerdo mal, me dijiste que era tan apestosa y maloliente como un pescado podrido y que ningún chico se iba a casar conmigo porque apestaba y tenía el pelo grasiento como el de un perro sarnoso.

Lana se ruborizó y se tapó la boca con las manos. Estaba claro que había olvidado esa parte.

—Ah, es verdad —contestó avergonzada.

Asentí y reprimí otra carcajada ante su expresión.

—A Beau no le hizo gracia, así que decidió hacerte pagar por decirme algo tan cruel. Por eso te ató y te obligó a cantar.

Lana me ofreció una sonrisa cómplice.

—Tú estabas escondida detrás del árbol del que saliste cuando apareció Sawyer, ¿no? Estabas escuchando mientras me torturaba.

Volví a tumbarme con las manos detrás de la cabeza.

—Sí, lo escuché todo.

Una almohada me dio en la cabeza y me llevé un buen susto, y alargué el brazo en busca de la otra para devolverle el ataque a mi prima, que no podía evitar soltar una risita tonta. ¿Quién habría imaginado que Lana podía ser tan boba?

—¿Chicas? —La voz de mi madre nos interrumpió, y nos quedamos paralizadas con las almohadas suspendidas en el aire, dispuestas a darnos una buena paliza. Mi madre titubeó antes de cruzar el umbral. Se había recogido el pelo rubio en una cola de caballo y no se había maquillado. Sus ojos revelaban el estrés y la preocupación que sentía. El lío por lo de mi tía la estaba agotando emocionalmente.

—Sí —replicó Lana al instante, soltando la almohada como si la hubiesen descubierto haciendo algo terrible. Mi madre nos miró a las dos y sonrió al ver que no era una pelea, sino que nos estábamos divirtiendo.

—Siento interrumpir la guerra de almohadas. Pero tengo que hablar con Ashton a solas un momento, si no te importa, Lana.

Mi prima asintió y se apresuró hacia la puerta.

—Gracias —dijo mi madre al cruzarse con ella, y Lana musitó algo con la cabeza baja. Se me ocurrió que mi prima creía que se había metido en un lío y me entraron ganas de reír. Esta chica estaba paranoica.

Dejé sobre la cama la almohada que tenía en la mano y me arrellané en la cómoda silla púrpura que me quedaba cerca.

—¿Qué pasa? —pregunté. Mi madre se sentó en la cama, casi en la misma posición que Lana. La espalda recta y las manos dobladas sobre el regazo. Nunca me había dado cuenta de cuán distinta era yo de mi madre.

—Necesito un favor. De hecho, es para Lana. Mañana por la noche vendrá tu tío Nolan para hablar con tu tía, y tu padre y yo actuaremos de árbitros. Creemos que será mejor que Lana no esté aquí. Estoy segura de que habrá lágrimas y reproches. Lana ya ha sufrido mucho, no hace falta exponerla más a todo este drama. Tu padre y yo queremos protegerla y pensamos que sería fantástico si mañana te la pudieras llevar contigo. No he querido obligarte a estar con ella hasta ahora porque acaban de empezar las clases y Sawyer y tú habéis pasado el verano separados, pero necesito que me ayudes.

Estaba de acuerdo en que Lana no tenía que estar allí para presenciar el melodrama que al día siguiente se representaría en casa. No obstante, había planeado ir con Sawyer a la fiesta del prado. Quizá que Lana estuviera conmigo no fuera tan mala idea. Tendría más oportunidades de mirar a Beau a escondidas, con Lana allí. También podría distanciarme un poco de Sawyer con la excusa de no incomodarla.

—Vale. Ningún problema. Saldremos hasta tarde.

Lana volvió a mi habitación una hora después. Había disfrutado de mi soledad. Había comprobado mis *e-mails*, había respondido a uno de Leann y había escuchado mi lista de reproducción favorita. Cuando mi prima puso los pies en la habitación, ya llevaba el pijama y el pelo le caía sobre los hombros en grandes rizos húmedos que le enmarcaban la cara. Siempre había envidiado su bonito pelo rojizo. Su tez pálida y sus pecas me sobraban, pero el pelo se lo envidiaba. Me quité los auriculares de los oídos.

—Hola —dijo, subiendo al colchón que descansaba en el suelo junto a mi cama.

—Hola —contesté, preguntándome la causa de su expresión apesadumbrada. Conociendo a mi tía, seguro que le había contado que su padre vendría al día siguiente por la noche. Su madre era más tonta que un saco de patatas.

Era incapaz de comprender cómo mi madre y ella podían compartir la misma sangre.

—¿Estás bien? —le pregunté mientras colocaba la colcha y se metía debajo. Se encogió de hombros y se dio la vuelta para mirarme.

—Sé que va a venir.

Asentí con la cabeza. Me lo había imaginado.

—Gracias por llevarme contigo mañana. Creo que no estoy lista para verle.

En cierto modo, lo comprendía. Su padre no sólo había traicionado a su madre, también la había traicionado a ella. Me pondría furiosa con mi padre si hiciese algo así. Pero eso no me impediría seguir queriéndolo, ni añorarlo. Hacía más de una semana que Lana no veía a su padre. Seguro que le echaba de menos.

—¿Crees que algún día lo estarás? —pregunté, pensando instantáneamente que quizá tendría que haber mantenido la boca cerrada. No respondió en seguida y empecé a creer que no lo haría.

—Algún día. Pero todavía no —murmuró contra la colcha que le cubría la barbilla.

Apoyé la cabeza en la almohada y observé el techo. A veces mis padres me volvían loca con su obsesión con que fuese perfecta, pero ellos nunca me harían pasar por el sufrimiento que Lana estaba experimentando.

Capítulo diecisiete

Beau

Decidí romper definitivamente con Nicole. No estaba acostumbrada al rechazo, así que no se lo tomó nada bien. Entré en el claro y me saludaron el olor familiar a madera de nogal y la música a todo volumen. Oí que gritaban mi nombre varias veces a modo de saludo, pero no me fijé en quiénes eran. No había venido a alternar. Había venido por una sola razón. Podría haber hecho otras cosas, esa noche. Pero el resto de cosas no incluían la posibilidad de ver a Ashton. Mi mundo se reducía a verla. Si sabía que iba a estar en alguna parte, yo también iba. Había llegado a tal punto que estaba empezando a considerar la idea de ir a la iglesia el domingo. Sabía por Sawyer que Ashton cantaba solos con el coro casi todos los domingos. Hacía años que no la oía cantar con su dulce voz.

—¿Es cierto? ¿De verdad has roto con Nicole? —Me volví y vi a Kyle Jacobson caminando hacia mí con una sonrisa. Siempre le había gustado Nicole. Estaba a punto de alegrarle la noche.

—Sip —respondí mientras alargaba la mano para coger un vaso de plástico y llenarlo de cerveza.

—O sea ¿que está libre o le partirás la cara a cualquier tío que le vaya detrás?

Tomé un trago y reí entre dientes. De hecho, estaría dispuesto a pagarle a alguien para que me la sacase de encima. En cuanto se diese cuenta de que la había plantado porque estaba enamorado de Ash, sacaría las garras. No podía permitir que hiciese daño a Ashton.

—Tío, es libre como un pájaro, así que adelante.

Kyle me dio una palmada en la espalda.

—Joder, mira que está buena.

No tenía ni idea. La chica tenía problemas para dar y regalar. Asentí y seguí bebiendo mientras buscaba a Ash entre el gentío.

Cuando entró en el claro de la mano de Sawyer se me aceleró el corazón. Su visión me volvía un poco loco. No soportaba verla de su mano, pero no le estaba prestando nada de atención a él. Buscaba entre la gente, me buscaba a mí. Tiré el vaso a la basura y me abrí paso hasta ellos. Sus ojos me encontraron cuando salí de entre las sombras y una sonrisa complacida le iluminó los rasgos. El deseo se enroscó en mis entrañas, anhelaba apartarla de Sawyer de un empujón y proclamar que era mía. Él no debería estar tocándola.

—Sawyer —dije saludando a mi primo con un gesto de cabeza antes de permitirme mirar a Ashton un poco más. Los estrechos vaqueros que llevaba se le pegaban a las caderas y el estómago plano y bronceado aparecía y desaparecía bajo su camiseta de tirantes de un azul pálido. Sabía exactamente qué se sentía al acariciar ese trocito de piel. Levanté la vista de su estómago para mirarla a los ojos.

—Ash.

Contemplé cómo se sonrojaba y bajaba la cabeza para mirar de reojo a la persona que estaba a su lado. Seguí su mirada y vi a alguien que sólo podía ser una versión adulta de Lana. Me sonrió, pero se notaba que era una sonrisa forzada. Tuve que reprimir una risotada. De niños, me había dedicado a atormentarla porque siempre era muy cruel con Ash.

—Beau, te acordarás de Lana. Creo que una vez la ataste a una verja y la obligaste a cantar a voz en grito a cambio de liberarla.

La presentación de Ashton me hizo reír. No pude contenerme. Recordaba la rubia cabeza de Ash apareciendo a un lado del tronco para mirar, tapándose la boca mientras sacudía los hombros a causa de la risa. Me había sentido tan orgulloso de mí mismo por vengar su honor y al mismo tiempo haberla hecho reír... Nuestras miradas se encontraron y deseé por millonésima vez que las cosas fuesen distintas y que fuese mía.

—Torturaste tanto a Lana que me sorprende que no haya echado a correr en cuanto te ha visto. —La voz de Sawyer me sorprendió. Había olvidado que estaba allí. No podía pensar en nada más cuando Ashton me sonreía con tanta dulzura.

Me aclaré la garganta y dirigí mi atención a Lana.

—Ah, sí, pero creo que tú te lo buscaste. Acostumbrabas a decirle cosas bastante feas a Ash y yo no permito que nadie le hable de esa forma.

Lana me ofreció una sonrisa que parecía indicar que sabía más de lo que debería. ¿Ashton le había hablado a su prima de lo nuestro? La posibilidad de que le hubiese hablado de nuestro verano juntos me hizo más feliz de lo que debería. Quería que pensara en ello. Quería que necesitase contárselo a alguien. Joder, simplemente la quería a ella.

—¿Dónde está Nicole? —preguntó Sawyer mirando por encima de mi hombro, como si esperase que se me echase encima en cualquier momento.

Tuve que hacer uso de toda mi fuerza de voluntad para no mirar a Ashton al responder:

—He roto con Nic. No sé dónde está, ni me importa.

Deseaba ver la expresión de Ash.

—¿Ah, sí? No me lo esperaba. No estará preñada, ¿verdad? —La acusación de Sawyer de abandonar a Nicole después de haberla dejado embarazada hizo que me rechinaran los dientes. ¿Siempre tenía que pensar lo peor de mí?

—No. Sólo hemos roto —repliqué en un tono más seco del que usaba habitualmente con él.

—¿Hay otra persona? —preguntó Sawyer.

Me pregunté cómo reaccionaría si le contestaba que la otra persona era su novia. Sin duda, le perdería para siempre. Rodeó con el brazo la cintura de Ashton. En ese instante, costaba recordar que era mi primo. Lo único en lo que podía concentrarme era en las tremendas ganas que tenía de arrancarle el brazo con el que la estaba tocando.

—¿Por qué no vamos con ese grupo de ahí y dejas de someter a Beau a un tercer grado?

Esta vez no pude contenerme y la miré. Sus labios dibujaron una sonrisa antes de que me diese la espalda y mirase a Sawyer.

—Tienes razón, cariño. Ya le interrogaré en otro momento —respondió mi primo y me guiñó el ojo antes de conducir a Ashton hasta otro grupo de gente.

Permanecí allí de pie, incapaz de seguirlos. Verla abrazada a su cuerpo era demasiado doloroso. Romper con Nicole había sido lo correcto, porque sólo la estaba utilizando para sobrellevar la situación, pero ahora no tenía ninguna distracción que me impidiese vigilar a Sawyer y a Ashton.

—No es asunto mío, pero si Ashton y tú os seguís mirando como si quisierais devoraros el uno al otro, tu primo empezará a sospechar. Sawyer es confiado, pero no creo que sea un idiota.

Aparté la mirada de Ashton y de Sawyer y me volví para observar a Lana, todavía de pie a mi lado, con el ceño fruncido y las manos en las caderas. ¿Qué era lo que sabía?

—Tienes razón, no es asunto tuyo —bufé, y me dirigí al barril de cerveza. Necesitaba otra copa.

Ashton

Sawyer se estaba esforzando por asegurarse de que Lana se sentía cómoda con todo el mundo. La había presentado a sus mejores amigos y había ido a buscarle un refresco. No me molestaba. De hecho, me permitía observar a Beau sin distracciones. Que no tuviese a Nicole pegada como una lapa era un alivio, pero hacía casi imposible que le quitara los ojos de encima. Él me pilló mirándole y me guiñó el ojo. Me mordí el labio para no reír. Un codo se me clavó en las costillas y al volverme descubrí a quién pertenecía el brazo huesudo que me había golpeado. Lana me sonreía con inocencia.

—Estás siendo demasiado obvia —espetó con una sonrisa falsa en la cara. Pero estaba claro a qué se refería.

»Tengo que ir al coche a buscar mi móvil. Mi madre me habrá llamado diez veces por lo menos —anunció Lana.

—Te acompaño —respondí en seguida, viendo que a Sawyer le gustaba que me mostrase amable con mi prima. Antes buscaba este tipo de aprobación, pero ahora me irritaba. Si mi prima no me cayese bien, le habría pisoteado los pies sólo para cabrearlo.

Una vez a salvo, lejos del claro y en dirección al coche, Lana se detuvo y se dio la vuelta para lanzarme una mirada furiosa.

—Tienes diez minutos para calmarte antes de que tu caballero de la brillante armadura venga a por nosotras. Yo iré a buscar mi teléfono y a hacer algunas llamadas.

—¿A qué te refieres? —pregunté, frunciendo el ceño.

—Me refiero a que pares de coquetear abiertamente con Beau mientras el equipo de fútbol al completo está ahí para presenciarlo. Es como si pensarais que estáis solos. Los demás también tenemos ojos, ¿sabes?

Se volvió toda resuelta y se adentró en el bosque de nogales en dirección a los coches aparcados.

—Tiene razón, pero es culpa mía. —La voz de Beau tendría que haberme hecho saltar, pero no fue así. No sé cómo, pero sabía que se las arreglaría para estar a solas conmigo.

—Sí, probablemente es culpa tuya —azucé mientras

me volvía para mirarle. Él dio un paso adelante y se pasó la mano por el pelo, murmurando una palabrota.

—Quiero arrancarle los brazos del cuerpo, Ash. A Sawyer, por el que haría cualquier cosa. Y ahora pienso en hacerle daño. Si vuelve a tocarte delante de mí, explotaré. No puedo más.

Salvé el espacio que nos separaba y le rodeé la cintura con los brazos. Yo era la culpable. Mi necesidad de estar cerca de Beau había provocado la horrible situación en que nos encontrábamos.

—Lo siento —susurré contra su pecho, deseando poder borrarlo todo. Suspiró y me abrazó con fuerza.

—No lo sientas. Intenta que no te toque. Cuando te toca, me enfurezco. No puedo evitarlo. No quiero verle a él ni a nadie tocándote.

Me aparté lo justo para poder mirarle a los ojos. Tenía la mandíbula apretada. Saber que pensaba en Sawyer con tanta fiereza me hizo sentir culpable. No quería separarles, pero ya lo había hecho.

—¿Qué puedo hacer para solucionarlo? No quiero interponerme entre vosotros. Por eso me estoy comportando así. Sawyer es tu familia.

Beau me acarició el pelo y me sujetó la cabeza.

—Que estés con él, dejar que te toque, que te abrace... eso me está comiendo vivo. Puede que estés evitando que Sawyer me odie, pero sólo consigues que yo le odie a él.

Levanté las manos, le agarré los brazos y los aparté de mi cabeza mientras daba un paso atrás. Las lágrimas me empañaban la vista.

—¿Qué se supone que debo hacer, Beau? Dímelo tú. ¿Qué puedo hacer?

Abrió la boca para contestar, pero la volvió a cerrar cuando sus ojos avistaron algo por encima de mi hombro izquierdo. Un brillo posesivo refulgió en su mirada, como si quisiera intimidar a posibles depredadores. No necesitaba darme la vuelta para saber a quién miraba con tanta furia. Así que no me volví para mirar a Sawyer. No estaba segura de qué decir.

—¿Qué está pasando? Ashton nunca le grita a nadie. ¿Qué narices le has hecho, Beau?

—Es por mi culpa.

La voz de Lana hizo que diese un respingo y que abandonase la pose de derrota que había adoptado para mirarla embobada.

—¿Qué? —dijeron Beau y Sawyer a la vez.

Lana nos ofreció un dramático suspiro y se encogió de hombros.

—Beau estaba coqueteando conmigo y a Ash no le ha hecho gracia. Cree que no es digno de mí, o algo por el estilo. Cuando le ha dicho que me dejase en paz, han empezado a discutir.

No podía creer lo que estaba oyendo. ¿Lana acababa de mentir de manera totalmente convincente por Beau y por mí?

Sonrió y se mordisqueó el labio como una niñita tonta.

—¿Qué? Mejor contarle la verdad: crees que su primo no es digno de tu prima.

Aparté la vista de mi tímida prima, reconvertida ahora en reina del melodrama, para examinar el rostro de Sawyer. ¿De verdad se lo tragaría? Seguro que no. Le estaba frunciendo el ceño a Beau.

—Oye, deja en paz a la prima de Ashton. No es uno de

192

tus rollos de una noche. Ve a buscarte a otra chica. No hace falta alterar a Ash por algo así.

Increíble.

Miré de reojo a Beau y su expresión revelaba que estaba más que furioso. Estaba dispuesto a matar a Sawyer. Me interpuse entre los dos, de espaldas a Sawyer y dirigiéndole una mirada suplicante a Beau. Articulé las palabras «por favor» con los labios y observé cómo su rabia se calmaba antes de que se diese la vuelta y se adentrase en el bosque echando chispas.

Tenía que asegurarme de que estaba bien, pero no podía hacerlo con Sawyer de pie detrás de mí, esperando que regresara al claro con él. Otra vez a fingir. Otra vez la infelicidad.

—¿Estás bien? —preguntó mi novio, acercándose a mí y cogiéndome de las manos.

No. No estaba bien. Nunca lo estaría. Beau estaba ahí fuera, sumergido en la oscuridad, disgustado y enfurecido. Y yo estaba atrapada aquí, interpretando mi papel con Sawyer. Y había hecho que la santa de mi prima mintiese por mí.

—Quiero irme a casa. No me encuentro bien —expliqué con la esperanza de que no sospechase nada.

—Claro. Ningún problema. —Se volvió para mirar a Lana—. ¿Tú estás bien? Perdona por lo de Beau. A veces puede ser un poco difícil. No le hagas caso.

—No pasa nada. Estoy bien, de verdad —contestó Lana. Oí la culpa en su voz. Lo que había hecho la destrozaría por dentro. Adoraba a Sawyer. Saber que le había mentido por mí hizo que se me humedecieran los ojos. Estaba haciendo sufrir a todo el mundo. Mis decisiones equivocadas se habían convertido en una avalancha gigante. En algún momento tendría que aceptar la culpa y lidiar con las consecuencias. No podía seguir dejando que la gente que me importaba se llevase todos los golpes. La persona en la que me estaba convirtiendo no me gustaba.

Capítulo dieciocho

Entré en mi habitación y busqué a tientas el interruptor de la luz. Lana pasó por mi lado, dejó su bolso en mi cómoda y me miró con una mueca de enfado. No había pronunciado palabra durante el trayecto de vuelta. Me había visto obligada a cargar con el peso de la conversación con Sawyer como si nada hubiese pasado, mientras ella guardaba silencio en el asiento trasero. Pero, por lo que parecía, ya estaba dispuesta a hablar.

—Antes te he ayudado, pero no porque piense que lo que haces esté bien o mal, sino porque creo que necesitas un toque de atención, no una crucifixión.

Levanté las cejas, sorprendida ante su explicación.

—Sawyer es una buena persona. Beau y él siempre han estado muy unidos. Me acuerdo perfectamente de lo bien que os llevabais los tres de pequeños. Tenía envidia de vuestra amistad. Compartíais algo especial. Algo único. Así que no podía quedarme quieta y dejar que todo eso se derrumbase. Además, por la expresión de Beau, diría que estaba dispuesto a matar a Sawyer con sus propias manos si el pobre hubiese dicho algo equivocado.

Me hundí en mi cama y escondí la cabeza entre las manos. Eso era un desastre. Lana tenía razón. Estaba echando a perder una amistad de toda una vida.

—¿Qué puedo hacer? —pregunté a sabiendas de que no podía ofrecerme una respuesta mágica que lo solucionase todo. Lana se sentó a mi lado y me dio una palmadita en la espalda, que sólo sirvió para que me sintiera peor. Ahí estaba yo, viniéndome abajo por dos chicos, cuando ella había salido conmigo esa noche porque el adúltero de su padre había venido a dar la cara ante la insoportable de su madre. Desde una perspectiva más amplia, sus problemas eran mucho peores.

—Escoges a uno y dejas al otro.

Sonaba increíblemente sencillo, aunque imposible. ¿Es que no se daba cuenta?

—No puedo. Elija a quien elija, uno odiará al otro y seguro que a mí también. Escoger a uno no solucionará nada.

—Tienes razón. Tienes que dejarlos a ambos. Si lo haces, quizá algún día tengas la oportunidad de recuperar la amistad que ahora se está rompiendo.

Detestaba que sus palabras tuviesen tanto sentido. Tenía que romper con Sawyer y después los tres teníamos que pasar página. Sentí una opresión en el pecho al pensar que debía alejarme de Beau. Que ya no volvería a abrazarme y que no podría enterrar la cara en su pecho. Pero no podía tenerle. Porque con el tiempo acabaría perdiéndolo. Nunca superaría la pérdida de Sawyer. En cambio, Beau podía vivir sin mí. Una lágrima se deslizó hasta mi barbilla y levanté la mano para secarla. Había provocado un desastre y era yo la que debía solucionarlo.

—Tienes razón —musité con la mirada perdida—. Pero ojalá no la tuvieses.

Un suave golpe en la puerta me recordó que había otros problemas en casa. Alargué el brazo y apreté la mano de Lana antes de que se abriese la puerta y entrase su madre. Su pelo era del mismo color que el mío y el de mi madre, pero ahí terminaban los parecidos familiares. Mientras que mi madre era delgada y menuda, mi tía era pesada y corpulenta y tenía una mueca permanente de irritación en la cara. Nunca parecía feliz. Incluso antes de pillar a su marido engañándola. Al llegar a casa de la fiesta, no estaba. Mi padre y mi madre también habían desaparecido. Por el ruido que venía del pasillo parecía que todos habían regresado.

—Hola, chicas. Mmm... Lana, corazón, vamos a hablar un poco.

Esta vez fue Lana la que me apretó la mano antes de soltarla y ponerse de pie. Si mi tía me lo hubiese permitido, la habría acompañado y le habría dado la mano durante toda la conversación. Lana había acabado por convertirse en la amiga que había necesitado tan desesperadamente esa última semana. La puerta se cerró a sus espaldas y me tumbé en la cama, deseando lo mejor para Lana. Estaba claro que lo necesitaba, con una madre como la suya.

Beau:

Perdona x lo d sta noche. Tendría q habert protegido

Estaba cargando con la culpa de algo que era responsabilidad mía. Tenía que encontrar la manera de acabar con esa situación.

Yo:

No has hecho nada mal. Fue decisión mía. Permití q pasara este verano. No puedo cambiar cómo me siento, pero sí cómo llevo las cosas. Lo estoy haciendo todo mal.

Beau:

A q t refieres? Q vas a hacer?

Todavía no estaba segura. Tenía que pensarlo un poco más. Decirle a Beau que iba a romper con Sawyer no era el tipo de cosa que podía explicar por SMS.

Yo:

No lo sé. Lo estoy pensando.

Esperé su respuesta durante unos minutos, pero nada, así que dejé el teléfono a un lado. Si pudiese volver atrás y cambiarlo todo, ¿lo haría?

Beau:

Te quiero

El sentimiento de calidez que me embargó respondió a mi pregunta. No. Nunca renunciaría a un solo momento del verano que pasé con Beau. Cerré los ojos y me sumí en el sueño.

Empezaba a hartarme de tantas despedidas. Lana y su madre estaban de pie delante de la puerta principal, con las maletas en la mano. Mi tía regresaba a casa para enfrentarse a su marido en lo que iba a ser un divorcio muy feo. A Lana le esperaba mucho sufrimiento. Le supliqué que se quedase con nosotros. Podía dejar que sus padres se pelearan sin ella, pero dijo que su madre la necesitaba. En cierto modo, lo comprendía, pero me pregunté si yo habría sido tan generosa, en su lugar. Sin duda, Lana era mejor persona y yo una mocosa egoísta.

—Te echaré de menos —le dije, deseando que mi voz no sonase tan triste. Es curioso que puedas pensar que alguien está destrozando tu vida y que después acabe convirtiéndose en tu aliada. Me había sentido tan molesta por verme obligada a compartir mi espacio y tener que aguantar a mi tía que no me había dado cuenta de que tenía a una amiga delante de mis narices justo cuando más la necesitaba. Y la seguía necesitando.

—Yo también te echaré de menos. Mantenme informada sobre... tu vida —dijo con un gesto de complicidad.

Asentí y me incliné para abrazarla.

—Gracias —susurré en su oído.

—De nada —respondió.

—Me alegro de que hayáis intimado después de tantos años. Volveremos a visitaros. Cuando haya terminado el divorcio. Quizá invierta el dinero extra en un crucero para las tres. ¿A que sería divertido? —sugirió mi tía.

Tuve que hacer uso de todo mi autocontrol para no rechazar de inmediato su propuesta. Ni loca pensaba marcharme de viaje con mi tía y mucho menos en un barco del que era imposible escapar. La sonrisa de suficiencia de Lana hizo que tuviese que reprimir una risita. Sabía perfectamente que no me iría de viaje con su madre ni en un millón de años.

—Muy bien, seguiremos en contacto —dijo mi tía alegremente, y salió en dirección a su coche. Las observé mientras mi padre ayudaba a colocar las maletas en el maletero y mi madre abrazaba y charlaba con su hermana. Lana se despidió con la mano desde el asiento del copiloto. Mi habitación volvería a estar en silencio y a ser sólo mía... pero la idea ya no me parecía tan atractiva.

Hay cosas que uno no espera ver nunca, y una de ellas es a Beau Vincent entrando tranquilamente en la iglesia un domingo por la mañana. Me costó terminar mi solo. Los ojos se me escapaban al último banco, donde estaba sentado con sus vaqueros y un polo azul marino tapándole el pecho. Sawyer no había visto a su primo, porque estaba sentado en la segunda fila. Yo me había sentado allí desde que era pequeña y cada domingo Sawyer estaba allí conmigo.

Mi mirada se encontró con la de Beau; era una mala idea, porque él era capaz de hacer que se me olvidara la letra. Sus labios dibujaron una sonrisa *sexy*. Sentí que la temperatura subía de golpe. Me sonrojé y aparté los ojos de él y de su deliciosa boca. No sé cómo, pero me las arreglé para acabar la canción sin equivocarme. El coro salió por las puertas laterales; normalmente yo me quedaba, pero ese día necesitaba un descanso. Salí detrás de Mary Hill y solté un suspiro de alivio al sentir la cálida luz del sol.

—¿Ya te marchas? —preguntó Jason Tibbs asomando su cara llena de granos por la puerta, con una mueca de irritación. En vez de insultarle, respiré hondo y me obligué a sonreír.

—No, me duele la cabeza. Necesito un descanso.

Me sonrió, enseñando completamente las encías. Su padre tendría que mandarlo a un dentista y a un dermatólogo.

—Vale, dejaré la puerta abierta para que no tengas que rodear el edificio para entrar.

Asentí y le di las obligadas gracias.

La puerta se cerró detrás de él y comprendí que tenía poco tiempo antes de que la gente empezase a notar mi desaparición.

—¿Te has escondido por mi culpa?

La voz de Beau hizo que soltara un grito ahogado de sorpresa. Sus largas piernas avanzaban sobre la hierba a grandes pasos mientras salvaba la distancia que nos separaba. No pude evitar comérmelo con los ojos. Era injusto que se pudiese estar tan guapo en unos tejanos.

—La falta de respuesta quiere decir que sí —dijo con una sonrisa de suficiencia en la cara al detenerse a escasos centímetros de mí. Sabía que le deseaba y eso le gustaba. Decidida a recuperar un poco de dignidad, me enderecé y me aparté el pelo de la cara al tiempo que le miraba.

—Siempre salgo a tomar un poco de aire antes de sentarme otra vez —mentí.

Beau rió entre dientes y extendió el brazo para trazar una línea que iba desde mi oreja hasta mis labios.

—¿Por qué será que no te creo?

Su voz se volvió grave mientras me examinaba los labios. Sólo pude encogerme de hombros. Su pulgar acariciaba con delicadeza mi labio inferior, como si estuviese pidiendo permiso y, en ese instante, estuve perdida. Estábamos a plena vista de cualquiera, pero sólo era capaz de pensar en sus labios apretados contra los míos. Este chico se estaba convirtiendo en una necesidad, y esa revelación estaba muy lejos de ser positiva.

—¿Qué estás haciendo, Beau? —dije con voz ronca.

—Sí, Beau. A mí también me gustaría saberlo —dijo una voz que no era la de Beau. Ocurrieron varias cosas a la vez. El pulgar de Beau dejó de acariciarme el labio, pero no apartó la mano. Noté cómo se le tensaba el cuerpo al oír a Sawyer. Lo que tendría que haber hecho y lo que hice eran dos cosas que estaban a varias galaxias de distancia.

Porque dar un paso atrás y poner distancia entre Beau y yo habría sido la reacción lógica e inteligente. Pero extender la mano y aferrarme a su brazo fue mi reacción automática.

—¿Pensáis decir algo o vais a seguir mirándoos embobados?

La acritud en el tono de Sawyer me despertó de mi trance, solté a Beau y retrocedí varios pasos. Si queríamos que Sawyer mantuviese la calma, tendríamos que dejar un poco de espacio entre los dos. Beau me traspasó con la mirada. Me suplicaba en silencio. Casi podía leerle el pensamiento. Se volvió para encararse con su primo. Éste era el enfrentamiento que había rezado para que no ocurriese.

—¿Qué es lo que insinúas, Sawyer? —preguntó Beau en un tono falsamente tranquilo que nunca había usado con él.

—Ah, no sé. Será por el hecho de que he salido a buscar a mi novia y me he encontrado con que la estás agrediendo.

Beau dio un paso adelante y un rugido resonó en su pecho. Corrí para agarrarlo del brazo con las dos manos. Seguramente, eso no calmaría el mal humor de Sawyer, pero evitó que Beau le golpease en la cara. Los dos estaban en forma, pero Beau tenía el monopolio en lo de ser un tipo duro. No podía permitirle que hiciese algo que nunca se perdonaría.

Sawyer me miró con fijeza. No podía ni imaginarme qué le estaba pasando por la cabeza. Lo triste era que sabía que no se acercaría a la verdad. Sawyer nunca habría imaginado que yo perdería la virginidad con Beau en la parte trasera de una camioneta.

—¿Vas a contarme qué está pasando, Ash? —Sonaba dolido. No soportaba saber que mi respuesta no calmaría su dolor, sino que sólo lo agravaría. Tiré de Beau para que se colocara detrás de mí y di un paso adelante.

—Vete a casa, Beau. Sawyer y yo tenemos que hablar y no quiero que estés aquí.

Me sentía tentada a volverme para ver la expresión de Beau, pero no lo hice. Mantuve la mirada en Sawyer, rezando para que Beau me obedeciese. Ya era hora de que acabara con todo esto y de que protegiese su amistad antes de que fuese demasiado tarde.

—No quiero dejarte sola —replicó en tono afilado.

—Beau, por favor. No estás ayudando. Vete.

Sawyer no me quitó los ojos de encima. Se estaba esforzando tanto por leer entre líneas... Tendría que explicarle algunas verdades. Pero sólo lo justo para evitar que la relación con su primo se derrumbase. El crujido de la hierba seca bajo las botas de Beau me indicó que había accedido a mi petición y se dirigía a su camioneta. Había ganado la primera batalla. Ahora me enfrentaba a la batalla más dura, y no tenía ni idea de lo que iba decir.

Capítulo diecinueve

—Empieza por el principio, Ash, y cuéntamelo todo.

Era imposible explicárselo todo. Fijé la vista en la carretera mientras la camioneta de Beau se alejaba. Sawyer esperaba mi respuesta y el silencio entre los dos era atronador.

—Este verano, Beau y yo reavivamos nuestra amistad. Ya sabes que habíamos estado muy unidos. —Hice una pausa para tomar aire—. Él me comprende. Comprende mis majaderías y sabe que no soy perfecta por mucho que me esfuerce por serlo. Con Beau, puedo ser yo misma sin preocuparme de perder su amistad.

—Me cuesta creer que acariciarte la boca y devorarte con la mirada sean cosas de amigos.

—La única relación que puede haber entre él y yo es de amistad. Lo sabe perfectamente. Beau es afectuoso, toca los labios de muchas chicas.

Sawyer alzó las cejas con incredulidad, como si considerase que lo que estaba diciendo era absurdo.

—No sé si estamos hablando de la misma persona, pero Beau, mi primo Beau, no se dedica a mirar a nadie con deseo y ansia en los ojos como te miraba a ti. Eres demasiado ingenua para darte cuenta, pero confía en mí, Ash, te desea y voy partirle la cara.

Vaya, ésa no era la respuesta que buscaba. Tenía que echarme la culpa a mí, no a Beau. Tendría que redirigir su enfado.

—Estás malinterpretando la situación. Beau intentaba convencerme de que no siguiese adelante con lo que pensaba hacer hoy. Él cree que tú y yo estamos hechos el uno para el otro. Yo no estoy tan segura. Aún somos jóvenes y necesito un poco de espacio. No estoy preparada para considerar el matrimonio. La idea me asusta. Hay tanto por vivir. Beau cree que estoy cometiendo un error porque considera que eres lo mejor que me ha pasado en la vida. Lo que has visto es a tu primo intentando persuadirme de que no rompa contigo.

La expresión de asombro e incredulidad de Sawyer resultaba un poco insultante. ¿Por qué le costaba tanto creer que quería romper con él?

—¿Tú... tú... quieres romper conmigo?

Hizo un gesto de negación la cabeza y retrocedió para alejarse de mí. Se había puesto pálido, como si acabase de anunciarle que no podría volver a jugar al fútbol nunca más. Tampoco era el fin del mundo.

—Cuando estoy contigo me convierto en una farsante, Sawyer. No soy la chica buena que tú crees que soy. Amas a la falsa Ashton y me he esmerado por ser digna de ti durante mucho tiempo, pero estoy agotada. No me gusta devolver los estúpidos carritos de la compra a su lugar en el aparcamiento y no me gusta sentirme obligada a comportarme como una buena samaritana con cualquiera que pasa por ahí. A veces deseo echar a correr y preocuparme sólo por mí. Tengo mal genio y soy egoísta, además de una impostora. La chica a la que amas y con la que quieres casarte no existe.

Fue como si me hubiesen quitado un peso de encima. Volvía a respirar por primera vez en tres años.

—Eso no tiene ningún sentido —dijo Sawyer, sacudiendo la cabeza con incredulidad.

Tenía la libertad en la punta de los dedos y podía saborearla. Fue exasperante quedarme allí sin hacer nada, escuchando mientras él intentaba convencerme de que no sabía lo que estaba diciendo. Pero me sentía capaz de mantener el control: la verdadera Ashton tenía agallas.

—No, es la verdad. Quiero salir por ahí y pegarme el lote en el coche hasta perder el sujetador en el asiento trasero. Quiero levantarle el dedo corazón a Nicole cuando me mira mal en los pasillos del instituto. Y quiero ponerme mi biquini rojo y disfrutar de que los chicos me repasen con la mirada. No soy quien tú crees, nunca lo he sido y nunca lo seré.

Me acerqué a él y me puse de puntillas para plantarle un beso rápido en la mejilla. El olor familiar de su colonia hizo que el estómago me diese un vuelco a causa de la emoción. Le echaría de menos, pero no lo bastante como para convertirme en otra persona sólo para conservarlo a mi lado. Ahora me veía de otra forma. Se le notaba en la cara. La emoción que agitaba su mirada al verme por fin tal como yo era fue agridulce. Me di la vuelta con determinación y me dirigí a paso rápido hasta mi coche. Me marché sin mirar atrás.

Cuando aparqué, Leann estaba sentada en los escalones de entrada de la vieja residencia de ladrillo de tres pisos a la que había sido asignada. Desde el aparcamiento, pude ver que se estaba mordisqueando la uña del pulgar. Leann sólo se roía la uña cuando estaba nerviosa. Había sido muy vaga al explicarle la razón de mi visita. Necesitaba contárselo todo a alguien. Necesitaba vaciarme el pecho. Di un respingo al oír un golpe en la ventanilla, era Leann mordisqueándose la uña y con el cejo fruncido. Me obligué a sonreír y ella se apartó un poco para que pudiese salir.

—Te prometo que me han salido canas mientras te esperaba —comentó a la vez que tiraba de mí para abrazarme—. No puedo creer que hayas venido sin avisar a nadie.

Me aparté un poco y la miré a los ojos.

—Pero si eso aún no te lo he contado.

Puso sus grandes ojos marrones en blanco y me cogió del brazo para guiarme hasta su dormitorio.

—Corazón, en cuanto se dieron cuenta de que no ibas a regresar, recibí un mensaje de mi tía Linda, y después Kayla y Kyle lo colgaron en su muro de Facebook.

Resoplé y apoyé la cabeza en su hombro. Leann me dio una palmadita en el brazo y me condujo a un banco apartado bajo la sombra de un gran roble. Se dejó caer en el banco y señaló el espacio vacío a su lado.

—Venga, escúpelo. Nunca has sido objeto de ningún chismorreo. Tiene que ser interesante.

Me removí en mi asiento y observé atentamente las palmas de las manos. Admitirlo era una cosa, pero mirar a Leann a la cara mientras confesaba todos mis defectos era muy distinto. Habíamos sido amigas durante tres años y yo no había mencionado ni una vez la posibilidad de sentir la más leve atracción por Beau.

—Ya sabes que Beau y yo estábamos muy unidos de pequeños. —Decidí empezar por ahí, parecía la mejor opción.

—Dios mío, ¿me estás diciendo que tiene que ver con BEAU? ¿Beau Vincent?

Me encogí un poco y asentí con la cabeza sin mirarla.

—Sí, tiene mucho que ver con él.

Leann me tomó de la mano y su gesto me transmitió algo de consuelo.

—Este verano, Beau y yo empezamos a pasar tiempo juntos. Tú estabas con Noah o trabajando y Sawyer estaba fuera. Creí que sería una buena idea reavivar la amistad que habíamos compartido en el pasado.

Leann me apretó la mano para señalar que lo comprendía y me escuchó mientras le explicaba que habíamos jugado al billar en el bar donde trabajaba su madre, que fuimos a nadar al hoyo y vimos una película en mi casa, entonces me interrumpí, consciente de que lo que iba a explicarle a continuación no sería tan fácil de comprender. Al fin y al cabo, yo era una chica buena.

—Esa noche, en la plataforma trasera de su camioneta, Beau y yo... nosotros... —Tragué saliva y cerré los ojos con fuerza—. Nos acostamos.

Leann me soltó la mano y me pasó el brazo por la espalda.

—Vaya —fue su única respuesta.

—Lo sé. No fue la única vez, y aunque sé que no volverá a pasar... Creo... Creo que le amo. Quizá siempre le quise. No. Sé que siempre le quise. Cuando estoy con él, siento cosas que nunca he sentido por Sawyer. Puedo ser yo misma. No tengo que fingir. Beau conoce mis peores defectos.

—El corazón desea lo que el corazón desea. No podemos evitarlo —dijo Leann.

Suspiré y levanté los ojos para mirarla. Las lágrimas sin derramar me nublaban la visión.

—Pero he arruinado su vida. Él sólo tenía a Sawyer. No me malinterpretes, yo fui a por Beau. Cuando lo pienso, me doy cuenta de ello. Todo esto es por mi culpa. No debí interponerme entre los dos.

Inhalé con fuerza y hundí la cabeza en su hombro.

—Beau podría haberse negado. Sabía perfectamente que estaba destruyendo su relación con Sawyer con cada momento que pasaba contigo. No cargues tú sola con toda la culpa.

El tono severo de Leann me hizo llorar con más intensidad. Beau necesitaba a Sawyer. Quizá no lo comprendía, pero le necesitaba. Tenía que arreglarlo de alguna manera.

—¿Cómo lo soluciono? ¿Cómo puedo ayudarle a recuperar a Sawyer?

—Tú no lo puedes solucionar. Beau sabía lo que hacía, Ash. Te escogió a ti antes que a Sawyer. Ahora tienes que dejar marchar a Sawyer; ¿vas a escoger a Beau?

Me sequé las lágrimas de las mejillas y levanté la vista para mirarla.

—Escogerle provocaría que toda la ciudad le odiase. Se convertirá en el tipo que le robó la novia a Sawyer. No puedo hacerle eso.

Leann se encogió de hombros.

—Dudo mucho que a él le importen los demás. Lo dejó

claro cuando decidió que lo que quería hacer era verse a hurtadillas con la novia de su primo. Tiene que quererte, Ash. Nunca en la vida habría creído que Beau haría algo que hiriese a su primo. Le quiere de verdad. Eso sólo puede significar que te quiere más a ti. —Alargó la mano y me dio unas palmaditas en el hombro—. La cuestión es si tú le amas con la misma pasión. ¿Estás dispuesta a enfrentarte a tu familia y al resto de la ciudad para estar con él?

Capítulo veinte

Beau

—Vaya, vaya, las ranas empezarán a criar pelo en cualquier momento. Sawyer Vincent acaba de entrar en un bar.

La voz de mi madre sonó alta y clara en la sala vacía. Dejé la cerveza que había estado observando desde que llegué, cinco minutos antes. Nadie tenía ni idea de dónde estaba Ashton, así que había ido al bar con la esperanza de que me encontrara, en caso de que también ella me estuviese buscando.

—No es una visita social, tía Honey. He venido a ver al traidor hijo de perra de mi primo.

Mi madre silbó y sacudió la cabeza.

—Tendría que haber supuesto que acabarías enterándote de que Beau y Ashton estaban coqueteando por toda la ciudad.

—Cállate, mamá —dije sin mirarla. Mantuve los ojos en Sawyer. Nunca habría creído que me miraría con tanto odio. Aunque sabía que me lo merecía, me costaba tragármelo. Tenía el pelo detrás de las orejas y los dientes tan apretados que se le veía un tic en la mandíbula.

—¿Está aquí? —preguntó Sawyer, examinando el bar vacío. Él también había supuesto que Ash vendría a por mí.

—No.

—¿Dónde está?

—No lo sé.

Sawyer se acercó a grandes zancadas. Dios mío, no quería pegarle. Sólo quería a Ash. A la verdadera Ash. A la que Sawyer no conocía. A la que nunca sería capaz de amar.

—¿Cómo has podido hacerlo, Beau? Eres como mi propio hermano.

Ver el dolor que reflejaban sus ojos fue como si me retorciesen un cuchillo en las entrañas. No bastaba para que me arrepintiese de lo que había hecho, pero dolía.

—No la conoces. Nunca la has conocido.

—¿Que no la conozco? ¿NO LA CONOZCO? ¿Quién narices te crees que eres? Ha sido mía durante tres años. TRES AÑOS. Vosotros dos ni siquiera os saludasteis en todo este tiempo. ¿Y me marcho durante el verano y os reconciliáis? ¿Trabáis amistad? ¿Qué es lo que pasó exactamente? Porque no me pienso tragar las tonterías que me contó.

¿Debía decirle la verdad? Merecía saber la verdad, pero no podía explicársela sin el consentimiento de Ash. También era su historia.

—Recuperamos nuestra amistad. Pasamos tiempo juntos. Recordamos por qué estábamos tan unidos de pequeños. —Me interrumpí y fijé la mirada en Sawyer. Había una verdad que necesitaba saber. Una verdad que me pertenecía a mí solo. Pero confesarla mataría cualquier posibilidad de que pudiésemos pasar página. Todo se reducía a quién era más importante. Mi primo. La única persona que siempre supe que estaría a mi lado pasara lo que pasase, mi mejor amigo. Y luego estaba Ash. La única persona sin la que no podía vivir. Ya no.

»La quiero.

Sawyer se quedó boquiabierto, pero en seguida volvió a apretar los dientes. Se estaba preparando para darme un puñetazo. Se notaba en su postura.

—La quieres —repitió con incredulidad—. ¿Eres consciente de que pienso casarme con ella algún día? ¿Y tú qué, Beau? ¿Piensas casarte con ella? ¿Mudaros a la caravana de tu madre? Quizá consiga trabajo aquí con la tía Honey cuando sus padres le den la espalda.

Mi puño aterrizó en su cara antes de darme cuenta de lo que estaba haciendo. Sawyer se tambaleó, le chorreaba sangre de la nariz. Un rugido le retumbó en el pecho, me saltó encima y consiguió derrumbarme. Su puño encontró mi mandíbula sólo porque yo sabía que me lo merecía. Pero éste era el último golpe que recibiría de él. La sangre que le corría desde la nariz hasta la boca me obligó a contenerle. No quería volver a pegarle, pero no pensaba permitir que me atizara.

—¡Basta ya! —chilló mi madre por encima de nuestros gruñidos, pero Sawyer no cejó en su intentos de golpearme y yo no dejé de bloquearlos.

—Eres un cabrón, Beau. Es una buena chica. No puedes ofrecerle lo mismo que yo. —Las palabras de Sawyer provocaron que durante un segundo perdiese el control, y mi puño volvió a aterrizar en su cara. Mierda. Sería mejor que se callase de una puñetera vez.

—¡Cállate, Saw! —grité, apartándolo de un empujón y poniéndome de pie.

—Es verdad y lo sabes, lo que pasa es que ella es demasiado estúpida como para darse cuenta...

No pudo terminar la frase, porque en medio segundo lo tuve de espaldas al suelo y apretándole la garganta con la mano.

—No vuelvas a llamarla estúpida —le advertí. Se había pasado de la raya. Le quería, pero la quería más a ella.

—Ya basta. Apártate de él, Beau. Esto ya ha durado más que suficiente. Vais a dejar que una chica eche a perder vuestra relación. Ninguno de los dos se va a casar con ella. No sois más que niños. Hay que admitir que es dulce y guapa, pero no como para perder a tu familia.

Mi madre estaba de pie junto a nosotros, su sombra cubría la cara de Sawyer. Aflojé la mano que tenía en su garganta por si se estaba poniendo azul sin que me diera cuenta.

—No es de mi familia. —La palabras de Sawyer escocían, pero si me hubiese arrebatado a Ash, yo sentiría lo mismo. Le solté y me levanté poniendo distancia entre los dos sin apartar la vista de él.

—Lo siento, niño, pero estar cabreado con él por una chica no cambiará la sangre que corre por tus venas. Los dos sois y seréis familia para siempre.

Sawyer hizo una mueca de desdén mientras se limpiaba la sangre de la nariz y de la camisa.

—No es más que el bastardo del hermano fracasado de mi padre.

No reaccioné. Era lo que Sawyer pretendía. Pero no lo hice. Mi madre chasqueó la lengua como hace siempre que sabe algo importante que los demás ignoran. La miré de reojo durante un segundo para ver qué estaba planeando.

—De hecho, Beau no es el bastardo del hermano de tu padre. Es el bastardo de tu padre. La sangre que corre por sus venas es la misma que la tuya. No te equivoques al respecto.

Me quedé paralizado mientras dejaba que sus palabras penetrasen en mi cerebro. Me tambaleé y tuve que agarrarme a la mesa de billar en busca de apoyo mientras esperaba alguna señal de que mi madre estuviese mintiendo.

—No —fue la única respuesta de Sawyer.

No me atrevía a mirarle. Ahora no.

—Sí. Pregúntaselo a tu padre. Demonios, pregúntaselo a tu madre. Será divertido. Tampoco me soporta, no será grave que me odie un poco más por haberme ido de la lengua.

Estaba diciendo la verdad. Lo notaba en su voz. Había oído sus mentiras toda la vida. Sabía la diferencia.

—No. No eres más que una puta estúpida. Mi padre nunca...

Mi madre soltó una carcajada y dio la vuelta a la barra para coger un trapo y arrojárselo a Sawyer.

—Límpiate la sangre de la cara y vete a casa. Cuando comprendas que estoy diciendo la verdad, tu hermano y tú podréis arreglar las cosas. Como decía, no hay ninguna chica por la que valga la pena pelear. También se lo puedes preguntar a tu padre. Seguro que él también tiene su propia opinión, al fin y al cabo, de tal palo, tal astilla...

¿Qué estaba diciendo? Una sonrisa amarga se le dibujó en los labios.

—No sé qué es peor, si descubrir que no eres más que

chusma o que tu madre intente endosarte a mi padre. —Sawyer escupió las palabras antes de darse la vuelta y salir por la puerta por la que había entrado como una bala sólo quince minutos antes.

Ashton

—Bueno, abuela, ya he vuelto. Es hora de dar la cara —dije mientras dejaba una sola rosa de tallo alto sobre la lápida de su tumba, a la mañana siguiente.

Me había levantado a las cuatro de la madrugada, después de pasar la noche con Leann, para llegar a tiempo a clase. No necesitaba añadir una falta sin justificar a mi lista de infracciones. Tal como estaban las cosas, lo más probable era que mis padres me castigasen durante lo que me quedaba de vida.

Me senté en el banco de madera que estaba delante de su tumba. Mi madre lo había sacado del porche de casa de la abuela y lo había traído aquí.

—He metido mucho la pata. No estabas aquí, así que fui corriendo a ver a Leann, lo que seguramente sólo empeoró las cosas. Creo que mis padres aún no saben la razón, pero no creo que importe.

Tomé un sorbo del café moca que había comprado al entrar en la ciudad. Faltaba una hora para que empezasen las clases y volver a casa ahora sería una mala experiencia.

—Todo esto es por Beau. Le quiero. Es de locos, ¿no? He tenido que enamorarme de Beau Vincent, el chico malo de la ciudad. Yo, la novia de su primo y mejor amigo. Pero con Beau puedo ser yo misma, abuela. Igual que contigo. No es malo, a diferencia de lo que piensan los demás. No conocen su corazón. Son incapaces de ver más allá de su boca malhablada, de la bebida y su actitud rebelde, no ven que no es más que un chico sin padre. Nadie le tendió la mano, ni intentó enseñarle lo que era correcto. Tuvo que crecer solo. No es justo. Todo el mundo le juzga aunque saben que no hubo ninguna influencia positiva en su vida. Está claro que su tío no se preocupaba por él, nunca le educó ni se interesó por él. Creo que se ha convertido en alguien maravilloso a pesar de las cartas que le tocaron. No soporto la manera que tiene la gente aquí de juzgar a los demás. Beau sólo necesita que alguien crea en él, y yo creo en él.

Tomé otro trago de café y apoyé la espalda en el banco. El cementerio estaba tranquilo a esas horas de la mañana. La única señal de vida fue el paso de un autobús escolar.

Me sonó el teléfono, alertándome de que tenía un mensaje. Bajé la vista y fruncí el cejo.

Sawyer:

¿Dónde estás y dónde está Beau?

Vacilé un momento, sin estar segura de cómo responder. Aunque el hecho de que Beau hubiese desaparecido me preocupaba.

Yo:

Estoy delante de la tumba de mi abuela. No he visto a Beau desde que se marchó ayer.

Esperé la respuesta, pero no llegó. Cogí las llaves de donde las había dejado, encima del banco, y me puse de pie.

—Tengo que irme abuela. Te quiero —me despedí enviándole un beso antes de volver al coche.

217

Capítulo veintiuno

Antes de que pudiese cerrar la puerta, Sawyer se plantó delante de mí. Parecía que no hubiese dormido en toda la noche y tenía un corte en la nariz y un moretón debajo del ojo derecho.

—¿Qué ha ocurrido?

—¿Dónde está? —exigió él, interrumpiendo mi pregunta. Negué con la cabeza, observándolo fijamente mientras intentaba descifrar por qué estaba tan decidido a encontrar a Beau.

—Te he dicho que no lo sé. Me marché y fui a ver a Leann. Pasé la noche en su dormitorio y he regresado esta mañana.

Sawyer musitó algo que sonaba como una palabrota y los ojos se me abrieron como platos. El sol brillaba sobre su cara, permitiéndome ver la hinchazón en su mejilla. Por lo que parecía, el día antes se había encontrado con Beau.

—¿Ha sido...? —Alargué el brazo para tocarle la cara, pero la apartó de un manotazo con una mueca de asco.

—No me toques. Tú te lo has buscado, ahora enfréntate a las consecuencias. Ya no tienes derecho a tocarme.

Tenía razón, claro. Simplemente, asentí. Su ojos se iluminaron de ira.

—Es por tu culpa, ¿sabes? Se ha ido por tu culpa. Le has destrozado la vida. Espero que valiese la pena.

La voz de Sawyer estaba empapada de la misma rabia que le brillaba en los ojos. Una cosa estaba clara: me odiaba. Pasé a su lado y me alejé caminando. Dolía demasiado ver ese odio dirigido a mí. Tenía que encontrar a Beau. No haberle llamado el día antes había sido un error, pero me negaba a creer que hubiese salido huyendo. Había estado dispuesto a luchar por mí. Por el aspecto maltrecho de la cara de Sawyer, acabó peleando por mí. Era hora de que me olvidase de la cautela y fuese a por lo que deseaba. Y deseaba a Beau.

Ocho horas después, estaba de pie delante del bar en el que trabajaba Honey Vincent mirando fijamente la entrada. Nunca había estado aquí durante el día. La pintura desconchada y la deteriorada puerta no se notaban durante la noche. Beau no había aparecido por el instituto. Gente que antes hablaba conmigo, ahora me trataban como si no existiese. Me habría molestado si no hubiese estado tan preocupada por Beau. Le había enviado varios mensajes, pero no había obtenido respuesta. Sawyer sólo se había dignado lanzarme una mirada furibunda cuando salió al pabellón deportivo, después de las clases, pasó por delante de mi taquilla y sacudió la cabeza como si me culpase de la ausencia de su primo. El temor a que tuviese razón había empeorado a lo largo del día. Debería haberle llamado el día antes, no, debería haber permanecido a su lado. En vez de eso, a la primera señal de problemas, mentí y dejé que cargara con el muerto. Soy una persona horrible.

La puerta del bar se abrió y apareció Honey mirándome directamente, con una mano apoyada en la cadera. Su largo cabello oscuro estaba recogido a un lado en una cola baja y llevaba un par de vaqueros estrechos y una sudadera holgada. Era la primera vez que la veía tan tapada.

—Bueno, entra de una vez. ¿Hasta cuándo piensas quedarte ahí contemplando la puerta?

Beau no estaba allí, pero quizá Honey sabía dónde encontrarle. Me apresuré tras ella, después de que se volviese con resolución y se dirigiese al interior.

El bar resultaba distinto a las tres de la tarde. Las cortinas y las ventanas estaban abiertas, dejando que entrase la luz del sol y que una brisa recorriese el local. Casi conseguía disipar el hedor a cerveza pasada y cigarrillos... casi.

—Se fue ayer. Tampoco ha venido a casa. Has fastidiado bien a estos dos chicos, niña.

Honey sacudió la cabeza mientras secaba los vasos y los dejaba encima de la barra.

—Lo sé. Tengo que arreglarlo.

Hizo un gesto de incredulidad y soltó una carcajada amarga.

—Eso estaría bien, pero el daño está hecho. Esos dos estuvieron a punto de darse una paliza de muerte aquí dentro. Has hecho que se vuelvan locos. Nunca habría creído que una chica se interpondría entre ellos, pero tampoco creí que te molestarías en mirar dos veces a Beau. Cuando empezaste a demostrar un poco de interés en él, supe que todo se iría a hacer puñetas en menos que canta un gallo. Siempre has sido el punto débil de mi niño.

Me dejé caer en un taburete delante de la barra. Notaba el peso de la culpa en el estómago. ¿Qué le había hecho a Beau? ¿Cómo podía decir que le amaba y hacerle tanto daño? El amor no debía ser egoísta.

—Soy una persona horrible. Lo borraría todo si pudiese. No puedo creer que le haya hecho esto.

Honey se detuvo y alzó una ceja delicadamente esculpida.

—¿A quién?

—A Beau —respondí, frunciendo el entrecejo. Una sonrisa triste le iluminó la cara y sacudió la cabeza.

—Bueno, supongo que no es tan idiota como pensaba. Suponía que lo había echado todo por la borda por una chica que sólo buscaba pasar un buen rato. No creía que te importase de verdad.

Habría querido enfadarme, pero no podía. No había hecho nada para demostrar que Beau me importaba. El amor no tendría que destrozarte la vida.

—¿Sabe dónde está? Sólo quiero hablar con él. Tengo que arreglar esto.

Honey soltó un suspiro y dejó el vaso que tenía en la mano sobre la repisa antes de mirarme a los ojos.

—No, Ashton, no lo sé. Se marchó después de partirle la cara a su primo. Estaba dolido y furioso. Supongo que necesita un poco de tiempo y entonces saldrá de su escondrijo. Por ahora, será mejor que te preocupes de solucionar tus problemas con Sawyer.

Negué con la cabeza.

—No hay nada que solucionar con Sawyer. Me odia. Lo único que puedo hacer es esperar que algún día lo comprenda, pero no tengo tiempo de preocuparme por él.

Honey apoyó los dos codos en la barra y me miró fijamente un momento.

—¿Me estás diciendo que no piensas volver con él? ¿No te preocupa perder el elegante futuro que planeaba ofrecerte?

No tenía ningún futuro con Sawyer. Lo había sabido desde el principio.

—Quiero a Sawyer, pero no estoy enamorada de él. Nunca pretendí que lo nuestro fuese para siempre. Lo único que quiero de él es que perdone a Beau.

Honey asintió y me dio una palmadita en el brazo.

—Creo que me estás empezando a gustar, niña. Quién lo habría pensado. Hay que ver, bueno, cosas más raras se han visto.

Mis labios dibujaron una sonrisa por primera vez en todo el día. Acababa de recordarme a Beau. Su expresión divertida y los mismos ojos de color avellana.

—Tengo que hablar con él. Por favor, en cuanto le vea, dígale que me llame.

Honey asintió y volvió a la tarea de secar vasos. Me levanté y me dirigí a la puerta. La carta que le había escrito durante la clase de literatura disculpándome y suplicándole que hablase conmigo estaba en mi bolsillo. Había pensado meterla por la rendija de su taquilla, pero Beau no apareció por el instituto. Me la saqué del bolsillo y retrocedí hacia la barra.

—¿Puede darle esto de mi parte, cuando lo vea? —pregunté, deslizando el papel doblado sobre la barra. Alargó el brazo y lo cogió mirándome a los ojos.

—Claro, corazón. Me aseguraré de que lo reciba.

Los dos coches de mis padres estaban en la entrada cuando llegué a las cinco. Había llegado el momento de dar la cara. Nadie me recibió en la puerta, lo que era buena señal. Puse un pie dentro de la casa y me encontré con la mirada penetrante de mi padre. Estaba sentado en el sillón reclinable, mirándome por encima de sus gafas de lectura. Estaba dolido, enfadado y decepcionado. Lo leía en sus ojos. Dejé el bolso en la mesita y me hundí en el sofá enfrente del sillón.

—Me alegro de que hayas llegado a casa. Tu breve mensaje de texto comunicándome que estabas bien y que pasarías la noche con Leann no fue precisamente tranquilizador. Tu madre ha tenido que meterse en la cama por culpa de la jaqueca que le has provocado.

—Lo siento, papá —respondí. Lamentaba sinceramente haberlos preocupado. Aunque lo habría vuelto a hacer sin pensarlo dos veces.

—Conque lo sientes, ¿eh? Tengo que decir que me alegro de que te las arreglaras para llegar a tiempo a clase y visitar la tumba de tu abuela. No pongas cara de sorprendida. La visito todos los días y he visto la rosa en su lápida. Sólo tú le llevarías una sola rosa de su rosal. A nadie más se le ocurriría. Eres una buena chica, Ashton. Siempre lo has sido, pero este verano tu comportamiento ha sido extraño y tenemos que enderezarlo.

Si lo supiera, echaría toda la culpa a Beau. Quería que la culpa la tuviese otro. La idea de que su hija podía ser una gran farsante ni siquiera se le pasó por la cabeza.

—Beau Vincent también ha desaparecido. Todo el mundo pensaba que os habíais escapado juntos. Pero me enviaste un mensaje diciendo que estabas con Leann y cuando llamé para comprobarlo el tutor de su residencia me lo confirmó. Así que no estabas con él, pero es tremendamente sospechoso que él también haya desaparecido y que Sawyer tenga un ojo morado. ¿Qué ocurrió ayer, Ashton?

Estaba preguntando, pero también estaba claro que no quería saber la verdad. Sacudí la cabeza.

—Me peleé con Sawyer y rompimos. Me escapé para ver a Leann. Eso es todo lo que sé.

Le estaba pillando el truco a esto de mentir. No era algo de lo que estar orgullosa. Mi padre asintió y cerró el libro que tenía en el regazo.

—Bien. No me gustaría enterarme de que estás enredada con alguien de la calaña de Beau. Que hayas roto con Sawyer seguramente también será bueno. Los dos ibais demasiado en serio y el año que viene empezaréis la universidad. Tienes que ser libre para concentrarte en tu futuro.

Se puso de pie y dejó el libro en la mesita. Sus ojos verdes buscaron los míos.

—Las malas compañías acaban por corrompernos, como ya sabes.

Le observé mientras se dirigía a su dormitorio. Conocía la importancia de una buena conducta, pero su bondad parecía ser selectiva, se fijaba en los defectos de los demás, pero no en los suyos. Como sus prejuicios, que le impulsaban a condenar a Beau sin siquiera conocerlo.

Capítulo veintidós

Beau

Beau:
Perdóname por no haberte llamado. Por haber salido huyendo. Por lo de Sawyer. Lo he echado todo a perder. He sido tan egoísta..., no sabes cuánto lo siento. Perdóname, por favor. Si sé que estás dispuesto a perdonarme, podré enfrentarme a cualquier cosa. Quizá lo que hicimos estuvo mal. Quizá tendríamos que haber hecho las cosas de otra manera, pero no me arrepiento de ninguno de los momentos que pasé contigo. Me diste recuerdos que siempre conservaré con afecto. No te lo quiero poner más difícil. Dejaré que sigas tu camino. Sólo dime que no me odias.
Te quiero,

Ashton

Acaricié las palabras «te quiero» con el pulgar, mientras miraba fijamente la carta de Ashton. Me quiere. Ashton Gray me quiere. Y había permitido que pensara que todo era por su culpa. El pánico que la invadía se leía entre líneas. ¿De verdad creía que sería capaz de odiarla? ¿No oyó nada de lo que le dije? ¿Mis acciones no habían sido lo bastante claras? Lo había sacrificado todo por ella. ¿Cómo podía pensar que la odiaba? Ni siquiera era posible. El dolor permanente que sentía en el pecho desde que mi madre me había arrancado el corazón se calmó un poco al releer las palabras «te quiero».

Ahora mismo necesitaba que me envolviese con sus brazos para llorar en ellos. Llorar por el hombre que fue el único padre al que conocí y al que perdí a una edad tan temprana. Llorar por el hermano que nunca supe que tenía, pero al que había querido de igual forma. Llorar por la única chica a la que había amado, la única persona a excepción de Sawyer por la que estaría dispuesto a morir y por la situación imposible en la que nos encontrábamos. La quería tanto.... La había escogido antes que a Sawyer y volvería a hacerlo. Pero las cosas habían cambiado. Sawyer estaba afrontando el mismo sufrimiento. Puede que más, porque fue su padre, nuestro padre, el que engañó a su esposa, me ignoró durante toda mi vida y le mintió. Una lágrima rodó por mi barbilla y aparté rápidamente la carta para no emborronar la tinta. Necesitaba saber que le importaba a alguien. Que alguien me quería. Doblé la nota de modo que las palabras «te quiero» y su nombre estuviesen en contacto con mi corazón y me tumbé en el heno. Esa noche no iba a dormir mucho, pero las palabras de Ash me proporcionarían calor.

Para mí, la vida en el instituto siempre había sido sencilla. Ser la novia de Sawyer me protegía de cualquier tipo de acoso. Estar de pie delante de mi taquilla mirando la palabra «puta» escrita con laca de uñas roja sobre la pintura que se había mantenido intacta durante tres años fue toda una revelación. La verdad era que no tenía ni idea de cómo era en realidad la vida en el instituto. Tal vez sí era una puta. Ya no era virgen. ¿Me convertía eso en una puta? Nadie sabía lo mío con Beau, así que el hecho de que me etiquetasen como tal sólo significaba que lo sospechaban.

Suspiré, introduje la combinación y abrí la taquilla. Me alegré al instante de que no tuviese agujeros de ventilación. Quién sabía lo que habrían intentado meter dentro. Oía los susurros a mis espaldas mientras sacaba los libros y me dirigía a la primera clase del día. Nadie habló conmigo, ni nadie me defendió. Estaba claro: ése era el día elegido para hacerle el vacío a Ashton. No podía echarle la culpa a Sawyer, porque él se mantenía al margen. No estaba de mi parte, pero tampoco participaba de la diversión. Todo el mundo le quería, todos deseaban defenderlo. Si ridiculizarme les hacía sentir que lo estaban consiguiendo, entonces podría soportarlo. Sólo eran palabras.

¡Ni que lo hubiese dicho en voz alta! De repente, alguien me empujó por la espalda contra mi taquilla. Me golpeé la cabeza con la esquina y me sentí ligeramente aturdida. Me agarré a la puerta, rezando para no desmayarme. Oí una risa femenina y cerré los ojos hasta que el dolor se calmó.

—Por Dios bendito, ¿vas a quedarte ahí quieta sin hacer nada?

Giré lentamente la cabeza y vi a Kayla mirándome con cara de exasperación. Me cogió el brazo para ayudarme a que me afianzara.

—Sé que crees que te lo has ganado o algo por estilo, pero llegados a cierto punto hay que decir basta. Tienes que pararles los pies o seguirán maltratándote. Enseña los dientes, chica.

Me cogió los libros de las manos y cerró mi taquilla.

—Ven, te llevaré a ver a la enfermera, pareces confusa y un poco atontada. Cuando ella te dé permiso, podrás ir a clase.

Realmente me sentía así: confusa y un poco atontada. ¿Por qué me estaba ayudando Kayla? Ella era la jefa de animadoras. Tendría que ser la cabecilla de la cuadrilla anti-Ashton.

—Tendrías que haberlo pensado antes de engañar al príncipe de la ciudad. Las personas como Sawyer tienen muchos sujetos leales. Te odian porque lo tuviste durante tanto tiempo y te odian porque le hiciste daño. Sienten que su brutalidad está justificada. Así que o te buscas un guardaespaldas o te curtes un poco. Esto no desaparecerá en un par de días. Podría durar todo el puñetero año.

Kayla me condujo hasta el despacho de la enfermera.

—Lo sé. Pensé que si dejaban salir la rabia que tienen de dentro acabarían por olvidarlo —expliqué.

—No, las cosas no funcionan así. O bien Sawyer les para los pies, o bien lo haces tú. ¿Dónde está Beau? Si sacara la nariz por aquí, podría acabar con esto —resopló Kayla.

Quería a Beau. Le echaba de menos. Me toqué el bolsillo para comprobar que la nota que le había escrito la noche anterior seguía allí. Había decidido llevársela a Honey esa misma tarde. En caso de que pudiera hacérsela llegar a su hijo, quería asegurarme de que sabía cómo me sentía.

—¿De verdad lo hiciste? ¿Engañaste a Sawyer con Beau? Me cuesta creer que Beau fuera capaz de hacerle algo así a su primo. Pero Sawyer no dice nada y Beau está desaparecido en combate.

No iba a seguir mintiendo. Sawyer sabía la verdad. No podía seguir preocupándome por sus sentimientos. Mentir sería como negar a Beau. No podía negarle.

—Sí.

Kayla se detuvo y creí que iba a arrojar los libros al suelo o a reaccionar de alguna forma dramática, pero simplemente soltó un silbido.

—Lo admites. Vaya.

Me encogí de hombros.

—Todo el mundo sabe que he roto con Sawyer. No hay razón para mentir.

Kayla levantó las cejas con incredulidad.

—A mí se me ocurre una razón para mentir. El puñado de pirados que creen que deben defender a Sawyer convirtiéndote en un saco de boxeo.

—Puede que sí, pero no voy a mentir sobre lo que pasó entre Beau y yo. No se lo merece. No tengo nada de que avergonzarme, excepto de haber destruido su relación.

Kayla abrió la puerta del despacho de la enfermera.

—Eres única. No me sorprende que tengas a los Vincent peleando por ti.

Aparte de un feo chichón a un lado de la cabeza no había sufrido ningún daño, pero empezaba a desear haber necesitado puntos y tener una excusa para marcharme temprano. A la hora de la comida, me habían tirado los libros al suelo tantas veces que había perdido la cuenta. Kayla se había pasado una vez por mi taquilla para recogerme, diciendo que necesitaba guardaespaldas. El conserje había limpiado mi taquilla, y habían amenazado a los estudiantes con expulsarles si ensuciaban la propiedad del instituto. Así que optaron por las notas adhesivas para pegar sus comentarios crueles en mi taquilla. Dejé de leerlos en cuanto comprendí que eran otra forma de castigo.

Sawyer había observado en silencio mientras la gente se dedicaba a tirarme los libros de las manos durante todo el día. Cuando nuestras miradas se encontraron mientras limpiaba mi taquilla del último ataque de mensajes, se mantuvo callado y se alejó caminando. Decidí que le odiaba un poco. No era el chico perfecto que yo creía. Quizá también lo había tenido en un pedestal. El Sawyer que yo conocía no se habría quedado de brazos cruzados mientras me acosaban de aquella manera. Había descubierto otro lado de él. Uno muy real, pero que no me gustaba nada.

Estaba deseando coger una bandeja para salir afuera a comer sola y disfrutar de un poco de paz y de tranquilidad. Esperando en la cola de la cafetería, me concentré en ignorar a todo el mundo. Mi técnica se reducía a evitar el contacto visual, ya que parecía empeorarlo todo. Así que practiqué mi visión en túnel, razón por la que seguramente no vi la coca-cola antes de que me la derramasen por la cabeza. Solté un chillido mientras el hielo se me deslizaba por la cara y la cola me ardía en los ojos. Me goteó por la camisa y el pelo me quedó pegado a la cabeza. Toda la cafetería estalló en risas. Nicole estaba de pie delante de mí con un vaso vacío en la mano y una mueca en la cara.

—Ups —dijo, lo bastante alto como para que lo oyera su audiencia antes de darse la vuelta y andar pavoneándose hacia el público que la adoraba.

Me quedé allí de pie decidiendo cómo reaccionar. Kayla decía que necesitaba curtirme, pero había perdido las ganas de pelea. Sólo deseaba que Beau regresara a casa. Me sequé la cola de los ojos y me aparté el pelo empapado de la cara. Entonces, sin darles la satisfacción de reaccionar, me dirigí a las puertas dobles que conducían al pasillo. Ya podía marcharme a casa. Esto era excusa más que suficiente.

La puerta se abrió antes de que la tocase y mi mirada se encontró con la de Sawyer. Los ojos azules que había amado una vez se abrieron en señal de sorpresa al ver mi aspecto. No era culpa suya.

—Disculpa —dije con toda la educación de la que fui capaz, pasé a su lado y crucé el pasillo hacia las oficinas. No miré atrás, a pesar de que sentí su mirada sobre mí en todo momento. Tal vez ésta iba a ser la última gota para él. Aunque tal vez no.

Capítulo veintitrés

Beau

Querido Beau:
Te echo de menos. Echo de menos tu sonrisa. Echo de menos tu risa. Echo de menos lo guapo que estás en vaqueros. Echo de menos el brillo travieso de tus ojos cuando estás planeando alguna trastada. Te echo de menos. Vuelve a casa, por favor. Pienso en ti todo el día y toda la noche. No consigo dormir. Anoche me tumbé en el tejado y recordé todo el tiempo que pasábamos allí tumbados mirando las mismas estrellas. Antes de que la vida lo fastidiase todo. Antes de que escogiera al Vincent equivocado. Sawyer te perdonará. Creo que está empezando a comprender que lo que había entre él y yo no era amor. No de verdad. Sawyer no conocía a mi verdadero yo y yo he descubierto que tampoco le conocía a él. Las cosas que amaba de él ya no se sostienen. Sawyer no es como tú. Nunca lo ha sido. Pero claro, sólo puede haber un chico malo ridículamente sexy en la ciudad. Tengo entendido que existe una especie de cuota. Es broma. No eres malo. Hay tantas cosas que admiro de ti. Ojalá

*todos viesen al mismo Beau que yo. Ojalá supieran lo especial
que eres. Por favor, vuelve a casa. No me cansaré de repetirlo.
Te echo de menos.*

Te quiero,
Ashton

Me echaba de menos. Quería regresar y llevármela.
Secuestrarla y salir huyendo. Pero enfrentarme a mi tío
sabiendo que nunca se había molestado en tener una relación conmigo era algo que aún no era capaz de hacer.
Aunque necesitaba a Ash. Podía esconderse conmigo. Si
se lo pedía, estaba seguro de que vendría. Pero ya la había metido en un buen lío. No podía seguir hiriéndola.
Tenía la seguridad de su hogar. Unos padres que la querían. No podía perderlo. Era importante. Era un don.
Uno que yo nunca había tenido y no pensaba arrebatárse-
lo. En vez de encender el móvil y leer los mensajes que
me había enviado, guardé la carta junto a mi corazón y
cerré los ojos. Por ahora, tendría que bastar con eso. Quizá mi madre tuviera otra carta para mí mañana. Me gustaba saber que Ash iba a ver a mi madre en mi ausencia.
Mamá comentó que habían estado hablando. Pensaba
que Ashton no era tan mala. La admiración que transpi-
raba la voz de mi madre sólo sirvió para que me doliera
todavía más el corazón.

Ashton Gray era demasiado buena para mí. Pero la deseaba igualmente. La egoísta no era ella. Era yo.

—Que no se te caigan. Cuestan un ojo de la cara —dijo Honey desde la cocina.

Estaba secando vasos y jarras de cerveza y después los guardaba detrás de la barra. Había empezado a venir todos los días para traerle cartas a Beau y para ver si Honey sabía algo de él. Mis frecuentes visitas se habían ido alargando hasta el punto de que Honey había decidido ponerme a trabajar. Accedí con mucho gusto. Así podía hablar de Beau con alguien dispuesto a escuchar y no tenía que regresar directamente a casa y esconderme en mi habitación, sola.

—Hank me resta cinco pavos de la paga cada vez que rompo un vaso. Y sabe perfectamente que no los valen ni de broma —refunfuñó, regresando de la cocina con otra tanda de jarras y vasos limpios.

—Voy con cuidado —le aseguré mientras guardaba otro vaso bajo la barra.

—Bien. Ahora cuéntame otra vez eso de la taquilla —dijo Honey cogiendo un vaso para ayudarme a secar.

—Pegan notas adhesivas y cartas con insultos y amenazas en mi taquilla. Es una tontería. Excepto cuando me empujaron contra la taquilla y me di un golpe en la cabeza, no he sufrido ningún daño.

—¿Y ese patético hijo de perra no les ha parado los pies?

Me encogí de hombros y recordé a Sawyer observando desde la distancia.

—Es igual que su padre —dijo—. No sé por qué me sorprende. Y será peor cuando Beau regrese. Cuando se entere de que Sawyer lo ha permitido, se pondrá hecho una furia. Confiaba en que hiciesen las paces cuando Beau se decida a dar la cara.

—No pensaba contárselo. No se enterará y, con un poco de suerte, cuando vuelva ya se habrán calmado las cosas. Así no tendrá ninguna excusa para enfadarse con Sawyer.

Honey soltó un bufido y golpeó la barra con un trapo.

—Niña, creciste con Beau. Deberías conocerle mejor. No es ningún tonto. Además, alguien se lo contará y cuando eso pase se liará parda.

Suspiré y recogí la bandeja vacía que tenía delante para devolverla a la cocina.

—Sé que se acabará enterando, pero quiero que arreglen las cosas. No me perdonaré a mí misma hasta que lo hagan.

Honey asintió.

—Mi consejo es que mantengas la distancia con los dos. Sé que crees amar a mi hijo, pero los chicos Vincent no traen más que problemas. Los dos. Hay cosas que no sabes, tienen asuntos por resolver y necesitan un poco de tiempo. Sólo conseguirás confundirlos. Además, cuando las cosas se ponen feas, siempre salen huyendo. Beau es el ejemplo perfecto. ¿Dónde está mientras te tratan como si tuvieses una puñetera letra escarlata tatuada en la frente? Y Sawyer no es mejor. Deja que una chica cargue con la culpa sin soltar palabra. Quiero a mi chico, pero no es el tipo de hombre con el que puedes planear un futuro. Tienes que pasar página. Encuentra a otro con un apellido que no sea Vincent.

Como últimamente me había convertido en persona *non grata*, decidí por mi propio bien llevarme la comida de casa y esconderme a comer en la biblioteca. Estaba lo bastante lejos de Nicole y de su refresco como para mantenerme seca. Nadie parecía haber notado mi ausencia, o quizá no les importaba. Cinco minutos antes de que sonara el timbre, metí la bolsa de la comida en la mochila y me dirigí a mi taquilla. Para mi sorpresa, las notas adhesivas seguían apareciendo al mismo ritmo. Me había acostumbrado a evitar mi taquilla, a excepción de a primera hora de la mañana y antes de irme a casa. Cargaba con los libros en la mochila durante todo el día. Me dolían los hombros a causa del peso, pero era preferible a estar de espaldas a toda aquella gente que me odiaba. El dolor que la correa de la mochila me producía en el hombro izquierdo no era nada en comparación con darme de bruces contra mi taquilla.

—La princesa ha caído muy bajo si tiene que esconderse durante la comida —me saludó la voz satisfecha de Nicole cuando me acerqué a mi taquilla. Levanté la vista para enfrentarme a su mirada de odio. No estaba segura de por qué me detestaba con tanto empeño. ¿No creía que ya había pagado más de la cuenta, por mi desliz? Se interponía directamente entre mi taquilla y yo. Intentar rodearla sería un error. Así que esperé a que soltara lo que había venido a decir.

—¿Qué se siente al ser un montón de escoria, eh?

Tuve que morderme la lengua para no responder que no lo sabía porque afortunadamente yo no era ella. En una pelea, me partiría la cara. Además, no pensaba darle la satisfacción de ver que sus palabras me afectaban.

—No me ignores —bufó, dando un paso adelante. Me

preparé para lo peor. El odio sin adulterar que iluminaba sus ojos me advertía que tenía que ir con pies de plomo.

—Solamente quiero ir a mi taquilla y marcharme. No busco problemas.

Soltó una risotada digna de una bruja demente.

—Ya los has provocado, zorra.

Levantó la mano y me tiró del pelo haciendo que me subieran lágrimas a los ojos por culpa del repentino dolor.

—Te crees tan guapa y tan perfecta que puedes conseguir lo que te dé la gana. Pues tengo noticias para ti, no vas a quedarte con lo que me pertenece.

Nicole se me echó encima y de un empujón en el pecho me hizo caer de culo al suelo. Genial, iba a meterme en una pelea en el pasillo del instituto sin haber hecho nada. Justo lo que necesitaba. Si me expulsaban, mis padres se pondrían furiosos. Plantar cara parecía inútil. Bajé la cabeza y esperé a que ocurriese algo más. No tardó demasiado. Me quitaron la mochila de un tirón y la vaciaron sobre mi cabeza. Me encogí y solté un grito ahogado mientras los pesados libros de texto que había estado acarreando todo el día me caían encima.

—Ya es suficiente. Apartaos. —La voz de Sawyer silenció las risas y la cháchara que llenaban el pasillo.

»Déjala en paz, Nicole. Tu problema es con Beau, no con Ashton. No quiero que la vuelvas a tocar. Y va para todos. No os metáis en esto. No sabéis lo que ha pasado y no es asunto vuestro. Parad de comportaros como una panda de idiotas y dejadla tranquila.

Por todo el pasillo, la gente empezó a alejarse arrastrando los pies, y las risas se convirtieron en murmullos apagados. El príncipe reinante había hablado. Había tardado exactamente una semana, pero al fin había intervenido. Su mano apareció delante de mi cara y me la quedé mirando un momento antes de ignorarla y ponerme de pie sola. Su intervención había tardado más de la cuenta, de modo que mi gratitud había caducado. Empecé a recoger los libros repartidos por el suelo.

—¿Vas a seguir ignorándome? —preguntó Sawyer mientras recogía mi mochila y la abría. Me encogí de hombros y apenas le miré de reojo antes de meter los libros dentro—. Tú te lo has buscado, ¿sabes?

Ésta era la última gota. Había sido el saco de boxeo de todo el mundo durante cinco días. Le quité la mochila de las manos de un tirón y fijé la vista en esos ojos azules que en el pasado me habían parecido tan bonitos. Ahora los veía pálidos y aburridos.

—Nadie merece pasar por lo que yo he pasado. Quizá merecía tu resentimiento, pero no el de toda la escuela. A ellos no les hice nada. Así que perdona si no creo que me merezca toda una semana de acoso incesante.

Me volví resuelta en dirección a la puerta. Ya había tenido suficiente por ese día.

—Ashton, espera. —Sawyer se apresuró tras de mí y me agarró el brazo—. Por favor, espera. Escúchame.

—¿Qué? —espeté, frustrada porque mi intento de fuga había fracasado.

—Tengo que decirte una cosa. Escúchame, por favor.

Asentí con la cabeza, pero mantuve la vista fija en las puertas por las que deseaba escapar tan desesperadamente.

—Me he equivocado. Permitir que te hiciesen todas estas cosas durante esta semana y no decir nada ha sido horrible. Lo siento. De verdad. En mi defensa, te diré que estoy dolido, Ash. No te perdí sólo a ti, también perdí a mi mejor amigo. Mi primo, mi... Todo se vino abajo a la vez y no fui capaz de afrontarlo. Me dije a mí mismo que te lo merecías, que eras capaz de librar tus propias batallas. Supongo que esperaba ver al pequeño demonio que recordaba de cuando éramos pequeños. Si volvía a ver a esa Ashton, quizá podría comprender por qué recurriste a Beau. Pero siempre reaccionabas como lo haría mi Ash. Nunca contraatacabas ni te resistías. Simplemente lo sobrellevabas. Y dolía tanto. Te estaban haciendo daño. A la chica a la que he amado toda la vida. Y quería interponerme y defenderte, pero la imagen de Beau acariciándote los labios y tú devorándolo con los ojos aparecía en mi cabeza y volvía a enfurecerme.

Dejó escapar un suspiro y me soltó el brazo.

—Te quiero. Yo también conozco a la verdadera Ashton. Crees que no, pero has olvidado muy pronto que siempre era yo el que te sacaba de todos los líos cuando éramos niños. Cuando teníamos catorce años, no pedí a la Ashton perfecta que fuese mi novia. Se lo pedí a la única Ashton que conocía. Cambiaste tú sola. No te voy a engañar, estaba orgulloso de la chica en la que te habías convertido. Mi mundo estaba completo. Tenía a la familia perfecta, a la chica perfecta y un futuro perfecto. Me permití olvidar a la chica que habías sido. Pero Beau no la olvidó.

Me tragué el nudo que tenía en la garganta. Ésta era la conversación que debimos tener en cuanto Sawyer llegó a casa este verano. En lugar de eso, había salido huyendo de la verdad.

—Nunca quise hacerte daño —respondí con la mirada fija en mis zapatillas deportivas.

—Pero me lo hiciste.

Capítulo veinticuatro

Una sencilla respuesta honesta me sentó como un puñetazo en el estómago.

—Sé que me odias. No te culpo. Pero Beau, Beau te necesita. Por favor, no le odies a él también.

Finalmente, levanté la vista para buscar su mirada. Tenía el entrecejo fruncido y negó lentamente con la cabeza.

—No te odio, Ash. Y no odio a Beau. Quiero que vuelva. Cuando me marché del bar el domingo, no esperaba que saliese huyendo. Tendría que haberlo supuesto, pero estabas tú y sabía que no quería dejarte.

—Beau te quiere. Te ha herido y no es capaz de afrontarlo.

Los labios de Sawyer dibujaron una sonrisa triste.

—No, Ash. Ésa no es la razón de su marcha.

Sawyer dio un vistazo al pasillo vacío. Llegábamos tarde a clase, pero no me importaba. Pensaba irme a casa igualmente.

—Ven. Tengo que contarte una cosa —dijo.

Le seguí hasta su camioneta. Era extraño subir sin que

me abriese la puerta o me cogiese en brazos para colocarme en el asiento. Pero, en cierto modo, parecía lo más adecuado. Así era como tendría que haber sido desde el principio.

Sawyer salió del aparcamiento y condujo hacia el sur. Por lo que parecía, la charla tendría lugar fuera de la ciudad.

—Fui a por Beau el domingo. Sabía que le encontraría en el bar jugando al billar. Siempre va allí para relajarse. Cuando llegué, discutimos y nos peleamos. —Sawyer me miró de reojo y puso una mueca—. Me gustaría decir que Beau se llevó la peor parte, pero los dos sabemos que estaría mintiendo. Yo tengo un buen brazo para lanzar la pelota, pero él me supera cuando se trata de golpear. El caso es que podría haberme hecho mucho más daño si hubiese querido, pero se pasó la mayor parte del tiempo bloqueando mis puñetazos. —Sawyer se interrumpió y soltó un suspiro de frustración.

No les había visto pelear desde que teníamos diez años y Sawyer había acusado a Beau de ser un follonero y de arrastrarme por el mismo camino. Aquella tarde, Beau también se dedicó a dar puñetazos. Sawyer acabó con un diente suelto, pero por suerte era de leche, así que le habría caído igualmente.

—Mi tía Honey lo vio todo. Estábamos los tres solos. Intentó separarnos, pero no le hicimos ningún caso. O quizá debería decir que era yo el que no le hacía caso. Quería ver la sangre de Beau. Los dos lo habíais negado, pero sabía que te había besado. Tratándose de él, estaba seguro de que habíais hecho mucho más que eso. Odiaba saber que al final te había perdido por su culpa. Era algo que siempre había temido. Incluso cuando los dos casi ni os hablabais, Beau te observaba y tú, cuando creías que nadie te veía, le observabas a él. No soy un completo idiota.

—Nunca he pensado eso de ti, Sawyer. Mentí sobre Beau con la esperanza de salvar vuestra relación. Tenía pensado dejaros a los dos.

Sawyer rió, pero sus ojos siguieron tristes.

—¿De verdad crees que Beau iba a dejarte marchar? No en esta vida.

—Él te quiere —alegué.

—Lo sé. La cuestión es que te quiere más a ti.

Empecé a negar con la cabeza.

—Ash, Beau no me habría traicionado si no hubiese estado enamorado de ti hasta la médula. Es inútil negarlo.

—De acuerdo —convine. Quizá tenía razón. Deseaba que la tuviera—. ¿Qué querías contarme?

Sawyer se detuvo en un aparcamiento desierto y apagó el motor. Esperé pacientemente mientras ponía en orden sus ideas. Una bolsa de plástico vacía danzaba al viento al otro lado del aparcamiento y la observé pensando que sabía exactamente cómo se sentía. Se movía por caminos que no podía controlar. Igual que yo.

—Ash, Beau no es mi primo. Es mi... es mi hermano.

Me quedé allí sentada intentando digerir el significado de sus palabras. ¿Lo decía en sentido figurado? Porque ya sabía que consideraba a Beau como un hermano.

—No te entiendo —respondí al fin.

—Para serte sincero, yo todavía estoy tratando de entenderlo. —Sawyer se removió en su asiento y giró el torso para darme la cara—. El domingo, cuando nos estuvimos gritando y diciendo cosas que no pensábamos o que al menos hubiésemos retirado más adelante, Honey nos informó de que mi padre no era solamente mi padre sino también el de Beau.

—¿Qué?

—Honey fue la novia de instituto de mi padre. Después, mi padre fue a la universidad y en su primer año de derecho conoció a mi madre. Era la hija de uno de sus profesores. Se enamoró de ella y se casaron. Después de graduarse y obtener la licencia, se trasladó otra vez a Grove para abrir un despacho de abogados. Al parecer, Honey seguía aquí, provocando escándalos y rompiendo corazones. Mi tío Mack y ella se veían a menudo y se metían en líos juntos, así que cuando se quedó embarazada de Beau y se casó con Mack todo el mundo pensó que el niño era de él. Mi madre se quedó embarazada el mismo año. Ella no sabía nada de lo de Beau, y no lo supo hasta que ese domingo por la tarde me enfrenté a mi padre, justo delante de ella. Se ve que mi padre y Honey pasaron una noche juntos, en el bar, después de que mis padres se pelearan por un dinero que mi madre había gastado en muebles. Estuvieron bebiendo chupitos de tequila y mi padre dice que lo único que recuerda es haberse despertado a la mañana siguiente en la cama de Honey. Seis semanas después, Honey llamó a su puerta y le dijo que estaba embarazada. No la creyó o, al menos, no creyó que el niño fuese suyo. Así que mi tío Mack se casó con ella. Él sí la creyó. Cuando nació Beau, el tío Mack amenazó a mi padre con explicar a mi madre que había pasado una noche con Honey si no accedía a someterse a un test de paternidad. Se lo hizo, y resultó que Beau era hijo suyo. Mi tío dijo que lo criaría como si fuese suyo. Estaba enamorado de Honey. Lo había estado desde el instituto. Ya sabes el resto. Murió. Honey fue la peor madre de la historia y Beau tuvo que arreglárselas por su cuenta.

Me quedé ahí sentada mirando por la ventana, incapaz de mirar a Sawyer a la cara. ¿Cómo era posible que su padre hubiese hecho algo así? Sabía perfectamente cuánto había sufrido Beau. Apoyé la cabeza en el frío cristal y cerré los ojos. Las lágrimas se abrieron paso y se deslizaron por mis mejillas. No me sorprendía que Beau se hubiese ido de la ciudad. No sólo sentía que su madre no le quería, además tenía que enfrentarse a la idea de que su padre tampoco le había querido. Mack Vincent era sólo su tío. El único recuerdo que le quedaba a Beau de una vida estable había sido con Mack.

—Beau no te ha abandonado, Ash. Necesita un poco de tiempo para afrontar todo esto.

—¿Dónde está? —pregunté mientras un sollozo me desgarraba el pecho.

—Ojalá lo supiera.

Sawyer no dijo nada más. Arrancó el motor y regresamos a la ciudad en silencio. Sabía que debía decir algo, pero no tenía palabras.

Sawyer se detuvo junto a mi Jetta y por fin le miré.

—Lo siento. Sé que también ha sido duro para ti. Comprendo por qué no dijiste nada sobre lo que me ha estado pasando durante toda la semana. Tenías cosas más importantes de las que preocuparte. —Le cogí la mano—. Gracias, Sawyer. Por contármelo. Por ser un amigo. Por todo.

Sus labios dibujaron una sonrisa.

—No es excusa por cómo te he tratado esta semana, pero gracias por intentar justificarlo.

—Ahora lo comprendo. Con eso basta.

Asintió y le solté la mano, bajando de un salto de la camioneta. Éste era el desenlace de nuestra historia. El dolor que sentía en el pecho por el sufrimiento que Beau debía de estar pasando se anteponía a la sensación de paz que, lo sabía, debía de estar ahí, en alguna parte. Sawyer había pasado a formar parte de mi pasado. Ahora sólo tenía que encontrar mi futuro.

Capítulo veinticinco

En cuanto puse los pies en el bar, la cabeza de Honey dio un respingo. Dejé que la puerta se cerrase sola mientras estudiaba a la mujer que había mentido a su hijo sobre la identidad de su padre durante toda su vida. A lo largo de la última semana, Honey había llegado a gustarme. No estaba de acuerdo con su manera de educar a su hijo, pero quería a Beau y con eso me bastaba. Ahora deseaba verle la mirada llena de remordimientos. Ver algo que me indicase que sabía que había hecho mal.

—Deja de mirarme como si fuese un puñetero experimento científico. ¿Qué bicho te ha picado hoy? —dijo Honey, mientras salía de la barra sosteniéndome la mirada. Me estaba evaluando. Intentaba desentrañar lo que sabía.

—¿Por qué no me contaste la verdadera causa de la marcha de Beau? Me dejaste creer que Sawyer y yo fuimos los culpables.

Arqueó una ceja oscura y estrecha y suspiró.

—Parece que Sawyer ha decidido compartir las buenas noticias contigo.

—No creo que haber mentido a tu hijo durante toda su vida sea una buena noticia.

Honey tiró de un taburete y se sentó poniendo los ojos en blanco, como si creyese que yo era excesivamente melodramática.

—¿Para qué has venido, Ashton? Ríñeme. Acúsame. Júzgame. Adelante. No pasa nada, estoy acostumbrada. Pero después acuérdate de pasar por la casa de tu antiguo novio y darle el mismo rapapolvo al padre de Beau, ya que estás puesta. El tango se baila en pareja.

—No he venido a juzgarte ni nada de eso. Estoy aquí porque me preocupa Beau. Si me lo hubieses contado, habría ido a buscarle.

—No tenía derecho a explicarlo. Cuando se lo conté a los chicos, se convirtió en su historia. Cuando quisieran contárselo a alguien sería decisión suya. No mía. Además, ¿de qué sirve buscar a quien no quiere que le encuentren? No sirve de nada.

Crucé el bar y me senté en el taburete de al lado. Honey había sabido desde el principio que Beau no se estaba escondiendo de sus problemas. No estaba huyendo. Estaba lidiando con una noticia bomba que le había cambiado la vida.

—¿Por qué me dejaste creer que había huido de mí? ¿O de Sawyer? —pregunté mientras buscaba en su semblante alguna señal de remordimiento.

—Porque es mejor así. Siempre serás un muro entre los dos y ahora mismo se necesitan más que nunca. Tal vez no sea la madre perfecta, pero quiero a mi chico. Sé que necesita a su hermano. Tú eres dulce y honesta. Me gustas, de verdad que sí. Eres completamente distinta de lo que pensaba. Pero no eres buena para los muchachos. Te necesitan fuera de sus vidas para poder pasar página y encontrar la manera de afrontar la situación.

Era verdad. Siempre sería un obstáculo que les impediría arreglar las cosas. Quería a Beau. Le quería lo suficiente como para dejarlo marchar.

—Tienes razón —respondí.

Honey alargó la mano y me dio unas palmaditas afectuosas en el brazo.

—Eres una buena persona y tienes un gran corazón. Tu madre te educó bien. Agradezco de veras que Beau tuviese tu amor. Me hace sentir bien saber que alguien como tú pudo quererle. Gracias.

Me puse de pie y envolví a Honey entre mis brazos. Se puso rígida, pero acabó relajándose y me devolvió el abrazo. Me pregunté si alguna vez la habrían abrazado. Le di un último apretón antes de soltarla.

—Gracias por hacerme compañía esta semana —dije a través de las lágrimas.

Me ofreció una sonrisa triste; sus ojos de color avellana también estaban empañados.

—He disfrutado de estas tardes contigo.

Me despedí de ella y me dirigí a la puerta.

—Ha vuelto a la ciudad. Le di tus cartas.

Apreté el pomo de la puerta y me quedé mirando la vieja puerta de madera. Tenía que dejarlo marchar. Preguntarle dónde estaba y cuándo había vuelto sólo lo empeoraría. Tuve que hacer uso de hasta la última gota de mi fuerza de voluntad para girar el pomo y abrir la puerta. Era hora de volver de casa.

—Ashton, cariño, ¿estás ahí? —dijo mi padre inmediatamente después de llamar a la puerta.

Eché un vistazo al reloj de mi mesita de noche. Eran más de las ocho y mi padre acababa de llegar a casa, lo que era poco habitual.

—Sí —respondí.

Abrió la puerta y entró en mi habitación. Tenía marcas de cansancio en la cara, como si hubiese pasado una tarde de mucho estrés.

—¿Estás bien? —pregunté recordando la última vez que mi padre había venido a verme preocupado a mi cuarto.

—Sí, estoy bien, sólo quería hablar contigo de una cosa —contestó, y se sentó en la silla púrpura de delante de mi cama. Parecía que se estaba preparando para una larga conversación. Nunca se sentaba en mi silla púrpura.

—Vale —repliqué. Su comportamiento extraño empezaba a ponerme nerviosa.

—Sawyer y tú habéis roto. —Sonó como una afirmación, no como una pregunta. De modo que sólo asentí para confirmárselo.

»¿Habéis hablado de algo últimamente? ¿Quizá sobre su familia?

¿Cómo se había enterado? A menos que...

—Sí. Ha sido hoy, de hecho —respondí a la espera de cuál sería su siguiente pregunta.

—¿Qué te ha contado?

Su cara de preocupación y su llegada tardía sólo podían significar una cosa. Mi padre había estado reunido.

—Me ha hablado de Beau.

No iba a contarle el secreto sin asegurarme de que ya lo supiera por boca de Sawyer y de sus padres.

—¿Te ha dicho quién es el padre de Beau?

Asentí lentamente, reticente a decir nada más.

Mi padre suspiró y apoyó la espalda en la silla.

—Sawyer y su madre han venido a verme esta tarde. No llevan bien la noticia. Pero me preocupa Beau. Siento que es el que ha sufrido de forma más injusta. ¿Sabes dónde está?

Negué con la cabeza.

—¿Me lo contarías si lo supieras? Porque creo que necesita hablar con alguien. Salir huyendo no es lo mejor para él, Ashton.

—No, papá. Beau no me ha llamado ni ha venido a verme desde el domingo por la mañana. Pero... ya ha regresado. Honey dijo que estaba en la ciudad. Ha ido a verla.

Mi padre asintió y se frotó la barbilla con barba de tres días; tenía el ceño fruncido. Deseaba ayudar a Beau. La idea de que mi padre quería ayudar a Beau me alegró. Quería levantarme y darle un abrazo, pero seguí quieta. Beau no quería su ayuda, pero eso no pensaba decírselo.

—¿Está enfadado contigo?

Me dispuse a decir que no, pero me detuve. No estaba segura de si lo estaba. No había buscado mi ayuda. No me había llamado ni enviado ningún mensaje. Tal vez estaba enfadado conmigo. Quizá se arrepentía de todo.

—Quiero disculparme por las cosas que te dije de él después del velatorio de la abuela. Estaba equivocado. No le conocía. Sawyer me ha abierto los ojos. Beau tuvo una infancia difícil y ha superado muchas cosas. Fui injusto con él. Cuando acudió al velatorio de tu abuela y te acompañó a verla, me sorprendí. No encajaba con la etiqueta que le había asignado. Una mala hierba no se mostraría tan atenta con otra persona. Pero también me asustó. Beau era el hijo de un alborotador. Conocía a Mack Vincent en el instituto y sólo traía problemas. No deseaba algo así para ti. Estaba convencido de que la sangre de su padre lo había corrompido de alguna forma. Pero resulta que la sangre que le corre por las venas es la del hombre más admirado de la ciudad. El hombre que, en lugar de cuidar de él, rechazó a su propio hijo. Mack quería a ese niño. Me acuerdo de haberle visto con Beau y de haberme sentido asombrado de lo bondadoso que era con su hijo. El hecho de que Beau no fuese suyo y que lo supiera demuestra lo equivocado que estaba. Siento no haber confiado en ti. Viste el lado bueno de Beau que yo me negué a admitir.

Esta vez sí que me levanté de la cama y me acerqué a mi padre. Sin soltar palabra, me senté en su regazo y apoyé la cabeza en su hombro como hacía de pequeña.

—No pasa nada, papá. Tenías buenas intenciones. Tratabas de protegerme. Pero tienes razón, Beau es especial. No sé cómo, pero el abandono que sufrió de pequeño no pudo con él. Si llegas a conocerle, le querrás. Es difícil no quererle.

—¿Tú le quieres?

—Sí, y por eso voy a dejarlo marchar. No puede estar conmigo y salvar su relación con Sawyer. Siempre le recordaré su traición. Ahora lo comprendo.

Mi padre me acarició el brazo y me abrazó con fuerza.

—No quiero verte sufrir, pero tienes razón. No veo otro modo. Esos dos muchachos tienen un largo camino por delante. Se necesitan.

—Lo sé.

—Pero duele —respondió mi padre.

—Sí, duele.

Beau

Caminé de un lado a otro por el pabellón deportivo a la espera de que apareciese Sawyer. Le había enviado un mensaje para que se reuniese allí conmigo. Antes de ver a Ashton, tenía que hablar con Sawyer. Sin que nuestros puños se interpusieran. Sawyer había sido mi hermano desde que éramos pequeños. Incluso antes de saber que compartíamos al mismo padre. Le quería. Mis acciones no lo demostraban, pero así era. Ashton era el único motivo por el que estaba dispuesto a pelear con él. Sabía que ninguna excusa serviría para arreglar las cosas, pero necesitaba que al menos me escuchase. No quería que odiase a Ashton. Ella no merecía su odio. Pensé en lo que podría decir para no parecer débil o superficial. Sawyer era la segunda persona más importante de mi vida. Pero tres años antes me había arrebatado a la única persona a la que escogería por delante de él. Ya era hora de que la recuperase. Poco importaba lo que él creyese, yo la quería más. Yo la comprendía.

La pesada puerta se cerró de golpe y levanté la cabeza de un respingo, ahí estaba Sawyer con una expresión severa. Maldición, no quería volver a pelear. Esta vez quería hablar. Tenía el aspecto de un hombre dispuesto a recibir una paliza.

—Has vuelto. Ya era hora —dijo manteniendo las distancias.

—Sí. Necesitaba un poco de tiempo para ordenar las ideas.

Sawyer soltó una risa dura y fría.

—¿De verdad? Bueno, quizá puedas ordenar toda esta mierda por mí porque yo no soy capaz.

Hasta que Sawyer salió de la iglesia y me encontró con Ashton, nunca le había oído soltar una palabrota. Ahora su boca se estaba volviendo tan sucia como la mía. Reprimí una sonrisa. No tendría que gustarme que mi primo perfecto empezase a resquebrajarse.

—¿Has hablado con Ashton? —pregunté, cruzándome de brazos y apoyando la espalda en las taquillas.

Sawyer frunció el ceño y empezó a negar con la cabeza, pero se detuvo y soltó un suspiro.

—Sí, una vez. Le expliqué lo de papá. Creí que necesitaba saber por qué te habías ido de la ciudad. Pensaba que te habías marchado por su culpa. No quería que siguiera pensando que todo era culpa suya.

¿Pensaba que era por ella? Mierda. No se me había ocurrido. Cogí el móvil que tenía en el bolsillo. Tenía que encenderlo y leer sus mensajes. ¿La había dejado aquí sola y preocupada?

¿No sabía que yo estaba bien? ¿No le había explicado mi madre que estaba lidiando con problemas familiares?

—Ha tenido una semana difícil —dijo Sawyer y nuestras miradas se encontraron. ¿A qué se refería? ¿Había estado preocupada?

—¿Y eso? —pregunté, examinando su cara en busca de signos de vida.

Se pasó la mano por el pelo oscuro y soltó un suspiro frustrado.

—Bueno, a mucha gente no le gustó que me engañara contigo.

¿Qué coño quería decir eso? ¿A quién narices le importaba?

—Explícate —exigí, dando un paso hacia él y hacia la puerta.

—Ha tenido que aguantar que alguna gente se haya puesto de mi lado. Eso es todo.

¿Le habían hecho el vacío? ¿Estaba sola ahí dentro?

—¿Qué gente? —bufé.

Sawyer levantó las manos.

—Cálmate. Tenemos que hablarlo primero. Ashton está bien. Me aseguré de que estuviese bien.

—¿Estás seguro de que está bien? —Necesitaba que me lo confirmara. No sería capaz de concentrarme en esa conversación si no estaba seguro de que Ash estaba bien.

—Sí, estoy seguro.

Asintiendo, metí las manos en los bolsillos de los vaqueros y volví a apoyarme en la taquilla.

—Vale, tú primero —dije.

Le había pedido que se encontrase conmigo aquí, pero se notaba que tenía cosas que decir. Iba a dejar que empezase él, era lo menos que se merecía.

Sawyer se sentó en el banquillo. Parecía tan derrotado como yo. Jamás habíamos tenido ninguna pelea que hubiese durado más de diez minutos y unos cuantos puñetazos. Ahora, era muy posible que nunca pudiésemos superar esto.

—Conozco a la verdadera Ashton. Comprendo que tú la conoces mejor que yo. Os parecéis tanto. Pero nunca creí que fuese perfecta. Nunca esperé que fuese tan buena.

Quiero a la verdadera Ash. La he amado desde que éramos pequeños. Igual que tú, Beau. Me robó el corazón antes de saber qué significaba. —Hizo una pausa y se frotó la cara con la mano—. Pero tú eres mi hermano. Has sido mi hermano toda mi vida. Incluso antes de saber que teníamos el mismo padre. Por mucho que quiera odiarte, no puedo. Ashton te eligió. Es difícil alejarse de ella. Eso lo comprendo claramente.

No estaba seguro de si esto significaba que estaba perdonado, pero no iba a renunciar a ella si era eso lo que pensaba. Podía ser mi hermano, pero no la dejaría escapar por él.

—Voy a luchar por ella —respondí. Tenía que entenderlo.

Sawyer asintió.

—Lo sé. Pero no tendrás que pelear mucho. Es a ti a quien quiere.

¿Había hablado de mí con ella? ¿Había intentado recuperarla?

—¿Te lo ha dicho ella? —Dios mío, esperaba que sí.

Sawyer levantó la cabeza y sus labios dibujaron una sonrisa tensa.

—¿Hace falta? Sus acciones hablan más alto que cualquier palabra. No puedo pelear por alguien que no me quiere. ¿Qué sentido tiene?

Yo lucharía por ella. Le haría ver que era a mí a quien quería. Ni en broma me habría echado atrás con tanta facilidad, de estar en su lugar. Ésta era otra prueba de que yo la amaba más. Siempre había sido así.

—¿Y tú y yo, estaremos bien? —pregunté. Necesitaba saber si esto significaba que iba a perderle.

Sawyer se puso de pie y se encogió hombros.

—Puede que algún día. Ahora mismo, necesito tiempo. Eso no cambia el hecho de que llevamos la misma sangre. Sólo necesito un poco de distancia. Con... todo.

El hijo bastardo de su padre le había robado la novia. Lo comprendía. Era un milagro que no me odiase.

—Estaré aquí cuando estés listo —le dije.

—Sí, lo sé —asintió.

Capítulo veintiséis

Dormí toda la noche aferrada al móvil por si Beau me enviaba un mensaje o me llamaba. Sí, pensaba dejarle marchar, pero eso no significaba que no me preocupase por él. Si al menos hubiese sabido que estaba a salvo durmiendo en su cama.

Por la mañana, caminé por los pasillos del instituto sin tener que preocuparme de que me empujasen contra la pared. Las miradas de desprecio también habían desaparecido. Era como si hubiesen encontrado algo nuevo en que fijarse. Había dejado de ser el centro de atención. Al fin. Me dirigí a mi taquilla, pero ralenticé el paso de forma instintiva al ver un cuerpo dolorosamente conocido de pie delante de la taquilla. Se me aceleró el pulso mientras asimilaba lo que estaba viendo. Ahora podía admirar abiertamente lo bien que le quedaban un par de vaqueros. Mis labios dibujaron una sonrisa que no tardó en disiparse al comprender lo que estaba haciendo.

Beau estaba arrancando las notas del día anterior que habían quedado pegadas en mi taquilla. Me había cansado de quitarlas y, después de mi enfrentamiento con Sawyer, las había olvidado del todo. A pesar de que no podía verle la cara, reconocí su postura enfurecida mientras rasgaba cada nota y la tiraba al suelo. ¿Acababa de gruñir? Di un paso adelante con mucha cautela. La tensión de sus hombros me advertía de que debía evitar cualquier movimiento brusco. Estaba tenso como la cuerda de un violín y preparado para saltar.

—Beau —dije su nombre con suavidad antes de alargar la mano y tocarle el brazo. Los pedacitos de las últimas notas adhesivas cayeron al suelo. No me miró. Cerró los ojos con fuerza. El tic que tenía en la mandíbula sólo servía para que su perfecto semblante afilado irradiase aún más intensidad.

»No pasa nada. Las notas no me molestan —le aseguré, deseando poder decir algo, cualquier cosa para calmarlo.

—Permitió que lo hiciesen. Voy a matarlo. —Sus palabras estaban tan llenas de furia que empecé a preocuparme otra vez por la seguridad de Sawyer.

—No, les dijo que parasen —insistí mientras salvaba el espacio que nos separaba. Beau abrió los ojos al fin y se volvió. Sus iris de color avellana rebosaban sentimiento mientras me estudiaba el rostro.

—¿Cuándo? Porque está claro que no han parado.

Le deslicé la mano por el brazo y entrelacé mis dedos con los suyos.

—No me molesta. De verdad. No me importa.

Beau soltó un rugido y hundió el puño en la puerta de la taquilla.

—A mí sí que me importa. A ti nadie te habla de esa

manera. Nadie, Ash. —Se dio la vuelta y fulminó con la mirada a todo el pasillo, que estaba a rebosar de gente—. ¡NADIE! —gritó. Me soltó la mano y empezó a alejarse a grandes zancadas, mientras la multitud se separaba para dejarle pasar. Iba en busca de Sawyer. Recé en silencio para que lo dejase con vida.

Las miradas curiosas que habían seguido a Beau mientras se retiraba por el pasillo se volvieron hacia mí. No volvería a encontrar más notas en mi taquilla. Beau había regresado y estaba convencida de que acababa de aterrorizar a todo el cuerpo estudiantil.

Los trocitos de papel que descansaban a mis pies era lo único que quedaba de mi semana como paria silenciosa. Me agaché para recogerlos. Unas botas llenas de rozaduras se detuvieron delante de mí y Toby se arrodilló a mi lado.

—Deja que te ayude. Creo que no era la intención de Beau que lo limpiases tú.

Le dediqué una sonrisa. Lo había observado todo desde la barrera sin soltar palabra. Sabía perfectamente que sólo me estaba ayudando porque intentaba ganar puntos con Beau.

—No quiero que el conserje tenga que limpiarlo. No es culpa suya.

—Si se entera de que esto es lo mínimo que te han hecho esta semana, acabará asesinando a Sawyer.

Solté un suspiro, consciente de que tenía razón. Si eso había hecho enfadar a Beau, entonces el grafiti de esmalte de uñas y el incidente con el refresco le causarían un ataque de furia ciega.

—Espero que nadie se lo explique.

Toby se detuvo y me observó durante un momento. Se notaba que estaba intentando decidir si lo que acababa de decir iba en serio.

—¿No quieres vengarte?

Negué con la cabeza y me puse de pie, con las manos llenas de papel.

—No, no quiero venganza. Si esta semana es lo que Sawyer necesitaba para lidiar con todo esto, entonces habrá valido la pena. Aunque está claro que Beau no lo verá de la misma forma.

—Se echará la culpa a sí mismo por haberte dejado sola.

Tiré el papel a la basura y me limpié las manos en los tejanos antes de darme la vuelta para mirar a Toby.

—Tenía sus razones. Tanto Sawyer como yo lo sabemos.

—¿Así que Sawyer y tú os habéis reconciliado?

Solté una risita amarga. Sawyer y yo nunca sanaríamos del todo. Habían ocurrido demasiadas cosas entre los dos.

—Nos hemos reconciliado tanto como es posible.

Toby asintió con la cabeza como si lo comprendiese.

—¿Y Beau? —preguntó con un gesto de inseguridad, como si creyese que la pregunta era demasiado personal.

—Beau y yo somos amigos.

Eso era todo lo que necesitaba saber.

Toby asintió y se subió un poco la mochila en el hombro.

—Siento lo de esta semana. Tendría que haber dicho algo. Estaba convencido de que Sawyer iba a intervenir.

—Olvídalo. Ya ha terminado.

—Beau ha vuelto —acordó, y con una última sonrisa de disculpa se alejó por el pasillo.

Beau

Necesitaba golpear algo. Me dirigí a grandes pasos hasta la puerta principal y la abrí de un fuerte empujón con las dos manos para salir al aparcamiento. Saqué el móvil del bolsillo y por fin me decidí a encenderlo. Al parecer, Sawyer no me lo había contado todo. Había tenido la oportunidad de explicarme a qué se refería con lo de que Ashton había pasado una semana difícil. Se había olvidado de decirme que la habían ridiculizado. ¿Por qué no había sacado él mismo las notas de su taquilla? ¿Dónde había estado? ¿Había disfrutado al ver que la maltrataban? Me ardía la sangre y apreté los puños. Le iba a partir la cara.

Bajé la vista hasta el teléfono y vi que tenía diez mensajes de texto. ¿Ashton me había escrito para contarme lo que le estaba pasando? Apagarlo había sido propio de un gallina. Había querido esconderme de todo y de todos y regodearme en la autocompasión. Me había escondido justo cuando Ashton me necesitaba, y ella había tenido que lidiar con todo sola. Sentí una opresión en el pecho mientras revisaba los mensajes.

Ashton:

Te quiero. Lo siento. Vuelve a casa, por favor.

Ashton:

Le di una nota a tu madre. La recibiste?

Ashton:

Hablé con Sawyer. Me lo ha contado. Beau, vuelve a casa por favor.

Kyle:

Eh, tío. No sé dnd stas, pero más vale que vuelvas. Ash te necesita.

Ethan:

Las cosas stan feas. Ash las sta pasando putas. Pensé que t interesaría.

Kayla:

1 par de fotos que querrás ver

Había una foto de Nicole empujando a Ashton de cabeza contra su taquilla. Otra de Ashton en el suelo con un montón de libros cayéndole sobre la cabeza.

El estómago me dio un vuelco. Iba a matar a mi hermano.

Marqué el número de Sawyer en el móvil y esperé mientras sonaba.

—Hola. —Su tono de voz cauto me indicó que sabía que lo había descubierto.

—Nos vemos en el campo, ahora —rugí.

—Lo sabes —respondió con voz cansada.

—Sí, imbécil de mierda, lo sé.

Interrumpí la llamada y me metí el móvil en el bolsillo antes de dirigirme al campo. La última vez que nos peleamos, no había querido pegar a Sawyer. Sólo quería bloquear sus golpes. Pero ahora lo único en lo que podía pensar era en golpearle.

Cuando puse los pies en el campo y se me acercó, mantuve la mirada fija en él hasta que estuvo lo bastante cerca. Deseaba con todas mis fuerzas saltarle encima. La furia que sentía por lo que le había hecho a Ashton hacía imposible que pensara con claridad.

—¡¿Verla sufrir te hizo sentir mejor?! —grité a medida que se acercaba.

No respondió. No hacía falta. Los dos sabíamos que sí. La había dejado sufrir porque estaba dolido.

—Ahora seré yo el que se sienta mejor, pedazo de mierda egoísta —informé en un tono frío y calmado.

—Adelante, Beau, pégame.

No necesitaba ninguna invitación.

Ashton

Estaba de pie delante de la cafetería examinando las puertas dobles. Beau había aparecido en clase de literatura, pero se había sentado al otro lado del aula sin mirarme ni una sola vez. Lo sé porque le estuve observando durante toda la hora y media. Sawyer no asistió a clase de física. No había notas en mi taquilla y había pasado toda la mañana sin oír ni un solo comentario sarcástico y sin que nadie sacara el pie para hacerme la zancadilla en clase. Beau me ignoraba. Era imposible que los demás no se dieran cuenta. En algún momento empezarían a relajarse, y un espíritu intrépido tantearía el terreno. No quería que ocurriese en la cafetería. Llevaba la comida en una bolsa y la biblioteca estaba arriba, completamente vacía.

—¿Vas a entrar?

Me di la vuelta y encontré a Kayla a mi lado. Tenía la mano en la puerta. Se me aceleró el pulso y decidí que no. No estaba preparada para enfrentarme a toda esa gente. Hice un gesto de negación con la cabeza.

—Creo que no.

—¿Por qué no? No te tocarán ni un solo pelo después de la actuación de Beau de esta mañana.

No estaba dispuesta a contar con eso.

—¿Qué te pasa? —La voz de Beau me hizo dar un salto y me volví para verlo detrás de mí con un brillo territorial en la mirada.

—Nada —balbuceé, y me apresuré en marcharme.

Alargó la mano y me agarró del brazo con suavidad, pero también con la firmeza necesaria para detenerme.

—¿Adónde vas? La cafetería está por ahí.

—Va a la biblioteca. Desde que Nicole le tiró una cocacola sobre la cabeza durante la comida se ha estado escondiendo en la biblioteca para comer.

El auténtico deleite que emanaba la voz de Kayla mientras se chivaba de Nicole era más que evidente. Si le estaba contando aquello a Beau, no era por mi bien. Era para obligarlo a reaccionar. El fuego que se encendió en su mirada puso una sonrisa en el rostro de Kayla antes de que se diese la vuelta y entrase en la cafetería.

—No te vas a esconder en la puñetera biblioteca, Ash. Si alguien se atreve siquiera a mirarte mal, yo lo arreglaré.

Beau me estaba sosteniendo la mirada por primera vez en toda la mañana. Me empapé de la pequeña pizca de atención que me ofrecía. Era patética.

—Vale —respondí. Era imposible decirle que no.

—Vamos —dijo, empujando la puerta para abrirla.

Caminé delante de él y toda la sala se quedó en silencio. Esto era casi peor que las risas y los comentarios.

—¿Tienes que comprar algo? —preguntó Beau tomándome del codo. Negué con la cabeza, buscando a Sawyer entre la multitud.

—¿Dónde está Sawyer? —pregunté al no encontrarlo.

—En casa. Tiene una contusión.

Me quedé paralizada mirándolo.

—¿Qué? —pregunté con horror.

La cara de enfado de Beau se intensificó.

—No tendría que haber dejado que te acosaran. Fue un error. Y lo sabe... al menos ahora.

—Beau —bufé, desprendiéndome de él. Por eso mismo no podía tener lo que quería. Por mi culpa, Beau le había provocado a su primo, NO, a su hermano, una contusión. No podía permitir que esto continuase.

—¿Por qué lo has hecho? ¿Se encuentra bien?

—Está perfectamente. Puedes ir a visitarlo después de clase. —Hizo una pausa y apretó los dientes—. No, lo retiro. Tienes que mantenerte alejada de él. No sé si ahora mismo podré soportar que te preocupes por él. Necesito un poco de tiempo.

—Beau, yo...

—Ve a sentarte con Kayla. Te está haciendo gestos para que vayas. Estás a salvo, Ash.

Se volvió y me dejó ahí de pie observándolo mientras se iba a la otra punta de la cafetería.

Capítulo veintisiete

Llegué a la conclusión de que lo que Beau no sabía no podía hacerle daño. Me había encerrado en mi habitación durante horas debatiendo internamente si debía ir a visitar a Sawyer o no. Finalmente, mi conciencia ganó la partida y conduje hasta su casa. Encararme a su madre no estaba en la lista de cosas que habría querido hacer, ni este año ni ningún otro. Dejé la casa atrás y giré en dirección al hoyo.

Cuando llegué, aparqué el coche y le envié un mensaje para decirle que había ido a ver cómo estaba. Si quería verme, vendría. Mientras esperaba, decidí aprovechar para visitar una última vez el escondrijo favorito de nuestra infancia.

Trepar a un árbol no resultaba tan sencillo como antes, pero nuestra rama favorita tampoco parecía tan alta como entonces. Sólo tuve que tomar un poco de impulso para sentarme cómodamente en la rama que había compartido con los chicos Vincent durante nuestra niñez.

—Impresionante. Haces que parezca fácil. —La voz de

Sawyer me sorprendió. Miré por encima del hombro y lo encontré apoyado en un árbol cercano. Su pelo bailaba bajo la brisa, recordándome las muchas veces que había contemplado su danza, fascinada. Me encantaba enterrar los dedos en su espeso cabello y enredarlo entre ellos. Era francamente hermoso.

—Ya estaba aquí cuando has enviado el mensaje —explicó con una sonrisa divertida. Debió de notar mi aspecto confundido.

—Ah —respondí.

—¿A qué se debe la visita? —preguntó enderezándose y acercándose unos pasos para colocarse junto a mis piernas. Casi no tenía ni que levantar la cabeza para mirarme a los ojos.

—Quería ver cómo estabas. Beau ha dicho que tenías una contusión.

Sawyer soltó una risita ahogada y arrojó al agua un guijarro que había estado sosteniendo en la mano.

—¿Te ha explicado cómo recibí la contusión?

—Sí —contesté sintiéndome culpable.

—Lo merecía. Esta semana me he comportado contigo como un cabrón.

¿Sawyer acababa de soltar una palabrota?

—Mmm... —No sabía qué decir. Tenía razón, lo había sido, pero no merecía recibir una paliza de su hermano por ello.

—No debería haberles permitido que te hicieran todo eso. La verdad es que la paliza de Beau fue un alivio. Me sentía culpable, así que recibir una buena resultó liberador.

—¿Qué?

—Ash, fuiste mi chica durante años, pero antes de eso fuimos amigos. Los mejores amigos. No debí permitir que un bache en la carretera me pusiera en tu contra de esa manera. Estuvo mal. Cargaste con toda la culpa de algo que no era sólo responsabilidad tuya. Era responsabilidad de Beau y también mía.

—¿Tuya? ¿Por qué?

—Sabía que él te quería. Había visto cómo te miraba. También sabía que le querías más que a mí. Los dos compartíais un vínculo secreto del que yo no formaba parte. Estaba celoso. Beau era mi primo y tú eras la chica más guapa que había visto en toda mi vida. Te quería para mí. Así que te invité a salir. No acudí a él primero. No le pregunté cómo se sentía al respecto. Aceptaste y, como por arte de magia, rompí vuestro vínculo. Os dejasteis de hablar. Se acabaron las charlas nocturnas en el tejado y ya no tuve que sacarte de ningún otro lío. Beau era mi amigo y tú eras mi novia, era como si vuestra amistad nunca hubiese existido. Fui egoísta e ignoré el sentimiento de culpa hasta que desapareció. Sólo cuando le veía observándote con esa expresión de anhelo y de sufrimiento despertaba, mezclado con miedo. Miedo a que descubrieses lo que había hecho y volvieses junto a él. Miedo a perderte.

Alargué el brazo y le pasé la mano por el pelo.

—Yo también te quería. Quería ser digna de ti. Quería ser la chica buena que merecías.

—Ash, eras perfecta tal como eras. Fui yo el que te dejé cambiar. Me gustaba el cambio. Era una de las muchas razones por las que temía perderte. En el fondo, sabía que el espíritu libre que habías sofocado lucharía para liberarse.

Al final, ocurrió. Y el hecho de que fuese con Beau no me sorprende lo más mínimo.

—Lo siento, Sawyer. Nunca quise hacerte daño. Lo eché todo a perder. No tendrás que vernos juntos. Voy a salir de vuestras vidas. Podrás recuperar lo que perdiste.

Sawyer me cogió de la mano.

—No lo hagas, Ash. Te necesita.

—No, él también está de acuerdo. Hoy casi ni me ha mirado. Sólo me dirigió la palabra cuando quiso dejar claro a todo el mundo que tenían que dejarme en paz.

Sawyer soltó una risa amarga.

—No aguantará demasiado. Nunca ha sido capaz de ignorarte. Ni siquiera cuando sabía que le estaba observando. Ahora mismo, está lidiando con muchas cosas. Y lo está haciendo solo. No le apartes de tu lado.

Bajé de un salto de la rama y le abracé.

—Gracias. Tu aprobación lo es todo para mí. Pero ahora mismo te necesita. Eres su hermano. Yo sólo sería un obstáculo.

Sawyer alargó la mano y se enredó un mechón de mi pelo en el dedo.

—A pesar de que estuvo mal quedarme contigo sin tener en cuenta los sentimientos de Beau, no me arrepiento. He pasado tres años maravillosos a tu lado, Ash.

No sabía qué decir. Yo también había vivido buenos momentos, pero lamentaba haber escogido al Vincent equivocado. Sawyer me ofreció una última sonrisa triste antes de soltarme el pelo y alejarse caminando.

Sawyer no se dirigía al *quad* con el que había llegado. Venía directo hacia mí. Tendría que haberlo imaginado: sabía que les estaba observando. No salí de entre las sombras, esperé a que él se uniese a mí en la oscuridad. Fuera de la vista de Ashton. Me sentía tenso como un cable de acero. Cuando ella lo había abrazado, no estaba seguro de que pudiera contener las ganas de correr a separarlos y arrojar a Sawyer al puñetero lago si se le ocurría siquiera acercarse a su boca.

—¿Has visto y oído bastante? —preguntó él colocándose a mi lado para observar a Ashton. Ella ya no le seguía con la mirada. En vez de eso, sus ojos volvieron al agua. La brisa jugueteaba con su largo pelo rubio provocando que desease enredar los dedos en él.

—Sí —respondí, detestando sentirme tan hipnotizado por ella.

—Es toda tuya, hermano. Hemos pasado página.

No precisaba su bendición, pero sabía que Ashton sí la necesitaba.

—Desde el momento en que la tuve entre mis brazos, fue mía. Siento haberte hecho daño, pero tú nunca amaste a la verdadera Ashton. Yo sí.

Sawyer asintió con la cabeza.

—Lo sé.

—Haré lo que haga falta para ser digno de ella. Ashton es todo lo que siempre he deseado.

—No cambies por ella. Ashton cometió ese error conmigo. Se enamoró de ti tal como eres. Sé Beau. Sé tú mismo.

Ashton me quería. Oír esas palabras hizo que un estremecimiento de placer me recorriese todo el cuerpo. Por fin había conseguido a mi chica.

—Tenía a Don Perfecto y me eligió a mí. No tiene sentido —comenté dirigiéndole una gran sonrisa a Sawyer.

Él rió entre dientes.

—Para gustos, los colores.

Me dio un codazo en las costillas.

—Ve a por ella, tío. Está convencida de que tiene que salir de nuestras vidas para que podamos arreglar nuestra relación. Se le está rompiendo el corazón, se le notaba en los ojos. Está dispuesta a sacrificar su propia felicidad para hacer lo que considera mejor para ti. Ve a sacarla de su miseria.

Salir de mi vida. Ni en broma.

Di una palmada en la espalda a Sawyer y fui directamente hacia ella. Pero primero iba a disfrutar de esos labios suyos que estaban fruncidos en un mohín.

Ashton

Unos brazos me rodearon la cintura.

—Dios mío, hueles tan bien. —Mi cuello amortiguaba la voz de Beau. Su cálido aliento me puso la piel de gallina.

—¿Beau? —dije en voz ronca.

—Mmmmmmm —respondió, besándome el cuello y mordisqueándome el lóbulo de la oreja. Ladeé la cabeza para facilitarle el acceso, a pesar de que tendría que haber estado parándole los pies. Pero al sentir que me envolvía su calor y sus manos me acariciaban decidí que por ahora no importaba.

»Qué —conseguí decir mientras sus manos jugueteaban con la tira de mi sujetador. Me estaba abrumando. No conseguía poner mis pensamientos en orden.

—Te quiero, Ash —me susurró al oído, y dibujó una estela de besos desde la oreja hasta el omoplato.

—Ah —exhalé. Sus dedos acariciaban la parte inferior de mi pecho y me empezaron a temblar las rodillas. Hacía tanto que no me tocaba.

—Calma, cariño —murmuró bajándome del árbol para abrazarme contra su pecho mientras se apoyaba en el tronco. Sus piernas se acomodaron entre mis muslos y me estremecí.

—No te dejaré marchar. Eres mía, Ash. No puedo vivir sin ti. —Su tono de voz era grave y feroz mientras me abrazaba con fuerza.

—Pero Sawyer...

—A Sawyer le parece bien. He hablado con él. Estamos arreglando las cosas. Pero Ash, no puedo seguir deseándote desde la distancia. Quererte y no tenerte. Acabaría en la cárcel si alguien intentase tocarte y Dios no quiera que se te ocurriese salir con otro.

Me di la vuelta en sus brazos y apoyé las manos en su pecho. Me encantaba ese pecho. Especialmente cuando estaba desnudo.

—Sólo te quiero a ti —le dije mirándole a los ojos. Esas largas pestañas oscuras no deberían ser tan ridículamente *sexy*, pero lo eran. Beau enterró las dos manos en mi pelo y suspiró.

—Bien, porque yo también te quiero. Ahora. Para siempre. Sólo a ti.

La idea de para siempre al lado de Beau me provocó un hormigueo de alegría y expectación por todo el cuerpo que fue directo al corazón. El miedo que había sentido cuando Sawyer dijo que quería casarse conmigo no tenía cabida aquí. Porque Beau era al que quería. Siempre había sido Beau.

—Acompáñame a la camioneta —me dijo al oído en un susurro ronco.

Asentí y dejé que me diese la mano y me guiase a través del bosque hasta la camioneta que había dejado escondida. ¿La había visto Sawyer?

—Sawyer estaba aquí fuera —le dije cuando deslizó la mano por debajo de mi camiseta.

—Sí, lo sé. Hemos hablado. Se ha ido. Sólo estamos tú, yo y mi camioneta —respondió con una sonrisa traviesa en la cara.

Abrió la puerta del pasajero y me levantó para colocarme en el asiento. Una vez allí, hizo que me tumbara en el asiento. Se mantuvo encima de mí sin romper el contacto visual. Estaba hipnotizada. El brillo hambriento de sus ojos me hizo temblar de excitación. Esto era lo que deseaba. Quería pertenecer a Beau. Y quería tocarlo y saborearlo sin sentirme culpable.

—Ash, te necesito esta noche —susurró mientras descendía sobre mi cuerpo. Me encantaba oír la desesperación y el anhelo en su voz.

—Vale —respondí sin aliento, levantando las caderas para apretarme con más fuerza contra él—. Bésame —añadí. Le necesitaba.

Su boca cubrió la mía y su lengua acarició la mía en un solo movimiento. Me arqueé contra él y el ronquido de satisfacción que le vibró en el pecho me volvió un poco loca. Más. Quería más. Beau me tiró del labio inferior con los dientes y lo sorbió con suavidad antes de darle un mordisquito y de volver a introducir la lengua en mi boca, saboreando, provocando. Seguí moviéndome contra su cuerpo y busqué el bajo de su camisa, quitándosela de un tirón y obligándolo a apartarse un poco para que pudiese sacársela por la cabeza.

Soltó una risa entrecortada mientras me miraba desde arriba.

—¿Estás intentando desnudarme?

—Sí, por favor —repliqué con dulzura mientras alcanzaba mi camiseta y me la quitaba con la misma rapidez. Me desabrochó el sujetador, dejando mi pecho desnudo a la vista.

—Tan increíblemente perfecta —susurró, acariciándome.

—Por favor, Beau.

Él bajó la cabeza, mirándome a los ojos.

Cuando empezó a desabrocharme los pantalones y a bajarme la cremallera, levanté las caderas para que me los pudiese sacar. Y las braguitas. Su boca empezó a besarme el estómago hasta que llegó justo debajo del ombligo. Me acarició los muslos. Estremeciéndome, observé impotente mientras continuaba con su descenso. Sabía adónde se dirigía, pero no podía hacer nada para detenerle. El deseo y la necesidad me mantenían paralizada. Cada lamido me provocaba un éxtasis que nunca había conocido. Grité su nombre. Lo único que importaba era Beau y cómo me estaba haciendo sentir.

Capítulo veintiocho

Beau

La multitud se lanzó al campo durante los últimos segundos. Habíamos ganado el campeonato estatal, por veintisiete a seis. Las familias rodeaban a mis compañeros de equipo, felicitándolos y abrazándolos. No esperé que mi madre apareciese. Esa noche trabajaba. Me quité el casco mientras Sawyer y Ethan jaleaban al entrenador. Levantó las manos y rió a carcajadas. Sawyer era feliz. Su sonrisa hizo que apareciera otra en mi cara. Estaba en su elemento. Ganar siempre había formado parte de la persona que era. Su madre apareció por detrás y le abrazó por la cintura. La tía Samantha nunca había sido fan mía y ahora que sabía la verdad sobre mi ADN estaba seguro de que me despreciaba aún más. No podía culparla. Samantha Vincent era todo lo que mi madre no era. Refinada, educada y cariñosa. No recordaba ningún partido en el que la tía Samantha no estuviese en las gradas animando a su hijo. De niño, fingía que era mi madre y que también me ani-

275

maba a mí. Cuanto mayor era, más me costaba seguir fingiendo. Especialmente, cuando la veía fruncir el ceño cada vez que me ponía los ojos encima.

Mi mirada se encontró con la de Sawyer y su sonrisa se desvaneció. Estaba mejor con Ash y conmigo, pero la traición seguía ahí. Sabía que pasaría mucho tiempo antes de que la olvidase. Si es que lo hacía. Le saludé con la cabeza y dije:

—Buen partido. —Sabía que me podría leer los labios con facilidad.

—Lo mismo digo —respondió. Con eso bastaba por ahora.

Harris Vincent apareció delante de Sawyer, tapando mi visión. Observé al hombre que siempre había considerado mi tío con indiferencia, mientras le veía dar unas palmadas en la espalda del hijo al que quería y aceptaba. No oía lo que estaba diciendo, pero no hacía falta. La sonrisa radiante en la cara de Samantha me indicó que alababa la victoria de Sawyer. Se inclinó hacia delante y le abrazó. La súbita opresión que sentí en el pecho me sorprendió. No podía permitirlo. Tenía que olvidarlo y pasar página. Mi padre no estaba. Ahora ya no tenía padre. El esperma de este hombre había intervenido en mi creación, pero no era mi padre. No necesitaba que me abrazase y desde luego no necesitaba su aprobación.

Sawyer me miró por encima del hombro de su padre. Se le notaba que estaba preocupado. Sabía lo que estaba pensando. El muy imbécil estaba preocupado por mí. No quería que se preocupase por mí. Estaba perfectamente. No necesitaba nada de Harris Vincent. Había vivido dieciocho años sin él. Estaba muerto para mí.

—¡Has ganado! —El chillido de Ashton irrumpió en mis pensamientos y me di la vuelta para verla mientras se abría paso entre el gentío hasta que pudo lanzarse en mis brazos.

—Hola —respondí, abrazándola con fuerza. Era justo lo que necesitaba. No quería pensar en por qué necesitaba tanto ese abrazo, pero lo necesitaba. Ashton era la persona perfecta para dármelo.

—Has estado increíble. Mañana estaré ronca de tanto gritar. Tu última recepción ha sido preciosa —explicó mientras me besaba por toda la cara.

—Estoy sudado, princesa —dije, riendo por su entusiasmo.

—No me importa. Has ganado el campeonato estatal. Tenemos que celebrarlo.

Enterré la cabeza en la curva de su cuello e inhalé su fragancia sensual y exquisita. Mucho mejor que un campo lleno de tíos sudorosos.

—Se me ocurren unas cuantas cosas que me gustaría celebrar —le dije contra su cuello.

—Suena prometedor —dijo entre risas y me pasó las manos por el pelo.

—Oh, es muy prometedor —aseguré.

Ashton se apartó un poco para poder mirarme.

—Mis padres quieren saber si pueden invitarnos a cenar esta noche.

La ansiedad de su voz me indicó que le preocupaba que dijese que no. El hecho de que sus padres considerasen siquiera la posibilidad de aceptar que yo era digno de su hija hizo que desease hacer cualquier cosa que me pidieran, excepto alejarme de Ashton.

—Suena bien —respondí, plantándole un beso en la nariz—. ¿Adónde nos llevan?

—A Hank's, claro. Quiero una hamburguesa.

Tiré de ella para besarla y disfruté del tacto suave de sus labios contra los míos. No me rehuyó ni se preocupó de quién podría estar mirando. En vez de eso, me rodeó el cuello con los brazos y profundizó el beso. Quizá no tenía unos padres que me quisieran, pero tenía a Ashton. No importaba nada más. Era todo lo que necesitaba.

Ashton

Llevaba poco tiempo en la cama cuando me empezó a sonar el teléfono. Lo alcancé y vi el nombre de Lana en la pantalla. No había hablado con ella desde hacía una semana. Acepté la llamada, curiosa por saber qué la impulsaba a llamarme tan tarde.

—Hola.

—Hola, espero que no sea demasiado tarde.

—No, para nada. ¿Qué pasa? —pregunté a sabiendas de que no me llamaba a medianoche simplemente para charlar.

—Mmm, bueno, me estaba preguntando si te parece bien que este verano venga a visitarte.

La idea de tener a la tía Caroline en la casa aunque sólo fuese durante una semana me provocó un escalofrío. Pero echaba de menos a Lana. No podía dejar de verla sólo porque su madre me sacaba de mis casillas.

—Claro. ¿Qué semana pensabas venir? —pregunté con la esperanza de que sólo fuese una semana.

Lana hizo una pausa.

—Me preguntaba si podría venir después de la graduación y pasar el verano contigo. Antes de ir a la universidad, un último verano juntas.

—Espera... ¿todo el verano?

Ni por todo el oro del mundo iba a soportar a la tía Caroline durante todo el verano. Incluso mi padre consideraría la posibilidad de mudarse. Pero seguramente la tía Caroline no le pediría a Lana que me llamase para preguntarme si podían quedarse a pasar el verano. Llamaría directamente a mi madre. Eso significaba que...

—¿Quieres decir tú sola? ¿Sin tu madre?

Lana soltó una risita al otro lado de la línea.

—Sí, sólo yo. Mi madre tiene cosas que hacer y yo necesito poner un poco de distancia entre las dos o me volveré loca. Mi padre y ella todavía están como el perro y el gato.

—En ese caso, ¡sí! Me encantaría que vinieras —Me interrumpí al recordar que Lana no era precisamente fan de Beau y que íbamos a pasar juntos todo el verano. ¿De verdad era una buena idea? No quería que Lana se sintiera incómoda. Ya tenía bastantes problemas con el idiota de su padre y con su madre.

»Me parece una idea genial. Me encantaría verte, pero tienes que comprender que ahora estoy con Beau... —Dejé la frase sin terminar, a la espera de su respuesta.

—Ya lo sé. Me alegro de que lo hayáis solucionado todo. ¿Cómo les van las cosas a esos dos? ¿Sawyer ya lo lleva mejor?

No exactamente. Tal vez. No quería darle otra excusa para odiar a Beau, así que le dije una mentirijilla.

—Sí, ya hemos pasado página. Sawyer y Beau han empezado a recuperar la confianza. Pronto será agua pasada.

—Qué maravilla. Me alegro de que todo haya salido tan bien.

La sinceridad de su voz me hizo sentir culpable. Quería a Lana, pero su tierno, inocente y confiado corazón a veces me hacía sentir como una persona terrible.

—Sí, la vida es buena.

Eso no era ninguna mentira. La vida era buena. Tenía a Beau.

—¿Podrás hablar con tu madre para que llame a la mía y la convenza de que pasar este verano juntas es una buena idea?

Debía de necesitar esta escapada de verdad si ya estaba planeando su fuga. Lo menos que podía hacer era convencer a mi madre de que ayudase. Además, sería divertido. Podía emparejarla con Kyle, o Ethan, o Justin. Ethan era el más sensible de los tres. Seguramente sería el más adecuado.

—Hablaré con ella por la mañana. Seguro que le encanta la idea.

—Muchísimas gracias —respondió Lana. Por su voz, parecía entusiasmada. Sí, yo también me alegraría si pudiese escapar de la tía Caroline unos meses antes de lo planeado.

—De nada. Será divertido —le aseguré.

Nos despedimos y colgué el teléfono. Me di la vuelta en la cama y me quedé mirando el ventilador del techo. La noche había sido increíble. Mis padres habían sido amables con Beau y le habían felicitado. Habíamos pasado una buena velada. Después, mi padre dejó que Beau me llevase a casa. Beau había conducido muy despacio y yo me había aprovechado al máximo de él durante el trayecto.

Mis labios dibujaron una sonrisa al recordar lo *sexy* que estaba cuando intentaba conducir y mantener la calma mientras yo le provocaba.

Entonces me vino a la mente la imagen de Sawyer. No había hablado con él después del partido. Sus padres estaban a su lado y yo aún no estaba preparada para enfrentarme a ellos. Además, tenía a un par de animadoras colgadas de los brazos. No me importaba, pero decidí que era mejor mantener las distancias. Quizá pasaría página saliendo con una de ellas. Quería encontrar la manera de que volviéramos a ser amigos. Sawyer era importante en mi vida. No estábamos hechos el uno para el otro, pero habíamos sido amigos mucho antes de empezar nuestra relación. Cogí el teléfono y decidí enviarle un mensaje antes de acobardarme. Pasito a pasito podríamos superar la distancia que nos separaba.

Yo:

Has jugado muy bien esta noche. Estoy orgullosa de ti.

Apreté enviar y esperé. Justo cuando creía que ya no me iba a responder, sonó el teléfono.

Sawyer:

Gracias.

AGRADECIMIENTOS

Tengo que empezar dando las gracias a Keith, mi marido, que tuvo que aguantar una casa sucia, la falta de ropa limpia y mis cambios de humor mientras escribía este libro (y todos mis otros libros).

A mis tres fantásticos hijos, que comieron muchos perritos calientes, pizza y montones de cereales porque yo estaba encerrada escribiendo. Prometo que cociné un montón de platos en cuanto hube acabado.

A Tammara Webber y a Elizabeth Reyes, mis compañeras de crítica. Me las arreglé para convencer a estas damas de que se convirtieran en mis compañeras de crítica. ¡Ahora tengo la oportunidad de leer sus libros antes que nadie! Podría añadir un «es broma», pero bueno... no lo es. Me encanta su trabajo, así que tenerlas supone una gran ventaja. Sus ideas, sus sugerencias y sus ánimos hacen que el proceso de escritura sea mucho más sencillo. Son increíbles y no sé cómo lo hice antes para terminar un libro sin ellas.

También me gustaría dar las gracias a mi agente, Jane

Dystel, que me convenció de que necesitaba un agente y me dio una oportunidad. Es magnífica y soy afortunada de contar con ella.

A Jennifer Klonsky y al resto del personal de Simon Pulse, que han sido fantásticos a lo largo del proceso. No hay nadie mejor en el mundo de la edición.

Mis chicas de FP. Prefiero no revelar qué significa FP porque mi madre podría leer esto y le provocaría un fallo cardíaco. Es broma... o no. Me hacéis reír, me escucháis cuando estoy que echo humo y siempre conseguís enseñarme algunos chicos guapos para alegrarme la vista. Sois mi pandilla. Lo que pasa en Nueva York, se queda en Nueva York, ¿verdad chicas?